REGINE SEEMANN

Friedhofsengel

OFFENE WUNDEN Ein brutaler Doppelmord erschüttert die Hansestadt Hamburg. Während die Natur im März langsam zu neuem Leben erwacht, werden die Stadtteile Rotherbaum und Eimsbüttel zu blutigen Tatorten. Zwei gut situierte ältere Damen werden auf offener Straße erschossen. Sie sterben durch Patronen aus derselben Waffe. Zwischen den Morden liegen nur wenige Tage. Beide Opfer sehen sich verblüffend ähnlich. Doch die Kriminalkommissarinnen Stella Brandes und Banu Kurtoğlu können keine weitere Verbindung zwischen den Toten herstellen. Während die Ermittlungen auf Hochtouren laufen, geschieht ein weiteres Verbrechen. Langsam lichtet sich der Nebel, der über der Vergangenheit der Opfer liegt, und gibt den Blick frei auf eine Geschichte voller Liebe, Hass und Fanatismus. Denn in einem weit entfernten Land sind schreckliche Dinge passiert, die Freunde zu Verrätern werden ließen.

© Gina Simpson

Regine Seemann, 1968 in Hamburg geboren, lebt mit Ehemann, Sohn und einem Rudel Katzen nahe der Fischbeker Heide, dem südwestlichsten Teil Hamburgs. Sie hat Deutsch und Biologie auf Lehramt studiert und arbeitet seit mehreren Jahren als Schulleiterin einer Hamburger Grundschule, was ähnlich spannend ist wie Krimis schreiben. Ihr Interesse an der Geschichte ihrer Heimatstadt spiegelt sich in ihren Krimis wider, die neben der Handlung in der Gegenwart auch immer ein Stück Hamburger Vergangenheit aufgreifen. www.regine-seemann.de

REGINE SEEMANN

Friedhofsengel

KRIMINALROMAN

GMEINER

Personen und Handlung sind frei erfunden.
Ähnlichkeiten mit lebenden oder toten Personen
sind rein zufällig und nicht beabsichtigt.

1. Auflage 2022

Lektorat: Sven Lang
Herstellung: Mirjam Hecht
Umschlaggestaltung: U.O.R.G. Lutz Eberle, Stuttgart
unter Verwendung eines Fotos von: © marek studzinski / unsplash
Druck: CPI books GmbH, Leck
Printed in Germany
ISBN 978-3-8392-0130-5

Für meine Rotkäppchen-Ranchgirls Blanka, Julia, Margarete, Petra, Sandra und Yvonne – seit über zwanzig Jahren reiten wir gemeinsam ohne Arbeitslinie und sind stolz darauf!

PROLOG

Sie fasste mit der rechten Hand nach der Reling, legte den Kopf in den Nacken und erlaubte dem Wind, mit ihrem Haar zu spielen. Die kalte Luft fühlte sich gut an. Obwohl sie kein Fieber hatte, war ihre Stirn klamm. Fast hatte sie gewünscht, sich mit der Grippe anzustecken, die momentan auf der Insel grassierte, um alles abzusagen. Denn obwohl sie nicht glücklich war, gab es hier, abgeschieden von der Welt, zumindest Sicherheit für sie. Doch gerade in der letzten Zeit holte sie das Leben, mit dem sie abgeschlossen hatte, immer wieder ein.

Mit ihrer Absage hätte sie viele Menschen enttäuscht. Und so hatte sie sich überreden lassen, ihre Heimat, ihr Refugium, zu verlassen, um eine Reise anzutreten, die sie weit weg von der Gemeinschaft führen würde, in der sie sich nun sicher fühlte.

Sie richtete ihren Blick gen Himmel und sah, wie die Möwen gegen den stärker werdenden Sturm ankämpften. Vielleicht bestand noch eine klitzekleine Chance, dass das Schiff wegen zu hohem Seegang nicht würde die Nordsee überqueren können. Das wäre dann höhere Gewalt.

Aber kurze Zeit später hörte sie das Signal zum Ablegen. Es war mehrere Jahrzehnte her, dass sie zum letzten Mal auf einem Schiff gewesen war, und sie konnte sich nicht daran erinnern, ob sie leicht seekrank wurde. Vielleicht war es besser, wenn sie sich unter Deck zurückzog und sich gegen eventuell einsetzende Übelkeit wappnen würde. Sie drehte sich um und stieß fast mit ihrem Ehemann zusammen, der wohl die ganze Zeit hinter ihr gestanden hatte. »Wie fühlst du dich?«, fragte er sie. »Momentan kann ich den Wind noch ganz gut aushalten«, erwiderte sie. »Ich meine nicht deine Seetauglichkeit.« Natürlich wusste sie, worauf die Frage abzielte. Selbst ihr Mann kannte ihre Geschichte nicht. Dass sie ihre Heimat nach mehreren Jahrzehnten zum ersten Mal verließ, war jedoch für ihn ein nie da gewesenes Ereignis.

Sie fand, dass sie gerade etwas so Ungeheuerliches tat, dass er ihr Zeit geben musste, darüber nachzudenken. Sie hatte jetzt noch keine Antwort parat, würde diese wahrscheinlich auch in den nächsten Tagen nicht haben.

Sie ergriff seine Hand, zog sie zum Mund und hauchte einen Kuss auf die geballte Hand.

Das Schiff fuhr eben aus dem schützenden Hafenbecken und war nun den Winden schonungslos ausgeliefert. Einige Passagiere in bunten Regenjacken taumelten über das Deck und hielten sich aneinander fest, um nicht das Gleichgewicht zu verlieren.

Die Überfahrt würde einige Zeit dauern. Sie hatte sich vorgenommen, nicht darüber nachzudenken, was sie erwartete. Ihr Ehemann legte ihr den Arm um die Schultern, und eng umschlungen gingen sie unter Deck, Passagiere wie alle anderen.

MONTAG, DEN 20. MÄRZ 2017

Kriminalkommissarin Banu Kurtoğlu sparte sich das Warten auf den Fahrstuhl. Seit ihrem Erlebnis am heutigen Morgen hatte sie sich vorgenommen, an ihrer Fitness zu arbeiten. Denn unbestreitbar wirkten sportliche Frauen jünger.

Gerade war sie selbst schockiert darüber, wie schwer es ihr fiel, die drei Stockwerke im Polizeipräsidium zu meistern. Vor den Räumlichkeiten der Mordbereitschaft 5 wartete sie einige Sekunden, um wieder zu Atem zu kommen. Nicht genug, dass ihr tapferer kleiner Citroën heute Morgen zum ersten Mal seit zehn Jahren nicht angesprungen war. Natürlich war es keine Freude gewesen, im einsetzenden Schneeregen und viel zu dünn angezogen den Weg zur U-Bahn einzuschlagen. Das Highlight der unerfreulichen Ereignisse sollte jedoch noch kommen: Banu hatte es gerade geschafft, sich in die völlig überfüllte U3 zu quetschen, als sie merkte, dass ein junger Mann, der einen Platz am Mittelgang ergattert hatte, sie musterte, aufstand und sie fragte: »Möchten Sie sitzen?« Diese nett gemeinte Frage hatte Banu zutiefst deprimiert, und statt sich höflich zu bedanken, hatte sie zurückgefaucht: »Sehe ich so alt aus?« Erschrocken hatte der junge Mann seinen Kopf eingezogen wie eine Schildkröte und auf die Schlagzeile der heutigen Ausgabe der Morgenpost gestarrt: »Obdachlosen-Killer: Leichenteil Nummer drei am Alsterlauf gefunden! Polizei ratlos«. Banu war froh, dass nicht ihr Team diesen Fall bearbeitete, denn es gab kaum Hinweise auf den Täter, aber jede Menge tote Frauen. Banu hatte keine Erfahrung mit Serienmördern und hoffte, dass es bis zu ihrer Pensionierung so bleiben würde.

Nach drei Haltestellen war sie ausgestiegen und hatte dem jungen Mann, der ihr den Sitzplatz angeboten hatte, einmal kurz zugenickt, um seinen Eindruck von ihr ein wenig zu revidieren. Dennoch war sie beleidigt, denn gerade heute Morgen beim Blick in den Spiegel hatte sie gedacht, dass sie sich dank der neuen Anti-Age-Tagescreme doch für Mitte fünfzig noch ganz gut gehalten hatte.

Der Vormittag war mit verschiedensten administrativen Tätigkeiten wie dem Schreiben von Aktenvermerken zwar ereignislos, aber ruhig verlaufen. Eigentlich hatte sie mit ihrer Kollegin Stella Mittag essen gehen wollen, aber diese hatte sich mit einer ihrer Freundinnen verabredet. Da Banu nett sein wollte, hatte sie den neuen Kollegen gefragt, ob er sie zu Fatihs Dönerbude begleiten wollte. Leider konnte sie jedoch auf Darios Frage, ob Fatih auch veganen Döner hatte, keine Antwort geben. Und deshalb hatte sie allein einen Dürüm Döner gegessen, sich allerdings das Baklava zum Nachtisch verkniffen. Denn vor Sirup triefendes Backwerk passte nicht zu ihren neuen sportlichen Ambitionen. Stattdessen war sie ins Mercado, ein großes Einkaufszentrum im Stadtteil Altona, gegangen und hatte sich ein Funktionsshirt und eine Laufhose gekauft. Gute Vorsätze sollten sofort gestärkt werden.

Nun stand Banu keuchend von der Anstrengung, die Treppenstufen bewältigt zu haben, auf dem Flur und hoffte, dass der Tag ein wenig besser werden würde.

»Claire Fraser oder Grace Kelly? Du hast ein bisschen Ähnlichkeit mit ihr. Außerdem sind die Fifties wieder in Mode.« Olivia hielt den Kopf schief und musterte ihre Freundin. Kriminalkommissarin Stella Brandes dachte einen kurzen Moment lang nach, wen Olivia mit Claire Fraser meinte. Dann fiel ihr jedoch ein, dass sie neulich beim Rumzappen an einer Serie mit dem Titel »Outlander« hängen geblieben war, die in Schottland spielte. Es könnte sein, dass die Hauptperson, eine Zeitreisende, Claire Fraser geheißen hatte. Der Grund, warum Stella die Folge bis zum Ende angesehen hatte, war jedoch der unverschämt gut aussehende Schotte Jamie gewesen, den Namen hatte sie sich gemerkt. Er hatte zu viel nackte Haut gezeigt, um einfach abzuschalten.

»Ich glaube nicht, dass Jupiter vorhat, im Kilt zu heiraten. Deshalb eher Grace Kelly. Obwohl: War das Kleid nicht sehr hochgeschlossen? Außerdem denk bei deiner Planung bitte daran, dass ich nicht den Fürsten von Monaco heiraten werde, sondern einen nicht besonders wohlhabenden Schotten.« Stella blätterte wahllos in einer der Zeitschriften, die Olivia mitgebracht hatte, und legte sie dann zur Seite, ohne sich ernsthaft eines der Bilder angesehen zu haben. »Außerdem kann ich das nicht in der Mittagspause entscheiden.«

Olivia zuckte die Achseln. »Wie du meinst. Du hast ja noch jede Menge Zeit«, sagte sie ironisch. »Wenn man bedenkt, dass Frieda das Kleid noch entwerfen und schneidern muss. Und eure Hochzeit ist am siebenundzwanzigsten Mai. Also bloß nicht hetzen ...« Stella rollte mit den Augen. Sie liebte Olivia, mit der sie seit der fünften Klasse befreundet war. Aber momentan ging sie ihr reichlich auf die Nerven. »Ich meine, ich habe dich als Wedding Plannerin engagiert. Such doch einfach ein Kleid aus, das mir stehen würde und nicht das Gehalt einer Hamburger Polizeibeamtin sprengt. Ich habe für so was eigentlich keine Zeit.«

Olivia legte ihr die Hand auf den Arm und blickte ihr tief in die Augen. »Das ist jetzt schon das dritte Mal, dass wir uns über dein Kleid unterhalten. Da du dir nicht die Zeit nehmen willst, mit Bounty und mir loszugehen und ein Kleid auszusuchen, muss das irgendwie anders gehen. Und was das Geld angeht: Natürlich sind die Kleider von Frieda normalerweise unbezahlbar, aber da ich jahrelang sehr erfolgreich auf dem Laufsteg für sie unterwegs war, wird sie dir einen Freundschaftspreis machen.«

Stella wusste, dass Olivia nichts Geringeres als die perfekte Hochzeit für sie ausrichten wollte. In ihrer Zeit als Plus-Size-Model war sie quasi rund um die Uhr beschäftigt gewesen. Ihr momentanes Dasein als Hausfrau und Mutter sowie nebenberuflichem Location Scout und Wedding Planner schienen sie nicht auszulasten. Zumal sie noch nicht die öffentliche Aufmerksamkeit bekam, die sie sich erhofft hatte. Denn die Hamburger Promis ließen sich bei allem, was den wichtigsten Tag in ihrem Leben anging, eher von der Konkurrenz beraten. Doch dadurch, dass sie Hand an die Hochzeitsplanungen des aufsteigenden Stars am Serienhimmel, Jupiter Jones, legte, hatte sie zumindest schon mal einen schmalen Fuß in der Tür zu der Kundschaft, die ihr eigentlich vorschwebte. Natürlich war Jupiter noch eher ein Bonsai-Promi. Aber weil die Serie »Im Namen der Ahnen«, in der er die Hauptrolle spielte, mit großem Promotion-Tam-Tam Anfang des Jahres in Deutschland angelaufen war, sah Stella ihn mittlerweile deutlich mehr in der Presse und den sozialen Netzwerken, als ihr lieb war.

»Olivia, warum kriegst du eigentlich nicht noch ein Kind und nimmst ein paar Monate oder Jahre Elternzeit? Dann würden Jupiter und ich uns einfach irgendeinen Standesbeamten schnappen und uns bei uns zu Hause trauen lassen. Im Kreise unserer Katzen.«

In gespielter Empörung warf Olivia ein Stück Brot nach ihr. Sie verfehlte sie jedoch, weil Stella sich gerade bückte, um ihr Handy aus der Tasche zu holen, und traf stattdessen den Kellner. Dieser schien jedoch häufiger Zeuge von kleinen Dramen des Alltags zu sein. Er hob das Stück Brot auf, ohne mit der Wimper zu zucken, und legte es auf den Teller, den er gerade vom Nachbartisch abgeräumt hatte.

»Aber: Ich finde die Kleider in Richtung Fünfziger- und Sechzigerjahre gar nicht schlecht. Allerdings muss ich jetzt wieder dafür sorgen, dass Hamburgs Verbrecher eingefangen werden. Und den neuen Kollegen einweisen. Ich glaube, der hat noch keinen Plan. Eben hat er mir eine Nachricht geschickt, dass er die Akten über den gerade abgeschlossenen Fall nicht findet.«

Olivia nahm ein Erfrischungstuch aus ihrer Handtasche und nickte. »Ich suche dir bis zum Wochenende drei Modelle aus, und zwischen denen musst du dich dann entscheiden.«

»Das kriege ich hin.« Natürlich freute Stella sich, dass Olivia extrem bemüht war, ihr den Start in die Ehe so luxuriös und vielversprechend zu gestalten, und dass sie sich selbst um wenig kümmern musste. Das Problem war nur, dass Stella nicht wusste, ob es wirklich die richtige Entscheidung war, ein zweites Mal zu heiraten. Es gab Tage, an denen war sie sich fast zu hundert Prozent sicher, dass diese Ehe funktionieren würde. Aber heute war nicht so ein Tag.

Thorsten Fock, der Leiter der Mordbereitschaft 5, war gerade dabei, dem Gummibaum ein Nährstoffstäbchen zuzuführen. Seit letztem Herbst war er neu verliebt. Er war ein extremer Geheimniskrämer. Zwar stellte sein Team ihm jeden Tag Fangfragen, aber bislang hatte er nicht verraten, wer sein Herz erobert hatte. Jedoch mutmaßten Stella und Banu, dass die Dame etwas mit Botanik zu tun haben musste, denn in den letzten Monaten nahm er die Pflege der grünen Fensterbankbewohner sehr genau. Vor allem schien er eine besondere Beziehung zum Gummibaum entwickelt zu haben. Stella schwor Stein und Bein, dass er ihm neulich einen »Guten Morgen« gewünscht hatte. Thorstens Erklärung war, dass er das Spiegelbild des Kollegen Gunnar im Fenster gesehen und er diesen begrüßt hatte, ohne sich umzudrehen.

Leider hatten seine Mitarbeiter während Thorstens Urlaubswoche Anfang März vergessen, die Pflanzen zu gießen. Dies hatte für einige Missstimmung gesorgt, und der Gummibaum und seine Freunde bekamen seitdem noch mehr Aufmerksamkeit.

»Braucht er wirklich jeden Tag ein Zäpfchen?«, fragte Stella und schmiss ihre Tasche auf den Tisch des Besprechungsraums.

Thorsten versuchte, böse auszusehen, konnte jedoch ein Grinsen nicht unterdrücken. »Ihr habt ihn beinahe sterben lassen. Die Vitalzeichen sind schwach. Ficus elastica ist noch nicht über den Berg.«

Stella warf einen Blick auf Banu, die schlecht gelaunt auf ihren Bildschirm starrte. Der neue Kollege Dario griff sich schnell die Gießkanne und begann, alle Pflanzen auf der Fensterbank zu wässern. Entweder hatte er einen grünen Daumen oder er wollte Pluspunkte beim Chef sammeln. Stella konnte ihn nach wie vor nicht einschätzen. Er war jetzt seit zwei Wochen Mitarbeiter in der Mordbereitschaft 5 und schien das komplette Gegenteil von Armin zu sein, der nach einigen Jahren im Hamburger Polizeidienst einen leitenden Posten in seiner Heimatstadt München angetreten hatte. Stella vermisste Armins trockene, aber im Subtext immer herzliche Art. Dario wirkte auf sie spröde und unsicher, was den Umgang mit Mitmenschen anging. Das könnte daran liegen, dass er am zweiten Tag nach seinem Amtsantritt, als sie gerade in ein Schinkenbrötchen biss, anfing, über Massentierhaltung zu dozieren. Als sie ihn ganz ruhig gefragt hatte, ob er denn Nutztiere im Hinterhof seiner Altbauwohnung im Stadtteil Ottensen halten würde – denn wenn alle Menschen Veganer wären, würden diese ja zwangsläufig aussterben –, hatte er sie einige Sekunden lang verdutzt angeschaut. Dann hatte er betont theatralisch gesagt: »Dann rettest du also die Spezies der Schweine, indem du sie aufisst? Du bist ja eine Heilige, Stella. PETA wird dir dankbar sein.« Am lautesten hatte Gunnar gelacht und sich dafür einen sehr bösen Blick eingefangen.

Ungünstiger hätte die Zusammenarbeit mit Dario kaum starten können. Mit Gunnar schien er sich jedoch blendend zu verstehen.

»Was liegt denn heute noch an?«, fragte Stella.

Thorsten nickte mit dem Kopf Richtung Tisch. »Das richtige Stichwort für die Aufgabenverteilung. Setzt euch.«

Stella wollte ihren gewohnten Platz gegenüber dem Flipchart einnehmen, aber Dario war schneller. Ob er sie ärgern wollte?

Banu zeigte auf die vielen beschriebenen Papierbögen, die an den Wänden hingen. »Nachdem der Fall ›Eingewachsener Mann‹ abgeschlossen ist und die Aktenvermerke fertig sind, können wir wohl die Tapete abnehmen.«

Thorsten nickte. »Ich habe morgen noch einen Termin mit dem Pressesprecher wegen der Berichterstattung über den Mord in den Medien, aber auf uns alle wartet eine neue Aufgabe.« Thorsten räusperte sich und warf einen langen Blick aus dem Fenster. Im Erzeugen von Spannung war er ein Meister. »Wie ihr wisst, machen uns zurzeit die Obdachlosenmorde sehr zu schaffen. Die Mordbereitschaft 3 braucht unbedingt Unterstützung. Wir sind die Einzigen, die gerade kein aktuelles Tötungsdelikt auf dem Tisch haben. Falls bis Mitte der Woche nichts Neues kommt, werden wir mit einsteigen.«

Stella schaute zu Banu. Als sie sie eben am PC hatte sitzen sehen, war ihr aufgefallen, dass ihre Kollegin selten in einer so miesen Stimmung gesehen hatte. Aber nach der Ankündigung von Thorsten konnte man Banus Stimmungsbarometer geradezu beim Sinken zusehen.

Stella hatte sich genau diese Nachricht gewünscht und auch bereits damit gerechnet, dass die M3 aufgestockt werden würde. Denn die Morde bewegten die Stadt.

Erst gestern hatte ein kleines Kind auf einem Spielplatz im Stadtteil Poppenbüttel eine abgeschnittene Hand im Sandkasten gefunden. Es war das letzte fehlende Teil der Obdachlosen Donna. Stella war nun seit zehn Jahren bei der Mordkommission, und sie hatte es noch nie mit einem Serienmörder zu tun gehabt. Vielleicht wäre das eine interessante Erfahrung für sie.

»Okay, also beseitigen wir heute die Reste des gelösten Falles und lesen uns schon in die Akten der Obdachlosenmorde ein?«

Stella stand auf. »Das heißt, ihr lest euch schon mal ein. Ich verschwinde gleich. Allerdings würde ich lieber hierbleiben.«

Dario grinste sie an. »Ach ja, da war ja das Date mit deinen zukünftigen Schwiegereltern. Wo geht ihr noch mal hin? Ins Fontanello? Das soll ein ziemlicher Spießerladen sein.«

Es fiel Stella zwar schwer, aber sie musste ihrem neuen Kollegen recht geben. »Ich bin auch nicht so begeistert, aber Jupiter wollte da unbedingt hin. Ich glaube, er will seinen Eltern mal zeigen, was ein Restaurant mit Michelin-Stern kann. Aber für dich ist das sicher nichts, Dario. Fast nur Fleisch und Fisch auf der Karte.« Das war natürlich eine Lüge, denn auch Jupiter war Vegetarier.

Gunnar hob den Kopf. »Leben deine zukünftigen Schwiegereltern nicht in einer Kommune oder so etwas Ähnlichem?«

Stella nickte. »Ja, im Nordosten Schottlands. Findhorn Community. Und ja«, Stella warf Dario einen Blick zu, »auch dort isst man fast nur vegetarisch. Aber sie haben gesagt, sie machen auch mal Ausnahmen.« Stella fand, es sei nun an der Zeit, sich auf den Weg zu machen, denn sonst würde sie sich eventuell in ihre Lügengeschichte verstricken. Denn in Wirklichkeit wusste sie nicht, ob es in der Community jemals etwas anderes gab als vegetarisches Essen. Überhaupt wusste sie so gut wie gar nichts über Hellen und Duncan, ihre zukünftigen Schwiegereltern.

Gunnar hielt ihren Arm fest und flüsterte ihr zu: »Du bist heute dran mit der Frage des Tages.«

Stella grinste. Gut, dass sie sich schon Gedanken darüber gemacht hatte. »Thorsten, wir drucken gerade die Tischkarten für die Hochzeitsfeier. Wie hieß deine Begleiterin noch gleich?«

Ihr Chef sah sie fast beleidigt an und schüttelte enttäuscht den Kopf. »Meinst du im Ernst, dass du einen Leitenden Beamten der Hamburger Mordkommission damit überrumpeln kannst? Ich hoffe, dass Banu sich morgen etwas Originelleres einfallen lässt.«

Hellen Jones fühlte sich nicht wohl. Duncan und sie waren gestern in Hamburg angekommen. Da sie sich geweigert hatte, in ein Flugzeug zu steigen, war die Anfahrt lang und ermüdend gewesen. Von Findhorn aus waren sie mit einer Übernachtung bis nach Newcastle gefahren und hatten dort die Fähre nach Amsterdam genommen. Vierundzwanzig Stunden später gingen sie von Bord und kamen nach noch einmal sechs Stunden Autofahrt in Hamburg an. Hellen selbst hatte keinen Führerschein, und Duncan war ein ungeübter Autofahrer. Sie musste ihn immer wieder daran erinnern, dass man in Deutschland auf der rechten Seite fuhr.

Hellen lebte seit über fünfundvierzig Jahren in der Findhorn Community und hatte nie das Bedürfnis gehabt, diesen Ort, der ihr eine Zuflucht gewesen war, zu verlassen. Aber nun hatte ihr einziger Sohn sie darum gebeten. Und sicherlich war es auch wichtig, die zukünftige Schwiegertochter kennenzulernen. Hellens Appelle, dass Stella ja auch nach Findhorn kommen könne, um sie zu treffen, hatte Jupiter lächelnd weggewischt. »Ich glaube, eure Lebensweise ist nichts für Stella. Wahrscheinlich müsste ich dann jeden Tag nach Forres rüberfahren und für sie einen Burger einschmuggeln. Und bei der Gartenarbeit kann ich mir sie nun gar nicht vorstellen. Selbst unseren zehn Quadratmeter großen Garten pflegt die Nachbarin. Außerdem ist Hamburg die schönste Stadt der Welt. Man muss sie mindestens einmal im Leben besucht haben.« Und so blieb es dann dabei.

Hellen musterte sich im Spiegel. Sie hatte einen schlichten schwarzen Rock und eine weiße Bluse angezogen. Ihre grauen Haare fielen ihr in dichten Locken über die Schultern. Sie war tatsächlich ein wenig stolz darauf, dass ihr Haar noch so voll war. Wahrscheinlich trug der gesunde Lebenswandel dazu bei. In dem kleinen Hotel, das Stella für sie nicht weit von ihrem Haus entfernt gebucht hatte, hörte sie den Verkehr auf der Elbe und die Schreie der Möwen. Die Nähe des Wassers gab ihr Sicherheit. Aber fühlte sie sich sicher genug, ihr Zimmer zu verlassen und in die pulsierende Innenstadt Hamburgs einzutauchen, wo tausend Augen sie beobachteten? Hellen legte sich die Hand auf die Stirn. Sie schwitzte und fror zugleich. Dann ging sie zum Bett und schüttelte ihren schlafenden Mann an der Schulter. »Kannst du Jupiter anrufen? Wir müssen die Verabredung absagen. Ich glaube, ich habe Fieber.«

Stumm entsorgte Stella das tote Rotkehlchen, das irgendeins ihrer Haustiere ihr aus Liebe in die halbhohen Stiefel gelegt hatte. Glücklicherweise hatte sie es gesehen, bevor sie den Fuß in den Schuh gesteckt hatte. Gerade als sie sich bückte, um den Reißverschluss des Stiefels zu schließen, hörte sie Jupiters Handy klingeln. Ihr ehemaliges Fischerhäuschen im Blankeneser Treppenviertel war klein und alles lag dicht beieinander. Deshalb konnte sie hören, wie Jupiter im ersten Stock sprach. Das Telefonat dauerte jedoch höchstens zwei Minuten, dann kam er die Treppe herunter. »Mum hat Fieber und hat das Essen heute Abend abgesagt. Es tut ihr leid, und ich soll dich schön grüßen. Von Dad auch.« Er trat hinter Stella und küsste sie auf den Nacken. »Um ehrlich zu sein, bin ich nicht böse darüber. Das Fontanello ist doch ein ziemlich spießiges Restaurant.« Stella drehte sich um. »Aber du wolltest da doch unbedingt hin.« Jupiter rollte mit den Augen. »Na ja, ich muss mich ab und zu auch mal in so einer Lokalität zeigen. Das gehört zum Business.« Stella zog den Stiefel wieder aus und stellte ihn neben den Schuhschrank. »Lade deine Eltern doch einfach für morgen Abend zu uns ein. So wie ich das verstanden habe, hast du frei und kannst kochen. Meinetwegen auch ohne Fleisch und Alkohol. Ich mag Entbehrungen.« Sie drehte sich zu ihrem Verlobten um. »Aber dafür möchte ich heute Abend alles: Fleisch, Wein und vielleicht auch Sex.«

Jupiter zog sie an sich und begann ihr Kleid aufzuknöpfen. »Ich habe nichts dagegen.«

Stella entwand sich seinen Armen. »Ich habe noch eine Überraschung. Warte zwei Minuten. Bin gleich wieder da.« Stella hatte einen Fetisch: Sie sah sich selbst wahnsinnig gern in Spitzenunterwäsche. Und freute sich natürlich, diesen Anblick mit Jupiter teilen zu können, denn auch er hatte Spaß daran, seine Verlobte in verführerischen Bodys und Stringtangas zu sehen. Gerade gestern hatte sie Lust gehabt, ihr Liebesleben durch den Einsatz von aufregender Wäsche mal wieder etwas aufzupeppen, und war sofort in ein Wäschegeschäft gegangen, in dem sie einen Hauch von Nichts erstanden hatte. Als sie den Spitzenstring und den passenden BH dazu Banu gezeigt hatte, hatte diese auf das Preisschild geschaut und sich laut gewundert, wie so wenig Stoff so viel kosten konnte. »Das Ding ist doch eigentlich nur eine Aneinanderreihung von Löchern.« Und nun stand Stella vor dem Spiegel im Schlafzimmer und musste zugeben, dass ihr die weinrote löchrige Spitze sehr gut stand. Vielleicht sollte sie Olivia gleich noch eine Nachricht schicken, dass ihr Kleid für die standesamtliche Trauung in diesem Farbton sein sollte. Sie glaubte, dass Jupiter sich über ihren Anblick mindestens genauso freuen würde wie sie selbst.

Hoffentlich hatte Jupiter inzwischen den Kamin angemacht, denn warm hielt der Hauch von Kleidung sie nicht. Sehr langsam, fast lasziv, stieg sie die steile Holztreppe herunter ins Erdgeschoss. Das Erste, was sie bemerkte, war, dass kein Feuer im Kamin prasselte. Und Jupiter saß auch nicht in freudig erregter Stimmung auf dem künstlichen Bärenfell, das vor dem Kamin lag. Stattdessen hatte er sich auf dem Sofa ausgestreckt und schnarchte vor sich hin. Mafiosa, ihre schwarze Katze, hatte sich auf seinem Bauch niedergelassen und blinzelte Stella verschlagen an. Sie hatte nur ein Auge, und deshalb sah ihr Ausdruck immer ein wenig hinterlistig aus. Stella wog die Möglichkeiten ab, die sie nun hatte, und entschied sich dafür, einen dicken Frotteebademantel überzuziehen, eine Flasche Wein zu öffnen und zu warten, bis Jupiter wieder aufwachte. Es war erst achtzehn Uhr, und eigentlich hätten sie jetzt gerade an einem der blank polierten Holztische im Fontanello Platz genommen. Stella ging zum Kühlschrank und griff nach dem Rosé, den sie gestern kalt gestellt hatte. Vielleicht gab es in der Mediathek ja noch den verpassten »Tatort« vom vorletzten Sonntag. Gerade als der Wein entkorkt war, hörte sie den Klingelton ihres Diensthandys. Im ersten Moment war sie genervt und wollte den Anruf wegdrücken, denn ihre Kollegen wussten, dass sie sich freigenommen hatte, um mit den Jones' Essen zu gehen. Aber dann siegte die Neugier.

Fünf Minuten später hatte sie eine sehr besorgte Banu beruhigt. Dann raste sie in den ersten Stock und zog sich Jeans und einen dicken Pullover an. Sie stellte den Wein wieder in den Kühlschrank und schrieb eine Nachricht an Jupiter: »Musste doch noch dienstlich los. Eine Frau ist vor dem Fontanello erschossen worden.« Dann zog sie so leise wie möglich die Tür von außen ins Schloss.

Das Blaulicht der Streifenwagen und die helle Straßenbeleuchtung betonten die Wirkung des rot-weißen Absperrbands als Fremdkörper vor dem gepflegten Eingang des Sternerestaurants. Stella wusste wenig über den Hamburger Stadtteil Rotherbaum, außer dass es hier sehr chic sein sollte. Sie kannte niemanden, der hier wohnte, und bisher hatte auch keiner ihrer Fälle sie in diese vornehme Gegend geführt. Dennoch hatte es heute Abend so weit sein sollen. Im Grunde hätte sie neben der Frau am Eingang stehen können, als die tödlichen Schüsse sie getroffen hatten. Sie hätte eine Augenzeugin sein können und nicht wie sonst und nun auch wieder die Ermittlerin. Stella glaubte nicht an so etwas wie Schicksal, aber es war doch irgendwie unheimlich, dass Jupiters Mutter gerade heute so plötzlich Fieber bekommen hatte.

Sie grüßte die Kollegen von der Spurensicherung mit einem kurzen Nicken und ging schnellen Schrittes auf Banu zu. Ihre Kollegin stand unterhalb der Toten auf den Granitstufen, die zur messingbeschlagenen Tür des Restaurants führten. Thies Seligmann, der diensthabende Gerichtsmediziner, kniete neben der Leiche und hatte allerhand Werkzeug ausgebreitet.

Der Frau war in den Kopf geschossen worden. Das Grau ihrer langen, lockigen Haare und das Rot des ausgeströmten und nun geronnenen Blutes bildeten einen zweifarbigen Fächer um die noch existierende Gesichtshälfte der Toten. Von der anderen war nur ein Brei aus Knochen, Haut und Hirn übrig. Ein älteres, aber schönes Gesicht, zerstört im Bruchteil von Sekunden.

»Was mich angeht, ist das hier ein klarer Fall«, sagte der Gerichtsmediziner. »Mehrere Schüsse aus einiger Entfernung. Der Frau wurde von vorn ins Gesicht geschossen. Sie muss sofort tot gewesen sein. Ein Projektil steckt noch im Hinterkopf. Die anderen wird die Spurensicherung sicher noch finden.« Er zeigte auf die Knochen-Hirn-Masse. Stella konnte jedoch nichts erkennen, da einer der aufgebauten Strahler sie blendete. »Ich nehme die Dame jetzt mit und mache noch weitere Untersuchungen.«

Stella wandte den Blick weg von der Leiche und suchte den Vorplatz des Restaurants nach Zeugen ab. Dann überlegte sie, dass das SEK wahrscheinlich noch dabei war, die nähere Umgebung zu sichern. Nach gezielten Schüssen aus der Distanz war dies das übliche Vorgehen. Sicherlich hatten ihre Kollegen alle Gäste nach drinnen gebracht.

Stella betrat das Fontanello und entdeckte drei Menschen, die dicht hinter der Eingangstür zusammenstanden und von Dario und Gunnar befragt wurden. Der Schock war jedem einzelnen Gesicht deutlich anzuerkennen. Der jüngere Mann mochte Mitte dreißig sein. Er hatte Blutspritzer auf seinem hellen Sakko.

»Was wissen wir über die Frau?«, wandte Stella sich an Banu.

»Ihr Name ist Franziska Koviak. Sie ist sechsundsechzig Jahre alt. Anlässlich des siebzigsten Geburtstags ihres Mannes«, Banu zeigte auf den weißhaarigen Herrn im Smoking innerhalb der Dreiergruppe, »wollten sie hier essen gehen. Außer ihrem Mann gehörten noch ihr Sohn sowie ihre Schwiegertochter zur Geburtstagsgesellschaft.«

Stella blickte sich um, konnte aber ihren Chef nirgendwo sehen.

»Thorsten ist gerade im Gastraum und befragt das Servicepersonal, ob heute Abend irgendetwas ungewöhnlich war. Vielleicht übernehmen wir die Zeugen, die in unmittelbarer Nähe von Franziska Koviak gestanden hatten?«

In dem nur schummrig beleuchteten Flur drückten sich sechs Menschen an die Wand, als wären sie lieber ganz woanders. Da es aber offensichtlich Augenzeugen waren und ihnen bereits gesagt worden war, dass sie noch befragt werden würden, mussten sie ausharren.

»Guten Abend, Stella Brandes und Banu Kurtoğlu von der Mordkommission.« Stella sah in die entsetzten

Gesichter der Zeugen. Während Banu begann, die Personalien aufzunehmen, sprach Stella eine Frau an, die sie auf Ende vierzig schätzte. Diese krallte ihre rechte Hand in den Arm ihres deutlich jüngeren Begleiters. »Frau Behrmann, ich nehme an, dass Sie hier einen Tisch reserviert hatten und gemeinsam essen gehen wollten?«

Die Frau nickte, ließ für einen Moment den Arm des Mannes los und knüllte stattdessen ein Taschentuch zusammen. »Ja, Klaas, Klaas Meier, und ich wollten unsere Verlobung feiern.«

Die Frau schien in Stellas Gesicht Anzeichen von Überraschung zu suchen und wirkte fast verwundert, dass sie nichts dergleichen fand. Dennoch fühlte sie sich bemüßigt zu ergänzen: »Weil der Altersunterschied so groß ist, wollten wir es nicht gleich bekannt geben, sondern nur zu zweit ein bisschen feiern. Wir wollten, dass unsere Freunde sich langsam daran gewöhnen.«

»Daran ist ja auch gar nichts auszusetzen.« Stella schenkte der Frau ein ermutigendes Lächeln und blickte zu ihrem Verlobten, der in der Tasche seines Sakkos mit einem Autoschlüssel herumklimperte. »Erzählen Sie mir doch bitte ganz genau, was passiert ist, nachdem Sie aus dem Auto gestiegen sind.«

Klaas Meier räusperte sich. »Also, zunächst war da ja nichts Bemerkenswertes. Ich habe Bettina aus dem Auto geholfen, habe ihre Hand genommen, und dann sind wir auf den Eingangsbereich des Restaurants zugegangen. Ungefähr fünfzig Meter vor uns ging«, er schluckte hörbar und sein Adamsapfel hüpfte auf und ab, »die Tote, die da natürlich noch lebendig war.«

Stella ließ einige Sekunden betroffenes Schweigen zu und hakte dann nach. »Haben Sie irgendetwas Ungewöhnliches bemerkt? Vielleicht eine Person, die in einiger Entfernung stand und den Eingang beobachtete, oder jemanden auf einem der Balkons gegenüber?«

Klaas Meier schüttelte den Kopf. »Ich hatte, ehrlich gesagt, nur Augen für Bettina.« Er lächelte seine Verlobte an. Die beiden wirkten sehr verliebt.

Banu, die ihre Befragung abgeschlossen hatte, trat hinzu.

»Aber dann passierte ja etwas.«

»Ja, genau. Es sirrte ein paarmal ganz kurz hintereinander. So ein Geräusch habe ich bisher nur in Filmen gehört. Und dann brach die Frau zusammen.«

»Haben Sie jemanden weglaufen sehen?«

Das Paar sah sich an und beiden schüttelten mit dem Kopf.

»Nein«, sagte Bettina Behrmann, »ich habe nur gehört, wie eine Frau immer wieder geschrien hat ›Oh Gott, sie ist tot.‹ Mindestens zehnmal. Und der ältere Mann ist neben der Frau in die Knie gegangen und hat sie an den Schultern gepackt und gerüttelt.«

Stella bedankte sich bei Bettina Behrmann und Klaas Meier. Nacheinander befragten sie die anderen Zeugen. Die Aussagen deckten sich. Lediglich ein fünfzehnjähriges Mädchen wollte irgendwo im Gebüsch ein Licht gesehen haben, so wie von einem Mündungsfeuer. Es könnte aber auch ein Feuerzeug von einem Spaziergänger gewesen sein. Dario und Gunnar signalisierten, dass das Gespräch mit der Familie der Toten beendet war. Ein Kriseninterventionsteam würde sich weiter um sie kümmern. Gemeinsam traten sie aus der Tür, und Stella war froh, wieder an der frischen Luft zu sein, auch wenn die Spuren der Hinrichtung noch deutlich zu sehen waren.

Thorsten Fock hatte kurz vor ihnen das Restaurant verlassen. Er hatte signalisiert, dass das SEK mit der Sicherung durch war.

Sie trafen sich auf der runden Rasenfläche mit dem von adipösen Marmorputten überladenen Springbrunnen. Dario gähnte und sah auf seine Uhr. »Es ist jetzt einundzwanzig Uhr. Wir sind seit zwölf Stunden im Dienst. Ich denke, dass wir unsere Gespräche morgen im Präsidium auswerten.«

»Tja«, sagte Stella. »Daran wirst du dich wohl gewöhnen müssen. Polizeidienst in einer Großstadt ist ein bisschen was anderes als auf dem Dorf. ›Großstadtrevier‹ versus ›Mord mit Aussicht‹. Aber ich denke, du hast recht. Für heute reicht es.« Stellas Handy hatte in ihrer Tasche schon zigmal vibriert, und sie konnte sich vorstellen, dass Jupiter zu Hause wie auf glühenden Kohlen saß. Erwartungsvoll sah sie ihren Chef an, damit er das Startsignal gab.

Thorsten Fock griff in seine Tasche und packte langsam einen Karamellbonbon aus. Nachdem er einige Sekunden darauf herumgelutscht hatte, sagte er: »Ja, ihr habt recht. Wir steigen morgen voll in die Ermittlungen ein. Im Grunde haben auch die Mitarbeiter des Fontanello nichts Besonderes zu sagen gehabt. Nur eins war ungewöhnlich. Es gab wohl mehrere telefonische Nachfragen, ob und wann Jupiter Jones mit Familie einen Tisch reserviert hat. Auch unmittelbar vor dem Mord noch. Die Frau an der Rezeption war sich nicht ganz sicher, aber es könnte immer dieselbe weibliche Stimme gewesen sein. Sie hat sich ein wenig zu sehr beeilt zu sagen, dass sie natürlich keine telefonische Auskunft gegeben hat.«

Stella runzelte die Stirn. Sie ärgerte sich, dass Jupiter mittlerweile quasi jeden seiner Schritte auf Facebook oder Instagram postete. »Bestimmt irgendwelche Fans, die ein Selfie mit ihm machen wollten.« Aber sie war nicht hundertprozentig davon überzeugt. Da Jupiter so ziemlich gleich eingeschlafen war, nachdem seine Eltern abgesagt hatten, hatte im Fontanello niemand gewusst, dass die Familie Jones und sie nicht kommen würden. Und etwas war Stella sofort durch den Kopf gegangen, nachdem sie die Tote gesehen hatte. Mit ihren vollen grauen Locken und ihrer sehr schlanken Figur sah sie ihrer zukünftigen Schwiegermutter Hellen Jones ziemlich ähnlich. Zumindest der Hellen, die Stella von Fotos kannte. Außerdem waren die Koviaks ebenfalls zu viert. Till Koviak, Franziskas Sohn, sah Jupiter zwar nicht besonders ähnlich, und seine Frau hatte auch kaum Ähnlichkeit mit Stella, dennoch war es ein komischer Zufall. Allerdings war es jedoch sehr unwahrscheinlich, dass eine Frau wie Hellen Jones, die abgeschieden am Ende der Welt lebte, ausgerechnet bei ihrem einzigen Besuch in der Großstadt Hamburg das Ziel eines Anschlags sein sollte. Und obwohl dieser Gedanke so wahnsinnig unwahrscheinlich war, wusste Stella, dass er sie in dieser Nacht wachhalten würde.

DIENSTAG, DEN 21. MÄRZ 2017

»Also, was haben wir?« Thorsten Fock saß am Kopf des Tisches im Besprechungsraum und nickte Banu zu, die bereits im Aufstehen begriffen war. Sie nahm den Edding in die Hand, bereit, die zusammengetragenen Informationen im Kopf vorzustrukturieren und auf das Flipchart zu schreiben. Ihr Chef war zwar ein intelligenter Ermittler und hervorragender Theoretiker, aber trotz diverser Fortbildungen in diesem Bereich eine Niete in Visualisierung. Banu schrieb den Namen des Opfers ganz oben auf das Blatt, darunter den Tatort und die Uhrzeit.

»Jede Menge Zeugen, aber keiner hat etwas gesehen«, bemerkte Stella, die heute reichlich übernächtigt aussah. »Der Schuss scheint also von weiter weg gekommen zu sein.«

Dario pustete in seinen Becher mit heißem Tee. Der neue Kollege war der Einzige der Mordbereitschaft 5, der Tee trank statt Kaffee. Deshalb hatte er sich auch ein ganzes Regalfach voller eigener Becher mitgebracht. Denn er war der Meinung, dass man es immer schmecken würde, wenn in einen Teebecher auch nur einmal Kaffee eingegossen worden wäre.

Thorsten nickte. »Der Meinung bin ich auch, aber Konkretes können wir erst sagen, wenn Seligmann die Obduktion gemacht hat. Banu wird heute Nachmittag dabei sein. Die Staatsanwältin hat schon grünes Licht gegeben.«

»Noch ist auch nicht klar, aus welcher Art von Waffe der Schuss abgegeben wurde. Die Kriminaltechniker sind dran. Die Spurensicherung hat gestern Abend noch ziemlich lange gearbeitet.«

»Dann können wir wohl gerade nichts anderes tun, als das Blatt leer zu lassen?«, fragte Banu in die Runde.

»Nicht ganz«, meldete sich Gunnar zu Wort. »Thorsten sagte doch gestern, dass eine Menge Fragen nach der Reservierung von Jupiter Jones kamen? Vielleicht haben wir es mit einem verrückten Fan zu tun?«

»Dazu passt, dass gleich heute Morgen der erste Anruf vom Restaurantleiter des Fontanello kam. Die junge Frau, die gestern am Empfang Dienst hatte, hat ihn heute um sieben Uhr früh schluchzend angerufen. Sie hätte die ganze Nacht nicht schlafen können, weil sie dem ersten Anrufer doch erzählt hatte, dass um achtzehn Uhr ein Tisch für Jupiter Jones und Familie reserviert war. Es war ihr in dem Moment einfach so rausgerutscht. Der Restaurantleiter hatte seine Angestellte damit entschuldigt, dass sie erst kurze Zeit im Fontanello arbeitete und vorher in einem weitaus bescheideneren Haus tätig gewesen war, in dem eventuell nicht so viel Wert auf Diskretion gelegt wird. Er hat auch gebeten, dass wir das nicht an die große Glocke hängen.«

Banu schrieb ›Zusammenhang mit Reservierung von Jupiter Jones?‹ auf das Flipchart und warf Stella einen Blick zu.

Ihre Kollegin rollte mit den Augen und rief: »Einspruch! Ich weiß, es hört sich jetzt eingebildet an. So, als wäre ich eine Fußballerfrau oder so. Aber es ist ganz häufig so seit dieser Fernsehserie, dass Jupiter, wenn er ins Restaurant, Café oder Kino geht, von ein paar Fans belagert wird, die Autogramme haben oder Selfies mit ihm machen wollen. Das ist nicht neu. Und bisher gab es dabei auch keine Toten.«

»Wenn es eine eifersüchtige Followerin gewesen wäre, hätte sie wohl auch eher Stella umbringen wollen. Mit vierzig hat man zwar kein Gesicht mehr wie eine Fünfundzwanzigjährige, nicht mal wie eine Dreißigjährige, aber mit einer Frau Mitte sechzig kann man Stella eigentlich nicht verwechseln.« Dario schien seinen eigenen Witz äußerst komisch zu finden.

Stella tat so, als hätte sie die Bemerkung überhört. Sie schickte lediglich einen eisigen Blick in Richtung Gunnar, der ein Lachen unterdrückte, sich die Hand vor den Mund hielt und einen Hustenanfall vortäuschte.

»Hast du denn mit Jupiter über den Mord gesprochen?«, fragte Thorsten und ging zur Fensterbank, wo er ein vertrocknetes Blatt vom Gummibaum abriss und es mit trauriger Miene zwischen Daumen und Zeigefinger zerrieb.

»Ja, gestern Abend und heute beim Frühstück ganz kurz. Er ist natürlich schockiert. Aber er hat keine Drohungen oder so bekommen.«

»Okay«, sagte Thorsten, »business as usual, das heißt, dass wir zunächst die Familie und Freunde befragen. Vielleicht hatte Franziska Koviak ja ein dunkles Geheimnis. Dario und ich nehmen uns erst den Ehemann und danach den Sohn und die Schwiegertochter vor. Gunnar und Stella arbeiten die Reservierungen des gestrigen Abends im Fontanello durch. Vielleicht ist es hilfreich, den Restaurantleiter dabeizuhaben. Das Fontanello hat viele Stammkunden. Zu denen kann er bestimmt etwas sagen. Außerdem solltet ihr euch noch mal mit der Empfangsdame unterhalten. Und Banu fragt nach den Ergebnissen der Spurensicherung und geht anschließend in Seligmanns Leichenhalle.«

»Das bedeutet dann wohl, dass wir jetzt unseren eigenen Fall haben?« Banu versuchte, nicht allzu begeistert zu klingen, denn natürlich war ein Mord, auch der an Franziska Koviak, immer schrecklich und unfassbar. Aber wenn sie nun für diesen Mordfall zuständig waren, konnten sie die Mordbereitschaft 3 nicht bei den Ermittlungen im Fall der zerstückelten Obdachlosen unterstützen. Thorsten nickte und Banu atmete erleichtert auf.

»Bisher kann es alles Mögliche sein. Die Tierärztin hat das Bein zwar abgetastet und eine Beugeprobe gemacht, aber wir warten erst mal ab, ob das entzündungshemmende Mittel wirkt. Und ich soll ihn jeden Tag zwanzig Minuten im Schritt führen.« Annika zuckte mit den Achseln, löste den Knoten des Halfterstricks und zog ihr lahmendes Pferd, den Hannoveraner Wallach Sorry for Delay, hinter sich her durch die Stallgasse. Sie konnte in ihrem Rücken die enttäuschten Blicke ihrer Freundinnen spüren. Sie hatte durchaus mitbekommen, dass Delay als Überraschung mit Blumen geschmückt am Freitag vor der Apostelkirche stehen und Annika in den Hafen der Ehe begleiten sollte. Natürlich wollte sie dies eigentlich bis zur Trauung geheim halten, aber Annika hatte mehrere Indizien herausgefunden und kombiniert. Zum einen war da der Kastenwagen einer Floristin gewesen, der neulich vom Hof fuhr, als Annika gerade ihr Auto parkte. Dann hatte Alice gefragt, aus welchen Blumen genau der Brautstrauß bestehen würde. Aber wirklich verraten war der Plan, als Annika in der Altpapierkiste, die im Reiterstübchen stand, eine Skizze mit den Parkplätzen rund um die Apostelkirche fand, auf der rote Sternchen der Überschrift nach mögliche Abstellplätze für Pferdeanhänger markierten. Selbstverständlich tat sie so, als wüsste sie von nichts, denn sie wollte ihren Freundinnen den Spaß, den solche geheimen Planungen ja immer mit sich brachten, nicht verderben. Aber nun sah es sowieso so aus, als würde nichts aus der Überraschung, denn Delay hatte offensichtlich Schmerzen. Annika blieb stehen und streichelte den Hals ihres Pferdes. Es tat ihr nicht nur leid für ihre Freundinnen, sondern auch für den Wallach, denn wahrscheinlich wäre dies sein letzter öffentlicher Auftritt gewesen. Auf unzähligen Dressurturnieren hatte er bewiesen, dass er eine Rampensau war, hatte Annika immer mit gespitzten Ohren brav von Platzierung zu Platzierung getragen, bevor er wegen eines Fesselträgerschadens lange ausgefallen und dann nicht mehr richtig in Gang gekommen war. Sie liebte den mittlerweile achtzehn Jahre alten Delay, ertappte sich aber bereits dabei, dass sie die von Facebook vorgeschlagenen Verkaufsanzeigen für Pferde immer genauer durchlas, um einen Nachfolger für ihn zu finden. Denn sie war nun mal jemand, der sich im Wettkampf gern mit anderen maß, und das fehlte ihr.

»Warte mal, ich komme mit«, rief ihr Natascha hinterher. Annika blieb stehen, bis ihre Freundin ihr Pferd aufgetrenst hatte. Im Gegensatz zu Delay konnte man die Trakehner Stute Seven, die ständig hin- und hertänzelte, nicht einfach nur am Halfter führen. Eigentlich war Annika ganz froh, dass der Auftritt des Pferdes vor der

Kirche ausfallen würde, denn sie hätte sich doch Gedanken gemacht, ob alles gut gegangen wäre. Und ihr Hochzeitstag sollte einfach nur schön werden, ohne ein einziges Sorgenwölkchen am Himmel.

Die Empfangsdame schien unter dem gestrengen Blick des Restaurantleiters mehr und mehr zu schrumpfen. »Ich möchte mich noch mal dafür entschuldigen, dass so eine Indiskretion passiert ist. Frau Liebherr tut dies sehr leid.«

Sofort war Stella klar, dass Elke Liebherr stumm bleiben würde wie ein Fisch, wenn sie sie nicht von ihrem Chef separieren würde. Zu groß war seine bedrohliche Präsenz ihr gegenüber. Stella und Gunnar tauschten einen vielsagenden Blick und Stella zeigte in Richtung des Empfangs.

»Zeigen Sie mir doch mal das Gästebuch, Herr Lichterberg. Ich möchte mir gern die Reservierungen ansehen.«

Der Restaurantleiter blickte noch einmal auf seine Angestellte, offensichtlich nicht ganz damit einverstanden, sie nicht weiter beaufsichtigen zu können, folgte Stella jedoch zu dem massiven marmornen Empfangstresen. »Ich hoffe, das bringt uns nicht allzu viele negative Presse. Für die nächsten Tage wurden schon einige Reservierungen abgesagt.«

»Ich kann verstehen, dass es nicht schön ist, sein Restaurant mit solchen Schlagzeilen in der Zeitung stehen zu sehen, aber Sie können ja nichts dafür. Und außerdem vergessen Menschen schnell.« Stella stellte sich hinter das riesige in Leder eingebundene Buch und blätterte eine Seite zurück. »Benutzen Sie keinen Computer für die Reservierungen?«

Der Restaurantleiter zeigte auf einen zugeklappten Laptop in der Ecke. »Doch, jede Reservierung wird elektronisch erfasst. Aber wir tragen auch alles zusätzlich händisch ins Buch ein. Es macht einen ganz anderen Eindruck auf den Gast, wenn er sieht, wie die Empfangsdame mit dem Finger die Liste der Reservierungen entlangfährt, einen Haken hinter den Namen setzt und den Gast dann zu seinem Platz führt. Es ist viel persönlicher. Und das schätzen die Gäste an unserem Haus.«

Stella nickte wissend, wunderte sich jedoch umso mehr, warum Jupiter hier hatte essen gehen wollen. »Ich kann Ihnen einiges zu den Reservierungen sagen. Wir haben viele Stammgäste. Gestern Abend waren mindestens fünfzig Prozent unserer Besucher bekannte Gesichter.«

»Wie war es denn mit Familie Koviak?«

Der Restaurantleiter schlug die Augen nieder und legte seine Hände aneinander, als wollte er beten. »Der arme Axel.« Er hielt einen Moment inne. »Ja, natürlich kannte ich die Koviaks. Sie kommen immer zu den Geburtstagen zu uns. Den sechzigsten Geburtstag von Franziska haben sie hier groß im Saal mit fünfzig Personen gefeiert.«

»Sie waren sogar per Du?«

Adrian Lichterberg winkte ab, und Stella hatte den Eindruck, dass es ihm unangenehm war. Wahrscheinlich hatte er Angst, dass er noch genauer unter die Lupe genommen werden würde, wenn sich herausstellte, dass er die Koviaks gut kannte.

»Ja, nur weil sie bereits so oft bei uns waren. Mit Stammgästen gehen wir hier vertraulich um. Sie haben dann den Eindruck, zu unserer Welt dazuzugehören. Viele bekommen auch ein Glas Champagner aufs Haus, wenn sie öfter zu uns kommen. Oder hausgemachte Pralinés.«

Stella nickte knapp und wandte sich wieder den Einträgen im Reservierungsbuch zu. »Waren Sie mit Walter Messmann, vier Personen um siebzehn Uhr dreißig, auch per Du?«

Adrian Lichterberg schüttelte langsam den Kopf. »Nein, soweit ich weiß, war Herr Messmann gestern zum ersten Mal Gast bei uns. Und«, er machte ein Gesicht, als hätte er Zahnschmerzen, »er wird den Abend wohl auch nicht in guter Erinnerung behalten.«

Stella fragte alle Reservierungen bis achtzehn Uhr dreißig ab. Nach dem Mord wurde das Restaurant geschlossen, und deshalb schienen ihr die Namen der Gäste, die ab neunzehn Uhr kamen, nicht relevant zu sein. »Also würden Sie sagen, dass es bis zu dem Tod von Franziska Koviak ein ganz normaler Montagabend für das Fontanello war?«

Der Restaurantleiter nickte. »Ja, bis auf den Fauxpas von Frau Liebherr. Aber es kommt auch selten vor, dass so häufig nach Reservierungen gefragt wird. Ich habe mal nachgelesen. Dieser Jupiter Jones ist Schauspieler. Was für ein alberner Name. Ist bestimmt ein Künstlername.«

Stella konnte sich ihr Grinsen kaum verkneifen. Natürlich war sie gestern ins Grübeln gekommen, ob ihre Reservierung und der Mord an Franziska Koviak irgendwie zusammenhingen. Aber im Lichte des Tages und bei strahlendem Sonnenschein im März, einem seltenen Wetterphänomen in Hamburg, schien ihr das alles weit hergeholt. Sie war dennoch gespannt, welchen Eindruck Hellen Jones heute Abend auf sie machen würde.

Gunnar wartete bereits vor dem Eingang auf sie. »Stell dir vor, Elke Liebherr kann tatsächlich sprechen.«

Stella setzte ihre Wollmütze auf und zog sie tief in die Stirn, denn der Wind war ganz schön kalt. »Insgesamt wurde elfmal nach Jupiter Jones gefragt. Nachdem sie eine Nacht darüber geschlafen hat, ist sie nun der Meinung, dass es verschiedene Anruferinnen waren. Allerdings alle weiblich.« Stella rollte mit den Augen. »Genau so habe ich mir das vorgestellt. Vielleicht sollte ich lieber Quasimodo heiraten.«

»Aber mal ganz im Ernst: Bist du nicht total eifersüchtig?«

Stella kannte ihren Kollegen Gunnar nun schon so lange, dass sie ehrlich mit ihm sein konnte. »Eifersüchtig nicht direkt. Ich vertraue Jupiter. Aber es nervt schon reichlich, dass er so präsent bei Facebook und Instagram ist.« Sie zog ihr Smartphone aus der Tasche und rief Facebook auf, um Gunnar Jupiters Einträge zu zeigen. »Er hat sogar unseren gestrigen geplanten Restaurantbesuch gepostet.« Sie zeigte Gunnar den Ausschnitt einer Landkarte, auf der Großbritannien und Deutschland und eine rote Linie zu sehen waren, die vom Nordosten Schottlands nach Hamburg führte – die Reiseroute von Hellen und Duncan Jones. Darunter stand: »Dinner mit Mum und Dad im Fontanello. See you!« Stellas positive Stimmung geriet wieder ein wenig ins Wanken. Er hatte seine Mutter ganz explizit erwähnt. War dies ein Hinweis darauf, dass es doch einen Zusammenhang zwischen Jupiters Reservierung und den Schüssen auf Franziska Koviak gab? Gunnar schien ähnliche Überlegungen anzustellen, denn er wirkte auf einmal sehr nachdenklich.

»Das würde mich ja belasten«, sagte er in einem ernsten Tonfall.

»Dass seine Mutter in dem Post erwähnt wurde?«
»Nein, dass von dir überhaupt keine Rede ist.«
Stella knuffte ihrem Kollegen in die Seite. »Damit kann ich leben«, sagte sie.

»Gleich haben wir es geschafft. Nur noch fünf Treppenstufen.« Lisa Borgstedt blieb stehen und stellte die beiden Einkaufstaschen neben sich ab. Ihr weißer Mischlingsrüde Fellini winselte und sah abwechselnd zu seinem Frauchen und zur Wohnungstür. Sie wusste, dass er gehorsam warten würde, bis sie das Zeichen gab, weiterzugehen. Allerdings erhielt er immer, wenn sie die Wohnung betraten, sofort ein Leckerchen aus der großen bunten Dose. Das liebte er besonders, und deshalb fiel es ihm schwer, abzuwarten. Noch vor einem Jahr hatte sie die Hälfte der Zeit gebraucht, um in den vierten Stock zu kommen, aber in der letzten Zeit machte ihr Rücken ihr zu schaffen. Meist musste sie auf dem Weg nach oben zweimal pausieren. Lisa war zwar noch keine siebzig Jahre alt, aber die harte Arbeit in ihrer Kindheit und Jugend hatte den körperlichen Verfall beschleunigt. Aus diesem Grund hatte sie für acht Tage eine Schnupperkur in einem Kurhotel in Swinemünde an der Ostsee gebucht. Sie war seit Jahren nicht in den Urlaub gefahren und grübelte seit Wochen darüber nach, ob es eine gute Idee gewesen war, diesen sehr kurzen Kuraufenthalt zu buchen. Eine Patientin im Wartezimmer ihres Orthopäden hatte ihr davon erzählt, dass sie sich selbst nach dieser einen Woche schon viel fitter gefühlt hatte. Und das Beste war, dass Fellini auch mitkommen konnte. Das Hotel verfügte über einen Hundehort, wo ihr Liebling bleiben konnte, wenn sie Anwendungen hatte.

Sie streichelte Fellini über den wolligen Kopf. Allein seinetwegen musste sie noch eine Weile körperlich fit bleiben. Sie nahm an, dass ihr auch eine längere Kur bewilligt werden würde. Ob sie das wollte, würde sie nach der Probewoche entscheiden. Vielleicht würde sich dann die Frage ein wenig nach hinten schieben lassen, ob nicht ein Umzug in ein Haus mit Fahrstuhl erfolgen müsste. Aber Lisa wohnte nun seit fast fünfunddreißig Jahren in der Altbauwohnung. Es war nicht nur so, dass sie so viel an Krimskrams angehäuft hatte, den sie im Falle eines Umzugs durchsehen und einiges davon wegwerfen müsste. Sehr häufig unterhielt sie sich, vor allem abends, mit ihrem verstorbenen Mann, der mit ihr in dieser Wohnung gelebt hatte. Sie hatte Angst vor dem Verstummen von Thomas' Stimme, wenn sie ihr gemeinsames Heim für immer verlassen würde.

Lisa atmete tief ein, hob die Einkaufstaschen hoch und bewältigte die letzten fünf Treppenstufen. Sicherlich würde sie bis heute Abend, wenn Fellini noch mal rausmusste, keinen Fuß mehr vor die Tür setzen. Und vielleicht würde sie heute sogar Lara anrufen, die die abendliche Gassirunde gern übernahm. Nachdem sie Fellini für seine Geduld belohnt hatte, nahm sie das Telefon von der Ladestation und drückte die Schnellwahltaste fünf, um Lara zu fragen, ob sie heute Abend Zeit hatte. Mit Erstaunen sah sie, dass jemand in ihrer Abwesenheit auf den Anrufbeantworter gesprochen hatte. Sie bekam so gut wie nie Anrufe, außer von irgendwelchen dubiosen Firmen, die ihr etwas verkaufen wollten. Sie drückte die Abspieltaste und hörte die Stimme einer sehr alten Freundin.

»Ich würde sagen, Fehlanzeige«, sagte Dario und rollte den schwarzen Edding über den Tisch im Besprechungsraum in Richtung Banu. »Franziska Koviak war eine unauffällige, solide Mittelstandsfrau, die einen SUV fuhr, einmal in der Woche zur Kosmetikerin ging und einen Gesprächskreis in einem Altersheim leitete. Sie hatte keine Feinde, aber irgendwie auch kaum Freunde.«

»Wie merkwürdig«, sagte Stella, »wir haben gerade erfahren, dass sie ihren sechzigsten Geburtstag mit fünfzig Gästen im Fontanello gefeiert hat. Da werden doch wahrscheinlich auch ein paar Freunde dabei gewesen sein.«

»So wie ich ihren Mann verstanden habe, unternahmen sie viel mit den Familien seiner Geschäftspartner.«

Banu pustete auf die heiße Instant-Terrine, die eigentlich kaum einen nahrhaften Inhalt hatte. Sie war doppelt so teuer wie vergleichbare Fertiggerichte im Discounter, da sie das Label einer bestimmten Diätgruppe auf der Vorderseite trug. Und nach diesen Diät-Vorgaben hatte Banu vor, in den nächsten Wochen zu leben.

»Ist Fatih im Urlaub?« Thorsten grinste.

»Nein, aber ich finde, man muss nicht in jeder Mittagspause Döner essen. Außerdem habe ich die ganze Zeit gearbeitet und hatte keine Zeit, mich zum Essen gemütlich in ein Restaurant zu setzen und Pommes zu essen.«

Thorsten nahm ein Taschentuch aus seinem Sakko und wischte sich den kleinen Ketchup-Fleck von seinem Hemd, den Banu seit mehreren Sekunden fixierte. Banu stellte ihr Mittagessen auf dem Tisch ab und nahm sich den Edding. Offensichtlich sah sich hier tatsächlich niemand anders in der Lage, die Stichpunkte zum Fall Franziska Koviak auf dem Papier festzuhalten. »Da ich multitaskingfähig bin, werde ich euch nun die Informationen, die ich von der Spurensicherung habe, mündlich mitteilen und sie gleichzeitig aufschreiben.«

Dario pfiff durch die Zähne.

»Tatsächlich hat man noch zwei weitere Projektile gefunden. Eins steckte in der Erde, kaum einen Meter entfernt von der Toten. Das zweite in dem Stamm von dem großen Olivenbaum, der vor dem Eingang des Restaurants steht. Die Ballistik sagt, dass es sich um Teilmantelgeschosse handelt. Da der Schuss ja offensichtlich aus einer größeren Entfernung kam, ist es wahrscheinlich, dass es sich bei der Tatwaffe um ein Jagdgewehr handelt. Jäger schießen oft aus über hundert Metern auf das Wild.«

»Das bedeutet, dass der Täter entweder ein Jäger ist und einen Jagdschein besitzt oder die Waffe im Darknet erworben hat«, sagte Gunnar.

Thorsten nickte. »Oder der Täter hat das Gewehr bei einem Einbruch entwendet. Oder es sich in einem Land besorgt, in dem Waffenbesitz völlig legal ist.« Er zeigte auf Dario. »Du wirst dich heute Nachmittag an den Rechner setzen und rausfinden, wie viele Menschen mit Jagdschein es in Hamburg und Umgebung gibt. Außerdem, ob in der letzten Zeit irgendwo Jagdgewehre gestohlen wurden.«

Dario runzelte die Stirn. »Ich würde lieber mit der Zeugenbefragung weitermachen.«

Der Chef schüttelte jedoch den Kopf. »Du ersetzt den geschätzten Kollegen Armin in unserer Truppe, und der war immer derjenige, der die Computerrecherche gemacht hat.«

»Na gut«, Dario seufzte und ergab sich in sein Schicksal.

Banu warf einen Blick in die Runde. Als sie merkte, dass sie wieder die volle Aufmerksamkeit hatte, fuhr sie mit ihrem Bericht fort: »Am Tatort wurde natürlich auch Blut gefunden. Ausschließlich von der Blutgruppe null. Also das Blut von Franziska Koviak. Ansonsten keinerlei Hinweise. In circa hundertfünfzig Metern Entfernung befindet sich ein eher kleines Parkhaus. Es hat nur vier Parkebenen. Harvestehuder Weg, Ecke Milchstraße. Die Techniker vermuten, dass die Schüsse von dort gekommen sein könnten. Seligmann hat bei der Obduktion bestätigt, dass die Frau von einem erhöhten Punkt aus beschossen wurde. Denn die Kugeln sind von oben durch die Schädeldecke geschlagen beziehungsweise dort stecken geblieben. Die Spurensicherung wird sich das Parkhaus noch mal genau vornehmen.«

Thorsten nickte. »Wir werden gleich einen Aufruf an die Öffentlichkeit herausgeben, in dem wir um Mithilfe bitten. Vielleicht ist jemandem irgendetwas rund um das Parkhaus aufgefallen.«

»Aber das wäre doch sehr riskant für den Täter«, sagte Stella. »Am frühen Abend ist in dem Parkhaus doch bestimmt eine Menge los.«

»Es ist dennoch eine Möglichkeit.«

»Und was sagt Seligmann sonst, Banu?«

»Franziska Koviak war sofort tot. Ansonsten keine Auffälligkeiten. Sie hatte einen gesunden Körper. Es gibt nicht einen Hinweis auf Drogenkonsum oder Ähnliches.«

Stella schnalzte mit der Zunge. »Das ist ein Fall, wie ich ihn liebe. Keine Zeugen, ein scheinbar völlig unschuldiges, fast biederes Opfer und so gar kein Motiv! Wo machen wir weiter?«

Annika klopfte das Herz bis zum Hals. Sie hatte ihre Mutter nun fast ein Jahr nicht mehr gesehen. Sie hatten zwar in den vergangenen zwölf Monaten mehrfach über Skype telefoniert, aber es war nicht dasselbe, seiner Mutter von der eigenen Verlobung zu erzählen, wenn man viele Hundert Kilometer voneinander entfernt war, als ihr dabei direkt ins Gesicht zu sehen. Und so konnte Annika bis heute nicht sagen, ob ihre Mutter wirklich mit der Heirat einverstanden war.

Hilde de Boer reiste nicht gern. Genau genommen reiste sie gar nicht. Und Annika wollte nicht immer diejenige sein, die ihren Wohnort verließ, um sich mit ihrer Mutter zu treffen. In den letzten Jahren, seit Annika zu ihrem Onkel und ihrer Tante nach Kiel gezogen war, um dort die gymnasiale Oberstufe zu besuchen, waren ihre Besuche auf der Insel zunehmend weniger geworden.

Am Anfang hatte sie vieles vermisst: den weißen Strand der Düne, das Gruseln bei den Geistergeschichten auf dem Friedhof der Namenlosen, die unzähligen Robbenbabys, die hier im Winter auf die Welt kamen, und die Stunden der Einsamkeit, wenn in der Nachsaison die Touristenströme verebbten. Kiel lag auch am Wasser, aber die Luft schmeckte nicht so rein, und selbst das Kreischen der Möwen klang anders als auf Helgoland. Sie hatte nie verstanden, warum ihre Mutter sie nicht auf dem Festland besuchen wollte. Angeblich wurde sie stark seekrank, und in das kleine Flugzeug, das von der Düne aus Richtung Cuxhaven oder Büsum startete, würde sie niemals einsteigen: Flugangst. Zu Annikas Abifeier war nur ihr Vater gekommen, die Glückwünsche ihrer Mutter hatte sie sich persönlich auf Helgoland abgeholt. Als Annika anfing, in Hamburg zu studieren, wollten ihre

Eltern ihr eine eigene Wohnung finanzieren, aber Annika zog in eine WG mit vier anderen Studierenden. Jedes Mal, wenn sie die Insel verließ, hatte sie das Gefühl, sie müsste unter Leute. Und die Einsamkeit, die sie einmal so sehr geliebt hatte, machte ihr nun Angst. Dann trat Sebastian in ihr Leben: charmant, intelligent, unterhaltsam und mittellos.

Kurze Zeit später zog sie aus der WG aus und mit Sebastian zusammen in eine kleine, aber schicke Neubauwohnung im Harburger Hafen direkt am Kanal, die vollständig ihre Eltern bezahlten. Viele ihrer Kommilitonen wunderten sich darüber, dass Sebastian und Annika in den Hamburger Süden zogen, der von vielen nicht unbedingt als Teil Hamburgs wahrgenommen wurde. Aber ein weiterer wichtiger Begleiter in Annikas Leben war seit zwölf Jahren ihr Pferd Sorry for Delay. Sie brauchte also quasi eine Wohnung für sich und eine Box für Delay. Und beides sollte möglichst dicht beieinanderliegen, denn in der Anfangsphase ihres Studiums, als sie in der WG in Eppendorf gewohnt hatte, hatte sie ihr Pferd fast vollständig ihrer Reitbeteiligung überlassen. Sie hatte ihn nur noch auf Turnieren, am Wochenende oder in den Semesterferien geritten, und die erzielten Platzierungen waren daraufhin immer schlechter geworden, da sie kein eingespieltes Team mehr waren. Nun war Annika immer eine mittelmäßige Schülerin gewesen und sie war auch keine Studentin mit herausragenden Noten, aber reiten konnte sie. Und die Erfolge zu Pferd stabilisierten sie und gaben ihr Selbstbewusstsein.

Und so bezog sie die lichtdurchflutete Harburger Wohnung und Delay eine großzügige Außenbox mit Fenster und täglichem Auslauf am Rande der Fischbeker Heide. Mit dem Auto war sie von ihrer Wohnung aus in fünfzehn Minuten beim Stall.

Annika nippte an ihrem Espresso und sah auf die Uhr. Sie war jetzt seit einer halben Stunde hier und hatte ihrer Mutter gerade eine Nachricht geschickt, dass sie bereits im Foyer des urigen Mittelklassehotels in Jork, einem der größeren Dörfer im Alten Land, saß und wartete. In diesem Moment öffnete sich die Tür des Fahrstuhls und Hilde de Boer trat in den Sonnenstrahl, der durch die großen verglasten Flächen des Wintergartens fiel. Annika bemerkte, dass ihre Mutter ihre Haare nun länger trug und offensichtlich aufgehört hatte, sie zu färben. Sie hatte sie zu einem lockeren Pferdeschwanz zusammengebunden. Und sie hatte abgenommen. Sie wirkte nicht mehr schlank, sondern beinahe zerbrechlich. Annika winkte und ihre Mutter lächelte. Dann nahm sie Kurs auf den Tisch ihrer Tochter.

MITTWOCH, DEN 22. MÄRZ 2017

Das Café Hütchenspiel am Isebekkanal hatte vor Kurzem den Besitzer gewechselt. Statt den schon reichlich in die Jahre gekommenen Rattanstühlen und den bequemen, aber durchgesessenen Cocktailsesseln bestand das Mobiliar nach der Renovierung aus amerikanischen Alustühlen, sogenannten Navy Chairs, und sechseckigen Metalltischen.

»Da muss ich mich erst mal dran gewöhnen«, sagte Stella und griff nach der Frühstückskarte. Nach etwa einer Minute gab sie einen traurigen Seufzer von sich. »Ich fürchte, wir müssen uns etwas Neues für unsere gemeinsamen Frühstücks-Mittwoche suchen, Banu. Ich stehe nicht so auf vegan.«

Banu nickte. »Ich bin aber dafür, dass wir es hier heute einmal ausprobieren.« Sie nahm Stella die Karte aus der Hand. »Ich finde, dass das Scrambled Tofu mit Tomaten und Pilzen doch ganz lecker klingt.«

Stella winkte der Bedienung. »Dabei hatte ich doch gestern Abend schon jede Menge Soulfood und Kabbalah-Mineralwasser. Da hatte ich mich auf ein bodenständiges Spiegelei mit Bacon gefreut. Aber was soll's? Ich nehme den YogaBowl.«

Banu war schon sehr gespannt, was Stella von dem Abendessen mit ihren zukünftigen Schwiegereltern erzählen würde. Dies war ein typisches Mittwochs-Frühstücks-Thema. Normalerweise trafen Banu und Stella sich jeden Mittwoch um sieben Uhr dreißig im Hütchenspiel, um sich über Privates auszutauschen. Sie hatten sich in ihren mittlerweile fast zehn Jahren gemeinsamer Arbeit bei der Hamburger Mordkommission schätzen gelernt. Banu würde nicht so weit gehen, Stella als ihre Freundin zu bezeichnen, aber sie war sehr interessiert an ihrem Privatleben, und umgekehrt verhielt es sich genauso.

»Ich kann nur sagen: Zum Glück heirate ich den Sohn und nicht die Eltern.« Stella nahm einen großen Schluck von ihrem Café Crema mit Sojamilch. »Die beiden haben den ganzen Abend kaum etwas gesagt. Außerdem erschien Hellen mir irgendwie«, Stella pausierte, um nach dem richtigen Wort zu suchen, »ängstlich. So als würde sie unter Beobachtung stehen. Und ich finde es immer noch schräg, dass wir auch zu viert zur selben Zeit im Fontanello essen gehen wollten.«

Banu hatte bereits geahnt, dass ihre Kollegin einen Zusammenhang zwischen dem Mord und der Reservierung im Fontanello sehen könnte. Ziemlich häufig hatte sie angeführt, dass so viele Fans nach ihrem Verlobten gefragt hatten. Und dabei hatte sie zusehends genervter reagiert, was untypisch für Stella war. »Du meinst, der Schütze könnte es auf Hellen abgesehen haben? Das glaube ich nicht. Das Ganze ist sicher ein Zufall. Es gab doch mit Sicherheit noch mehr Reservierungen für vier Personen.«

Stella versuchte ein Bein über das andere zu schlagen, was bei der niedrigen Höhe der Tische ein schwieriges Unterfangen war. Schließlich ließ sie es sein und streckte beide Beine stattdessen lang aus. »Ja! Und ich kann mir auch nicht vorstellen, wie die unscheinbare Hellen jemanden so gegen sich aufbringen sollte, dass er sie töten will. Aber andererseits kann ich sie mir in der Opferrolle ganz gut vorstellen. Und es bleibt Fakt, dass sich einige Leute nach unserer Tischreservierung erkundigt haben. Außerdem hat Jupiter dick und breit im Netz posaunt, dass er mit Mum im Fontanello essen geht.«

»Zufall«, wiederholte Banu. »Dennoch frage ich mich, ob du wegen dem ganzen Tamtam um Jupiter an diesem Abend nicht zu befangen bist, um an dem Fall weiterzuarbeiten. Du kannst Thorsten darum bitten, dich von den Untersuchungen freizustellen, und der M3 bei den Ermittlungen in Sachen Obdachlosenmorde helfen. Einen Serienmörder zu überführen wäre doch noch mal was für dein Portfolio.«

Stella grinste müde. »Daran habe ich auch schon gedacht. Ich habe mir jetzt eine Deadline bis Freitag gesetzt. Falls sich keine gravierende andere Spur ergibt, spreche ich mit Thorsten. Und du so?«

Banu überlegte. In ihrem Leben passierte gerade so gar nichts Interessantes. Das Spannendste war noch der Aufenthalt ihrer Tochter in Australien. »Ich habe gestern mit Merve telefoniert. Sie arbeitet auf einer Blaubeerfarm und hat einige nette Leute kennengelernt.« In der Tat hatte Merve verdächtig oft den Namen Piet erwähnt. Als Banu nachfragen wollte, hatte ihre Tochter etwas von einem leeren Akku erzählt, und dann war das Gespräch auch schon abgebrochen.

»Ich hoffe, es ist auch ein attraktiver junger Mann dabei«, sagte Stella, als könnte sie Gedanken lesen. »Und was machen eigentlich deine Eltern? Von denen hast du so lange nichts erzählt.«

»Diesen Donnerstagnachmittag habe ich mir freigenommen, um mit meiner Mutter zum Frauenarzt zu gehen. Wie du ja weißt, spricht sie trotz mittlerweile jahrzehntelangem Aufenthalt in Deutschland fast nur Türkisch. Nun hat leider ihr langjähriger türkischer Gynäkologe seine Praxis an eine Deutsche übergeben. Gut, dass es eine Frau ist. Von einem deutschen Mann hätte sie sich bestimmt nicht untersuchen lassen. Aber irgendjemand muss ja nun übersetzen.« Banu freute sich so gar nicht auf diesen Termin. Denn ihre Mutter ging nicht zur Routineuntersuchung, sondern hatte Beschwerden, die auch in eine ernste Richtung deuten könnten. Sie schaute auf ihre Armbanduhr. »So, meine Liebe. Mir hat das vegane Frühstück gut geschmeckt, und ich bin gewappnet für die Verbrecherjagd.«

Stella ließ ihren halb aufgegessenen YogaBowl stehen und folgte Banu zur Tür. Es sah nicht so aus, als hätte das neu ausgerichtete Hütchenspiel in ihr einen Fan gewonnen.

Stella hatte sich zwar gewundert, dass Banu das Treppensteigen dem Fahrstuhl vorzog, um in den dritten Stock des Polizeipräsidiums zu kommen. Aber als Ausdauersportlerin, die sie war, begrüßte sie natürlich jede Hinwendung einer bisher bekennenden Bewegungsunlustigen hin zur sportlichen Betätigung. Zugegebenermaßen war sie ein wenig erschrocken, als sie sah, wie wenig Kondition Banu hatte.

»Ich hoffe, du wirst es bei Verfolgungsjagden nur noch mit Einbeinigen zu tun bekommen«, grinste sie, als Banu ziemlich außer Atem die Räumlichkeiten der M5 betrat.

»Ist ja gut. Wie du siehst, arbeite ich daran.«

Alle ihre männlichen Kollegen hatten sich bereits im Besprechungsraum niedergelassen. Gunnar und Dario starrten demonstrativ auf ihre Armbanduhren, und Thorsten fixierte den Sekundenzeiger der großen Bahnhofsuhr, die über der Tür hing.

»Ich hoffe, die Ladies hatten eine gute Zeit«, sagte Gunnar. »Wir warten schon seit mindestens einer halben Stunde auf euch. Es gibt nämlich ein paar interessante neue Erkenntnisse.«

Stella überging die kleine Spitze, schob ihren Stuhl nach hinten und setzte sich. »Ich höre«, sagte sie.

»Die Spurensicherung hat sich das Parkhaus am Harvestehuder Weg genauer angesehen. Es war in der Tat ziemlich sauber. Allerdings lagen in einer Ecke auffällig viele Zigarettenkippen. Und zwar an der Stelle, von der aus man einen sehr guten Blick auf den Eingang des Fontanello hat.«

Stella schüttelte den Kopf. »Wir waren uns doch schon einig, dass niemand sich an einem Wochentag um siebzehn Uhr dreißig Uhr in ein Parkhaus stellt und von dort Schüsse auf Passanten abfeuert.«

»Ja, das war auch der Stand von gestern Morgen«, sagte Thorsten. »Allerdings wussten wir da noch nicht, dass das Parkhaus wegen Sanierungsarbeiten bis Ende April geschlossen ist. Das Treppenhaus ist zwar verschlossen, aber man kann leicht unter der Schranke am Eingang hindurch. Einmal am Tag patrouilliert ein Sicherheitsdienst durch die Parkebenen. Mehr Kontrolle gibt es nicht.«

»Hm«, machte Stella, »wir können also relativ sicher

davon ausgehen, dass unser Täter von dort geschossen hat.« Sie stand auf, ging zum Fenster und setzte sich auf die Fensterbank. Sie konnte immer am besten denken, wenn sie freie Sicht in den Raum hatte. Natürlich stellte sie unter Thorstens gestrengem Blick vorher den Ficus zur Seite.

»Ich bin noch nicht fertig mit meinem Bericht«, sagte Thorsten zu Banu, die gerade dabei war, den Edding aus der Hand zu legen. »Wie ihr ja wisst, hatten wir am letzten Montag ausgesprochen ungemütliches Wetter. Also, es hat zwar nicht den ganzen Tag geregnet, aber es war ziemlich nasskalt. Offensichtlich ist es so, dass auch immer mal wieder Obdachlose das Parkhaus als Aufenthaltsort aufsuchen. Und zwar regelmäßig so lange, bis sie vom Ordnungsdienst rausgeschmissen werden. Da sie friedlich sind und keinen Müll hinterlassen, wird dies auch so weit toleriert. Dies war auch am Montag so.« Thorsten machte eine dramatische Pause. »Und gestern am späten Abend hat eine Frau angerufen, die im Parkhaus Schutz vor dem Wetter gesucht und den Täter eventuell gesehen hat. Sie kommt in einer halben Stunde ins Präsidium.«

Obwohl sie es nicht wollte, musste Stella sofort wieder an Hellen Jones denken. Im besten Fall konnte anhand der Beschreibung der Zeugin ein Phantombild erstellt werden, das Stella auch ihrer zukünftigen Schwiegermutter zeigen würde. Nicht offiziell, aber vielleicht morgen beim Abendessen in dem kleinen Hotel am Blankeneser Elbstrand, in dem Duncan und Hellen wohnten, solange sie in Hamburg waren. Sie würde sich dafür zwar irgendeine Geschichte ausdenken müssen, aber irgendetwas würde ihr einfallen.

Was sie Banu heute Morgen nicht erzählt hatte, war, dass tatsächlich eine unglaubliche Ähnlichkeit zwischen Hellen Jones und Franziska Koviak bestand. Und das war genau das, was Stella am meisten verstörte. In derselben Sekunde, in der sie vor ihrem geistigen Auge einer verhuschten Hellen Jones das Phantombild eines mutmaßlichen Gewaltverbrechers präsentierte, schimpfte sie jedoch bereits stumm mit sich selbst. Banu hatte recht. Sie war definitiv befangen und musste mit ihrem Chef darüber reden. Dennoch wollte sie das nächste Treffen mit den Jones' abwarten. Gestern hatte sie nicht von ihrer Arbeit bei der Mordkommission gesprochen. Es war ein recht einseitiger Abend gewesen, da Jupiter die meiste Zeit von den Dreharbeiten zu »Im Namen der Ahnen« berichtet hatte. Nach dem Essen hatte Stella einen Espresso auf dem Sofa einnehmen wollen, von dem aus man fast auf die nächtliche Elbe blicken konnte. Sie hatte kurz vor dem Eintreffen der Jones' die Sitzkissen noch sehr akribisch von den Katzenhaaren befreit, aus denen man mehrere Pullover hätte stricken können. Aber ihre zukünftigen Schwiegereltern waren Punkt zwanzig Uhr wieder in ihr Hotel aufgebrochen. Morgen hatte sie ein letztes Mal vor der Abreise von Hellen und Duncan die Gelegenheit, sie mit Details aus ihrem Berufsleben zu konfrontieren und auch den Mord an Franziska Koviak am Rande einfließen zu lassen. Sie wollte wissen, wie Hellen Jones darauf reagieren würde. Sollte es einen noch so klitzekleinen Hinweis geben, dass Hellen in den Fall verwickelt sein könnte, würde Stella am Freitag mit Thorsten sprechen.

Dario riss sie aus ihren Gedanken. »Hast du einen Geist gesehen, Stella? Da kriegt man es ja mit der Angst.«

Banu zog eine Augenbraue hoch. »Ist dir nicht gut? Du hast mindestens eine Minute lang stumm auf den Kaffeespiegel in deinem Becher gestarrt. Und jetzt komm. Wir müssen uns auf die Befragung vorbereiten.«

Lisa hatte ihre Freundin nicht zurückgerufen. Sie telefonierten genau einmal im Jahr miteinander. Immer am einunddreißigsten März, um sich gemeinsam an ihren sogenannten zweiten Geburtstag zu erinnern. Und während Lisa in diesem Tag tatsächlich einen Feiertag sah, schien ihre Freundin der Gedanke daran von Jahr zu Jahr mehr zu deprimieren. Vielleicht lag es daran, dass das Ende des Lebens immer näherkam und sie daran glaubte, sich vielleicht doch irgendwann für ihre Taten verantworten zu müssen.

Dieses Mal kam der Anruf allerdings neun Tage zu früh.

Lisa sah aus dem Fenster in den beständig vom Himmel fallenden Schneeregen. Es hatte eine Zeit gegeben, da hatte sie sich sogar über dieses Wetter gefreut. Aber nun lebte sie schon zu lange in Hamburg, wo schlechtes Wetter eher die Regel als die Ausnahme war.

Tatsächlich hatte sie vor einiger Zeit überlegt, dass sie nicht mehr mit ihrer Freundin sprechen wollte. Für Lisa ergab es keinen Sinn, seit mehreren Jahrzehnten fast ausschließlich über die Vergangenheit zu sprechen, immer mit dem Fokus auf dem Thema »Schuld«. Ganz selten kam ihre Gesprächspartnerin mal auf andere Dinge zu sprechen, ihre Familie oder ihren Alltag.

Nun war Lisa alles andere als ein zukunftsorientierter Mensch. Sie verweigerte so gut wie alles, was mit Technik zu tun hatte, und besaß auch keinen Fernseher. Sie wusste noch genau, wie viele ihrer Freundinnen sie immer ungläubig angeguckt hatten, wenn sie erzählte, dass Thomas und sie sich abends Gedichte oder Geschichten vorlasen, statt vor der Glotze zu sitzen. Auch Lara, die oft mit Fellini Gassi ging, hatte schon mehr als einmal mit den Augen gerollt, wenn sie mit Lisa über aktuelle Themen ins Gespräch kommen wollte. Denn Lisa las auch keine Zeitung. Sie ging alle acht Wochen zum Friseur und arbeitete sich dort während der Dauerwelle einmal durch den Lesezirkel. Das reichte ihr.

Lisa überlegte. Es war ungewöhnlich, dass der Anruf neun Tage zu früh kam. Ob es dieses Jahr etwas anderes gab als das gemeinsame Zelebrieren dieses besonderen Datums? Sie griff zögerlich nach dem Telefon, legte es jedoch wieder zurück in die Ladestation, als es an der Tür klingelte. Lara holte Fellini für seine abendliche Gassirunde ab. Und Lisa schloss einen Kompromiss mit sich selbst. Sie würde ihre Freundin am einunddreißigsten März zurückrufen und ihr erklären, dass sie keine gemeinsamen Telefonate mehr wünschte. »Oder was meinst du, Thomas?«, fragte sie und ging Richtung Küche, um sich das Abendbrot zu machen.

Die Frau, die Banu und Stella gegenübersaß, machte einen gepflegten Eindruck. Ihre dunkelblonden Haare schienen frisch gewaschen und ihre Kleidung war sauber. Die Fleecejacke war jedoch abgetragen, viel zu weit und wirkte beinahe wie ein Zelt. Banu konnte unmöglich erahnen, welche Form der Körper unter der Jacke hatte.

Maria Nolte sah müde aus. Die Obdachlose hatte dunkle Ringe unter den Augen und wirkte zehn Jahre älter, als sie in Wirklichkeit war. Banu wusste natürlich, dass der Winter immer die schlimmste Zeit für Menschen ohne Bleibe war. Auch wenn dieser Winter eher mild und trocken gewesen war, hatte es in Hamburg Kälte- und Hungeropfer unter den Obdachlosen gegeben. Maria Nolte zuckte zusammen, als Stella das Diktiergerät einschaltete. Als sie Stellas Blick auffing, entschuldigte sie sich. »Tut mir leid, aber hier freiwillig auf einer Polizeistation zu sitzen ist schon komisch für mich.«

Banu nickte ihr freundlich zu. Maria Nolte war schon mehrfach wegen Ladendiebstahls für einige Tage in Gewahrsam genommen worden. Sie war bisher weder wegen Prostitution noch wegen Drogenbesitz aufgefallen. »Frau Nolte, Sie haben gestern Abend bei der Polizei angerufen, weil Ihnen etwas komisch vorkam.«

»Ja«, die Zeugin nickte, »gestern Abend war es ja ziemlich kalt. Ich habe zwar einige Decken, aber ich lege mir zusätzlich auch immer Zeitungen drüber oder drunter. Die isolieren noch ein bisschen. Da habe ich auf mehreren Titelblättern gesehen, dass eine Frau am Montag vor so einem Nobelrestaurant an der Alster erschossen wurde.«

»Sie meinen das Fontanello?«

Maria Nolte nickte. »Ja, kann sein. Ich kenne mich da nicht so aus. Restaurantbesuche gehören kaum zu meinem Alltag. Da ich am Sonntagabend, also einen Tag davor, in dem Parkhaus gegenüber war, fand ich das interessant und habe den Artikel gelesen. Kann ich einen Kaffee haben?«

Stella schaltete das Aufnahmegerät aus und begab sich ins Nebenzimmer, um das gewünschte Heißgetränk zuzubereiten. Maria Nolte stand auf und ging in Richtung Fenster. Erst jetzt sah Banu, dass sie humpelte.

»Ein alter Bruch. Ist nicht richtig zusammengewachsen. Tut aber nicht mehr weh.«

Stella erschien in der Tür und stellte den Becher auf dem Platz vor dem Diktiergerät ab.

Maria Nolte setzte sich wieder, zog blitzschnell einen Flachmann aus ihrer Fleecejacke und kippte einen ordentlichen Schuss in den Kaffee. »Damit kann ich mich besser konzentrieren«, sagte sie und nahm einen großen Schluck.

Stella schien keine Notiz davon zu nehmen und schaltete das Diktiergerät wieder ein. Genau wie Banu hatte sie die Erfahrung gemacht, dass manchen Leuten ein gewisser Alkoholpegel im Blut half, zumindest für einen kurzen Zeitraum, klarer zu denken.

»Was haben Sie in dem Parkhaus gesehen?«

»Da war ein Mann, den ich nicht kannte. Ich fand das komisch, weil das Parkhaus ja geschlossen ist, und es war ganz sicher keiner von uns. Er stand dort, wo man das Fontanello gut sehen kann. Es war ein bisschen unheimlich, denn er hatte nur schwarze Klamotten an. Weil ja gerade so viele von uns gekillt werden, wollte ich mich an ihm vorbeischleichen, aber er hat mich wohl gehört und hat sich umgedreht. Da er mich also sowieso schon gesehen hat, habe ich ihn nach einer Zigarette gefragt. Er hat aber nur gesagt, ich solle mich verpissen, und das habe ich dann auch getan.«

»Ist Ihnen sonst noch etwas an dem Mann aufgefallen? Welche Haarfarbe hatte er? War er eher groß oder klein? Untersetzt oder schlank?«

Maria Nolte kaute einen Moment auf ihrer Unterlippe herum. Da diese einige verkrustete Stellen aufwies, schien es so, als würde sie auch mal stärker zubeißen. »Er hatte ja eine Mütze auf und einen Schal um. Die Augen waren schwarz wie Kohle und es guckten einige blonde Haare unter der Mütze hervor. Und er hatte einen ziemlich großen Mund. Ich würde ihn so auf eins achtzig schätzen. Und er war gertenschlank.« Die Zeugin sah Beifall heischend von Banu zu Stella. Dann zog sie erneut den Flachmann aus der Jacke und trank direkt daraus, ohne den Umweg über den Kaffee zu nehmen.

»Wie schön, dass Sie sich das so gut gemerkt haben. Meinen Sie, dass Sie gemeinsam mit dem Zeichner ein Phantombild anfertigen könnten?«

Maria Nolte überlegte. »Bekomme ich etwas dafür?«

»Den Dank der Stadt Hamburg«, sagte Stella und schaltete das Diktiergerät aus.

Hellen Jones hatte sich in den letzten Tagen etwas entspannen können. Ihre zukünftige Schwiegertochter entpuppte sich sympathischer als erwartet. Hellen fand sie einen Tick zu hübsch, aber ihr Sohn sah ja auch nicht schlecht aus. Zugegebenermaßen waren sie ein schönes Paar.

Bisher war ihr Aufenthalt in Hamburg ohne Zwischenfälle geblieben. Duncan hatte sie zwar die ganze Zeit über liebevoll belächelt, da er sich nicht vorstellen konnte, was ihr in einer Stadt, in der kaum einer sie kannte, passieren sollte. Aber er kannte ihre Ängste. Und er wusste, dass sie auf der Hut war. Sie musste die Augen stets offen halten. Sie hatten sich für den heutigen Nachmittag zu einem Spaziergang in Planten un Blomen, einer weitläufigen Parkanlage mitten in der Hamburger Innenstadt, verabredet. Noch war hier keine Spur von Grün zu sehen, aber in nur wenigen Wochen würde dieser Park wahrscheinlich einer Farbexplosion gleichen.

Jupiter war allein gekommen, da Stella sich nicht freinehmen konnte. »Wann geht eure Fähre am Samstag genau?«

»Wir fahren um siebzehn Uhr in Amsterdam ab. Aber du weißt ja, dass dein Vater nicht der schnellste Autofahrer ist.« Hellen blinzelte Duncan zu. »Wir fahren also schon so gegen neun Uhr hier los. Nach dem Frühstück.«

Jupiter holte eine Fleecedecke aus seiner Schultertasche und legte sie auf eine Parkbank. »Du bist doch immer so empfindlich, Mum. Nicht, dass du dir noch eine Blasenentzündung holst.« Hellen setzte sich zwischen die beiden Männer und nahm Jupiters rechte und Duncans linke Hand. Sie merkte, dass Jupiter zunächst zurückzuckte ob so viel ungewohnter Herzlichkeit. Dann lächelte er sie jedoch an.

»Das nächste Mal, wenn ihr im Mai kommt, ist Hamburg aus dem Winterschlaf erwacht. Hier in Planten un Blomen gibt es dann Wasserlichtkonzerte. Vielleicht könnt ihr nach der Hochzeit noch ein paar Tage bleiben, und dann können wir uns eins ansehen.«

Natürlich fiel es Hellen schwer, ihren Sohn zu enttäuschen. Aber sie hatte es mehrere Male mit Duncan durchgesprochen. Obwohl sie ihren Aufenthalt in dieser großen Stadt besser als erwartet überstanden hatte, wusste sie jetzt, dass sie in diesem Jahr kein zweites Mal verreisen würde. »Jupiter, es tut mir so leid, aber wir können nicht zu eurer Hochzeit kommen. Ende Mai ist in der Foundation jedes Jahr eine große Feierlichkeit und ich bin im Planungskomitee aktiv.«

Jupiter ließ ihre Hand los.

»Das wusste ich natürlich schon, als du uns das Datum geschrieben hast. Aber ich wollte es dir lieber persönlich sagen. Du verstehst das, oder? Deswegen sind wir ja jetzt gekommen.«

Sehr langsam drehte Jupiter ihr sein Gesicht zu. »Ist okay, Mum. Ich weiß ja, dass du nicht gern verreist. Mir ist es wichtig, dass ihr beide Stella vor der Hochzeit kennengelernt habt.«

Hellen fiel ein Stein vom Herzen. Sie hoffte, dass die Reaktion ihres Sohnes echt war, denn er verdiente nun mal sein Geld damit, dass er anderen etwas vorspielte.

Duncan, der eigentlich den ganzen Spaziergang über geschwiegen hatte, sagte: »Stella und du passen gut zusammen, Jupiter. Sie sieht gut aus und hat Köpfchen.«

Hellen stand auf. Trotz der Fleecedecke wurde es gegen Abend nun recht frostig und sie hatte Lust auf eine warme Tasse Tee im Bett.

»Dann kommen Stella und ich aber am Samstag noch zum Frühstück vorbei, um euch zu verabschieden.«

Hellen nickte. Das schien ihr angemessen. »Außerdem sehen wir uns ja morgen noch zum Abendessen.« Sie freute sich zwar, dass Jupiter die Nachricht so positiv aufgenommen hatte. Jedoch hätte er zumindest versuchen können, sie umzustimmen. Hellen seufzte leise. Es war wohl so, wie Duncan immer sagte: Man konnte es ihr nie recht machen.

Der trübe Tag ging fast ohne merkbare Lichtveränderung in den Abend über. Banu hatte Kopfschmerzen. Sie war kein Wintermensch. Bei ihrer Tochter in der Nähe von Sydney waren angenehme fünfundzwanzig Grad. Noch sechs Wochen Verbrecherjagd, dann hatte Banu

Urlaub, um sie abzuholen. Der Plan war, den australischen Frühwinter zu genießen, der meist noch wärmer war als Hamburgs Frühling, um dann wiederum in Deutschland gleich in den Sommer zu gleiten. Aber erst mal musste sie den heutigen Tag überstehen. Banu ging zum Waschbecken und nahm eine Schmerztablette. Es war bereits die dritte.

Dario klappte seinen Laptop auf. »In Hamburg gibt es insgesamt zweitausendfünfhundert Menschen mit einem Jagdschein. Der Anteil an jagenden Frauen liegt bei circa fünf Prozent. Das Durchschnittsalter eines Hamburger Jägers beträgt siebenundfünfzig Jahre, die Jägerinnen sind im Durchschnitt einundfünfzig Jahre alt.«

Thorsten blickte Banu an und zeigte auf den Edding, aber sie schüttelte mit dem Kopf. Heute musste der Chef mal selbst visualisieren.

»Und es gab in der letzten Zeit zwei Einbrüche, bei denen Jagdgewehre gestohlen wurden. Im letzten November in Hummelsbüttel und im Januar in Bergedorf.«

»Weisen beide Gewehre Merkmale der Tatwaffe auf?«

Dario nickte. »In Hummelsbüttel wurde eine Sauer einhunderteins Highland XT gestohlen und in Bergedorf eine Regent Magnum sieben Millimeter. Beide könnten die Schussweite problemlos schaffen.«

Thorsten nickte Stella zu. »Und wie war es mit Maria Nolte?«

Stella stand auf und heftete das Phantombild an das Whiteboard.

»Sie war zwar nicht zu hundert Prozent nüchtern, konnte den Mann jedoch sehr präzise beschreiben«, sagte Banu. Natürlich hatte es ihr leidgetan, die obdachlose Frau wieder ins Nirgendwo zu entlassen. Nachdem der Zeichner fertig gewesen war, hatte Banu Maria Nolte zurück zum Empfang gebracht. Im Fahrstuhl hatte Maria ihr gesagt, dass sie es ganz anders sehen würde als die Zeitungen. Sie wusste, dass die Polizei »krass viel« unternehmen würde, um den Obdachlosen-Killer zu fassen. Banu rührte der Anblick der jungen Frau in der viel zu großen Jacke. Sie war nur unwesentlich älter als ihre Tochter Merve, und doch hatte sie schon so viel mitgemacht. Kurz bevor Banu den Summer der Eingangstür betätigte, drückte sie Maria Nolte einen Zwanzigeuroschein in die Hand. »Aber nicht für Alkohol ausgeben!«

»Natürlich nicht«, hatte Maria mit todernster Miene gesagt und die Hand zum Schwur erhoben. Dann war sie in den grauen Nachmittag entschwunden und nun wieder ganz auf sich gestellt.

»Momentan halte ich ihn für den Täter«, sagte Banu und massierte ihre rechte Schläfe. »Warum sollte er sonst abends in einem geschlossenen Parkhaus stehen und das Fontanello beobachten?«

»Aber war es nicht ziemlich riskant für ihn? Schließlich ist Maria nicht die einzige Obdachlose, die ab und zu mal in dem Parkhaus schläft.«

Gunnar zuckte mit den Achseln. »Wahrscheinlich hätte er Zeugen auch einfach erschossen.«

»Möglich«, sagte Thorsten. »Auf jeden Fall haben wir achtundvierzig Zigarettenkippen an der Stelle gefunden, an der der Mann gestanden hatte. Er muss sich also sehr lange oder mehrfach dort aufgehalten haben. Glücklicherweise hat er uns somit auch einiges an DNA hinterlassen.«

Banu stützte sich schwerfällig mit den Armen ab, um aus ihrem Stuhl zu kommen. Sie wollte so schnell wie möglich nach Hause und ins Bett. »Was sind jetzt die nächsten Schritte, Chef?«

»Dario und Gunnar fahren morgen nach Hummelbüttel und Bergedorf, um sich nach den Einbrüchen zu erkundigen.«

Dario rollte mit den Augen. »Beide Fälle sind doch super dokumentiert.«

Thorsten hob die Hand. »Die Bestohlenen wurden aber noch nicht aus der Perspektive heraus befragt, dass ihre Waffen eventuell für einen Mord verwendet wurden. Und Banu und Stella machen mittags die Runde mit dem Phantombild in den Cafés und Restaurants rund um das Fontanello. Ich habe einen Termin mit dem Pressesprecher.«

Banu suchte in ihrer Handtasche nach dem Autoschlüssel.

»Komm, ich fahre dich nach Hause«, sagte Stella. »Du siehst nicht aus, als ob du noch Autofahren könntest.«

Banu wollte erst protestieren, nickte dann aber. Mittlerweile hatte sie das Gefühl, auch Fieber zu haben.

»Morgen kannst du ja mit der Bahn herkommen. Oder du bleibst mal im Bett.«

Es war ein Junggesellinnenabschied der etwas anderen Art. Annika hatte sich ausgebeten, dass am Abend unmittelbar vor ihrer Hochzeit keinerlei Aktivitäten stattfinden sollten. Für Saufgelage auf dem Kiez mit peinlichen Spielchen zwischendrin war sie sowieso nicht der richtige Typ. Annika wollte ausgeruht und ohne Augenringe vor den Altar treten. Und so hatte sie beschlossen, ihre vorletzte Nacht als ledige Frau mit einer Pyjamaparty auf dem Heuboden des Reitstalls zu verbringen.

Die meisten ihrer Freundinnen hatten hier ebenfalls Pferde, und die paar Frauen aus der Stadt hatten auch nichts dagegen, eine Nacht im Heu zu schlafen. Nur Hermine, die leider gegen Heustaub allergisch war, hatte abgesagt.

Louisa hob ihr randvoll mit Crémant gefülltes Sektglas und prostete der Runde zu. »Wir feiern heute eine weitere Kandidatin, die in den Hafen der Ehe einfahren wird. Es gibt hier sowohl Mädels mit guten als auch welche mit schlechten Erfahrungen, was das angeht. Möget Sebastian und du stets glücklich und zufrieden sein.«

»Und immer guten Sex haben«, rief Elise dazwischen.

»Das gehört für mich bei glücklich und zufrieden dazu«, sagte Louisa.

Annika grinste. Alle ihre Reitfreundinnen trugen T-Shirts mit der Aufschrift »Ciderellas« und dem Teamlogo, einer Frau, die ein langes Prinzessinnenkleid anhatte und auf einem Pferd saß, in der Hand ein Pintglas. Cider, ein englischer Apfelwein, wurde zum erklärten Lieblingsgetränk der Truppe, als sie gemeinsam ein Frauenwochenende in London verbracht und dort die Pubs unsicher gemacht hatten. Seitdem standen immer einige Dosen des Kultgetränks im Kühlschrank des Reiterstübchens. Alice, die nur sehr wenig Alkohol vertrug, lallte bereits leicht: »Eigentlich hatten wir so was Tolles geplant. Du kannst dir gar nicht vorstellen, wie toll.«

Annika tat ahnungslos. »Was denn?«

Louisa schnalzte missbilligend mit der Zunge. »Warum musst du das jetzt verraten, Alice?«

»Genau«, sagte Elise und zwinkerte Annika zu. »Besser ist es, wenn wir die Idee für uns behalten und bei Annikas nächster Hochzeit recyceln.«

»Ich gebe dir einen Tipp«, nuschelte Alice, »es hat was mit deinem Hobby zu tun.«

»Lesen?«, fragte Annika, der es zunehmend Spaß machte, die Unwissende zu spielen.

Elise zog ein Blatt Papier aus ihrer Jackentasche. »Bevor Alice jetzt alles durcheinanderbringt. Das hier ist der Plan, wie es eigentlich hätte ablaufen sollen. Delay sollte geschmückt vor der Kirche stehen, wenn du als Ehefrau aus dem Portal trittst. Er hätte das bestimmt toll mitgemacht, aber nun ist er ja leider platt.«

Annika schlug die Hand vor den Mund, um so Überraschung zu simulieren. »Das hättet ihr für mich getan? Ihr seid die besten Freundinnen, die es gibt. Und allein schon der Gedanke zählt.« Sie hob erneut ihr Glas. »Auf die Ciderellas!«

»Aber du wirst sehen. Am Freitag wird trotzdem etwas ganz Außergewöhnliches passieren.«

Alice klatschte in die Hände und gluckste vor sich hin. Die anderen Ciderellas tauschten verwirrte Blicke aus. Offensichtlich hatte Alice noch etwas geplant, ohne die anderen einzubeziehen.

FREITAG, DEN 24. MÄRZ

Lisas Nachbar Enno Franzke klopfte an die Haustür. »Das Taxi ist da. Und Sie haben anscheinend die Klingel abgestellt. Der Fahrer hat dann einfach bei mir geklingelt.«

»Ja, ja«, murmelte Lisa Borgstedt und hakte die Leine in das Geschirr von Fellini ein. Dann sah sie sich in ihrer Wohnung um und steckte noch schnell ihr Hochzeitsfoto, das gerahmt auf der Anrichte stand, in ihre Reisetasche. Sie bezweifelte, dass sie sich in Swinemünde, so weit weg von ihrer Wohnung, mit Thomas unterhalten konnte. Und wenn sie ihn nicht hören konnte, dann wollte sie ihn wenigstens sehen. Das Taxi würde sie zum ZOB bringen, wo sie in einen Reisebus umsteigen würde. Sie öffnete die Haustür und drückte Enno Franzke ihre Reisetasche und Fellinis zusammengerollte Decke in die Hand.

»Könnten Sie das bitte runtertragen?« Lisa lächelte ihren Nachbarn an. »Und hier ist mein Haustürschlüssel. Hatten Sie nicht angeboten, die Blumen zu gießen und die Post reinzuholen?«

»Hatte ich zwar nicht, mache ich aber natürlich gern.« Enno Franzke nahm den Schlüssel entgegen.

Auf der Straße hörte Lisa ein Auto hupen.

»Nun aber schnell«, sagte Enno. »Sonst fährt das Taxi noch ohne Sie.« Lisa zog die Tür ins Schloss und folgte ihrem Nachbarn die Treppe hinunter. In einer Woche würde sie wiederkommen. Die Zeit würde bestimmt wie im Flug vergehen.

Nur sehr wenige Tage in Stellas Ermittlerinnendasein waren bisher so ereignislos verlaufen wie der gestrige. Natürlich verbrachte sie auch mal Tage ausnahmslos am Schreibtisch, um Aktenvermerke zu schreiben oder Notizen zu sortieren. Aber dies passierte meist nach Abschluss eines Falles und nicht mittendrin. Die erhoffte Euphorie, die normalerweise bei Stella immer dann auftauchte, wenn es einen bedeutenden Hinweis auf den Täter wie zum Beispiel ein Phantombild gab, war dieses Mal ausgeblieben.

Da Banu sich tatsächlich vernünftigerweise krankgemeldet hatte, war Stella allein durch den noblen Stadtteil Rotherbaum gezogen und hatte in allen ansässigen Restaurants und Cafés das Phantombild gezeigt. Immerhin hatte eine Kellnerin eventuell gesehen, wie ein ähnlich gekleideter Mann gegen sechzehn Uhr am Montag die Straße gegenüber dem Parkhaus überquert hatte. Als Stella schon ziemlich am Ende ihrer Runde angekommen war, musste sie so frustriert ausgesehen haben, dass ein Rosenverkäufer ihr vor dem Restaurant Nordgold einen Kaffee ausgegeben und eine Blume geschenkt hatte.

Mittlerweile tendierte sie dazu, von dem Gedanken abzulassen, dass ihre zukünftige Schwiegermutter in den Fall verstrickt war. Beim gestrigen Abendessen war Hellen Jones ihr so unschuldig erschienen wie ein neugeborenes Kätzchen. Sie war richtig aufgeblüht, hatte sogar einmal gelacht und statt des obligatorischen selig machenden Mineralwassers einen alkoholfreien Sekt getrunken. Auch die Tatsache, dass der mutmaßliche Täter männlich war und die Anrufe, die der Tischreservierung von Jupiter gegolten hatten, ausschließlich von Frauen gekommen waren, brachte Stellas Seelenfrieden wieder einigermaßen in Balance. Dass auf dem Parkplatz vor dem Polizeipräsidium noch ein einziger Parkplatz frei war und quasi auf sie wartete, nahm sie als Fingerzeig dafür, dass dies ein guter Tag werden konnte.

Annika hatte in den letzten beiden Wochen ziemlich abgenommen. Die Korsage des elfenbeinfarbenen Brautkleids saß nun etwas zu locker, und Annika hatte Angst, sich nach vorn zu beugen. Ansonsten war alles perfekt, inklusive der vom Himmel strahlenden Frühjahrssonne. Laut Wettervorhersage würde das Thermometer heute auf dreizehn Grad klettern.

»Du siehst toll aus. Wie eine Disney-Braut«, sagte Louisa. Die Ciderellas hatten sich einheitlich angezogen: Blumenkranz im Haar, hellblaue mittellange Spitzenkleider, dunkelblaue Stolen und silberne Pumps.

Die standesamtliche Trauung hatte gestern Nachmittag in sehr kleinem Kreis stattgefunden. Annikas und Sebastians Eltern sowie ihre Tante Marianne und ihr Onkel Theo aus Kiel waren dabei, die auch die Trauzeugen waren.

Sebastian saß bereits in der Kirche und würde seine Braut erst zu sehen bekommen, wenn sie am Arm ihres Vaters ins Kirchenschiff trat. Die Apostelkirche war ein Ort der Ruhe inmitten des quirligen Stadtteils Eimsbüttel. Sie war eine unter vielen Kirchen gewesen, die Sebastian und sie sich angesehen hatten. Letztlich hatten die gute Infrastruktur im Stadtteil und das gediegene britische Café, das nur einen Steinwurf entfernt war, den Ausschlag gegeben.

Elise stellte ihre silberne Handtasche auf den Boden und holte eine Getränkedose heraus. »Eine Ciderella geht nicht ohne das passende Getränk vor den Altar.«

Annika wollte zunächst ablehnen, denn sie hatte seit gestern Mittag kaum etwas gegessen und der Alkohol würde ohne Umwege die Blut-Hirn-Schranke passieren. Aber sie wurde auch zunehmend nervöser, denn ihre Eltern fehlten als einzige Gäste noch. Vielleicht würde ein klitzekleiner Schluck Cider sie ein klein wenig beruhigen. »Gott sei Dank. Da kommen sie!«, rief Louisa und zeigte auf einen silbernen Wagen, der in eine reservierte Lücke einparkte. Annika überkam das Gefühl, sie müsste ihrer Mutter entgegenlaufen und sich in ihre Arme werfen, wie sie es früher, als sie ein kleines Insulanermädchen gewesen war, häufig getan hatte. Aber sie hatte hohe Schuhe an, und das lange Kleid war fürs Laufen, sei die Strecke auch noch so kurz, absolut ungeeignet. Also nahm sie stattdessen noch einen Schluck aus der Ciderdose. Als Erstes stieg ihr Vater aus, ging um das Auto herum und half seiner Frau. Hilde de Boer trug einen pastellgrünen Hosenanzug unter einem hellbraunen Kaschmirmantel. Ihr langes lockiges Haar fiel ihr über die Schultern. Annika war erstaunt darüber, dass Hilde, die sich sonst so gar nichts aus ihrem Äußeren machte, heute aussah wie eine Lady. Und sie war auch ein bisschen stolz, so eine hübsche Mutter zu haben.

Annika hatte schon häufig gelesen, dass viele Bräute die kirchliche Trauung eher wie in Trance erlebten und sich danach kaum noch erinnerten, was der Pastor gesagt hatte, welche Psalmen vorgetragen oder welche Lieder gesungen wurden. Sie empfand jedoch genau das Gegenteil. Ihre Sinne waren durch die volle Konzentration geschärft, und sie fühlte sich fast, als hätte sie Superkräfte. Sie nahm wahr, wie klamm vom Schweiß Sebastians Hände waren, als er ihr den Ehering überstreifte, und dass er vor der Trauung noch einen Pfefferminzbonbon gegessen hatte, denn sein Kuss schmeckte nach Menthol. Sie konnte aus der Stimme ihrer kleinen Cousine Nadine, die gerade ihre selbst geschriebene Fürbitte vortrug, ihre Rührung, aber auch einen Anflug von Erkältung heraushören. Auch sah sie die klitzekleine Fliege, die sich auf der Bibel in der Hand des Pastors niederließ und anfing, sich zu putzen. Egal, ob ihre Ehe immer glücklich werden oder sich auch mal Sorgen einstellen würden, sie hatte alles, was bei ihrer Trauung gesagt, gesungen und getan wurde, abgespeichert und konnte diese Erinnerungen bei Bedarf hervorholen. Annika drückte die Hand ihres Ehemanns ganz fest und hauchte ihm »Ich liebe dich!« ins Ohr. Und Sebastian schritt nun Seite an Seite mit ihr das Kirchenschiff entlang. Sie war sich der Anwesenheit ihrer Eltern direkt hinter ihr sehr bewusst, denn die Pfennigabsätze ihrer Mutter machten ein klackendes Geräusch auf dem Steinfußboden der Kirche. »Hoffentlich kommt jetzt nicht doch noch ein Spielchen«, flüsterte Sebastian ihr zu.

Annika hatte ihm erzählt, dass Alice bei dem Junggesellinnenabschied alkoholselig etwas angedeutet hatte. »Man weiß nie, wozu die Ciderellas fähig sind«, erwiderte Annika. »Zumindest werden sie sich für die Party heute Abend etwas ausgedacht haben.«

Sebastian hob die Hand und zeigte auf den Ausgang

der Kirche. »Und denk daran, dass du gleich strahlend lächelst, wenn wir die Kirche verlassen. Draußen lauert schon der Fotograf.«

»Ich lächle schon die ganze Zeit. Ich kann damit gar nicht aufhören.«

Sebastian blieb kurz stehen und küsste sie aufs Haar. Der Pastor öffnete die schwere Eichentür, und Annika sah die beiden Zwillingstöchter ihrer Schulfreundin mit Weidenkörbchen in den Händen. Sie würden gleich Rosenblätter streuen. Annika wollte gerade die Hand heben, um dem Fotografen zuzuwinken, als sie eine Bewegung wahrnahm. Es war eher ein Gefühl, eine Ahnung, als etwas Sichtbares. Und ein kaum hörbares Geräusch folgte wie das Surren einer Mücke. Sekundenbruchteile später fingen ihre Hochzeitsgäste hinter ihrem Rücken an zu schreien und zu kreischen. Sie krallte sich an Sebastians Hand fest, unfähig, sich umzudrehen, denn sie wusste, hinter ihr war etwas passiert.

»Annika, deine Mutter!«, keuchte Sebastian und ging in die Knie. Da Annika seine Hand nicht losließ, zwang er sie geradezu, sich mit umzudrehen. Ihre Mutter lag auf der Seite auf den grauen Steinplatten vor dem Eingang der Kirche. Es sah so aus, als würden mehrere rote Blüten auf ihrer weißen Bluse auf einmal aufgehen. Als wäre ein Damm gebrochen, trat dann in Sekundenschnelle so viel Blut aus, dass die Bluse unter der grünen Anzugjacke nur noch ein nasser roter Lappen war.

Aus dem Pulk der Gäste löste sich Sebastians bester Freund, ein Arzt, und griff nach der Hand ihrer Mutter.

»Kein Puls«, hörte Annika ihn sagen. »Annika, deine Mutter ist tot.«

»Vorsicht, Fisch«, brüllte Stella von der Rückbank und Gunnar trat reflexartig auf die Bremse. Es herrschte sowieso schon eine angespannte Stimmung im Auto, denn der Tatort, zu dem die gesamte Mordbereitschaft gerufen wurde, war ungewöhnlich. Der Wagen hinter ihnen hupte.

Banu schreckte auf und schimpfte. »Spinnst du eigentlich? Wir hätten fast einen Unfall gebaut.«

»Ich wollte Gunnar nur darauf hinweisen, dass man aufpassen muss, wenn ein Auto mit einem Fischaufkleber vor einem fährt.«

»Was hast du gegen Christen, Stella?«, fragte Gunnar.

»Ich habe nichts gegen Christen. Ich finde es sogar sehr vorsorglich, dass sie ihre Autos kennzeichnen, aber sie können schlicht und ergreifend nicht Auto fahren.«

Banu rollte mit den Augen. »Ich dachte, du willst demnächst auch kirchlich heiraten.«

»Meine Mutter möchte, dass ich kirchlich heirate. Nur ihretwegen bin ich bisher nicht aus der Kirche ausgetreten. Bei meiner ersten Hochzeit habe ich sie schon um dieses Vergnügen gebracht. Ich glaube nicht an Gott, und Jupiter ist im Glauben an Naturgeister aufgewachsen.«

»Aber du schämst dich nicht, den Segen vom lieben Gott abzugreifen?« Dario schüttelte den Kopf. »Das macht mich fassungslos.«

»Können wir uns jetzt wieder unserer Aufgabe zuwenden?«, fragte Banu genervt.

Für Banu war das Begutachten des Tatorts vor der Apostelkirche fast ein Heimspiel, denn sie wohnte fußläufig nur eine Viertelstunde entfernt. Sie kam hier häufig vorbei, wenn sie einkaufen ging. Fieber hatte sie nicht mehr, da sie jede Menge Aspirin genommen hatte. Ihr war jedoch noch leicht schwindelig und sie fror, obwohl heute frühlingshafte Temperaturen herrschten.

»Warum müssen wir das hier übernehmen? Wir haben doch gerade einen Fall auf dem Tisch.« Dario zog ein Taschentuch aus der Innentasche seiner Jacke und begann, seine Sonnenbrille zu putzen. Er hatte heute Morgen einen Arzttermin gehabt und war nicht dabei gewesen, als die Nachricht vom Mord vor der Apostelkirche im Präsidium eingetroffen war.

Stella nahm fünf Plastikoveralls und Überzieher für die Schuhe aus einem Beutel im Kofferraum des Dienstwagens. »Erst mal sollen wir nur sichten. Die M3 und wir waren gerade die Einzigen, die verfügbar waren.« Sie schlug die Tür des Autos zu und schloss ab. »Und der M3 will man wohl gerade nicht noch mehr zumuten.«

»Bei dem Opfer handelt es sich um die siebenundsechzigjährige Hilde de Boer.« Gunnar zögerte. »Für ihre Tochter sollte das hier heute der schönste Tag im Leben werden.«

Die Hochzeitsgäste waren von ihren Kollegen bereits hinter die Kirche gebracht worden, damit sie keine Zielscheibe abgaben. Sie strahlten schon von Weitem Schock und Entsetzen aus.

Banu blieb einen Moment bei der Leiche stehen. Die Spurensicherung hatte einen breiten Korridor um die Tote abgegrenzt, in dem sich auch der Gerichtsmediziner befand.

»Also, wie abgesprochen: Stella und Gunnar übernehmen die Tochter des Opfers, deren Ehemann und Vater. Banu schaut sich die Leiche an und spricht mit Seligmann. Und Dario und ich halten die Menge in Schach, damit niemand entwischt, und nehmen die Personalien auf«, sagte Thorsten.

Obwohl sie auf der Fahrt hierher noch nicht ausführlich darüber gesprochen hatten, wusste Banu, dass auch ihr Chef einen Zusammenhang zwischen dem Mord an Franziska Koviak und den Schüssen auf Hilde de Boer vermutete. Zum einen kam es entgegen der öffentlichen Wahrnehmung nicht häufig vor, dass Menschen mit Schusswaffen auf offener Straße ermordet wurden. Und zum anderen waren beide Frauen im selben Alter. Zwischen den Mordfällen lag lediglich ein Abstand von vier Tagen.

»Das war quasi eine Hinrichtung.« Thies Seligmann zeigte auf den entblößten Oberkörper der Frau. »Zumindest wollte der Täter sichergehen, dass sie auch wirklich tot ist. Ich zähle sieben Eintrittslöcher.«

Banu nickte. Der quasi durchsiebte Oberkörper von Hilde de Boer war ein schrecklicher Anblick. Bisher hatte sich durch die Indizien erst ein Zusammenhang zwischen den beiden Mordfällen angedeutet. Aber beim ersten Blick auf die Leiche war Banu nun völlig klar, dass es ihn auch gab. Denn Hilde de Boer hätte die Schwester von Franziska Koviak sein können. Und so war das Bild der Frau, die auf den Steinen lag, fast wie ein Déjà-vu. Wieder war ein totes Gesicht von dicken grauen Locken umrahmt. Und auch Hilde de Boer war ausnehmend schlank gewesen.

»Also. Was die Todesursache angeht, besteht hier wohl kein Grund für Spekulationen.« Thies Seligmann packte seine Instrumente in die Tasche zurück. »Wir sehen uns dann bei der Obduktion, Banu.«

Banu nickte. Der Leichnam wurde auf eine Bahre gelegt und abtransportiert. Banu hörte eine Frau in unmittelbarer Nähe laut schreien und drehte sich um. Annika de Boer im blutbefleckten Hochzeitskleid wollte hinter der Bahre herlaufen, wurde aber von ihrem Mann festgehalten. Banu wandte sich einer Gruppe von Frauen zu, die alle dieselben Kleider trugen. Dieser Mord hatte vor den Augen von circa hundert Menschen stattgefunden. Und dennoch ahnte Banu, dass niemand etwas gesehen hatte.

Stella hatte darauf bestanden, auf der Rückfahrt zum Präsidium bei Fatihs Imbiss zu halten, da sie Hunger hatte und ihr sicher schlecht wurde, wenn sie nicht bald etwas essen würde.

Als sie wieder an ihrem Arbeitsplatz angekommen waren, bat Dario sie, sich einmal ohne Jacke im Profil zu zeigen.

»Nein, ich bin nicht schwanger«, zischte sie und packte ihren fettigen Adena Kebab aus dem Papier. »Auch dir als Dorfpolizist müsste langsam bewusst werden, dass jetzt eine ganze Menge Denkarbeit auf uns wartet. Ich kann nicht denken, wenn ich Hunger habe.« Um ihre Worte zu unterstreichen, zog sie geräuschvoll einen Schluck Cola durch den Strohhalm.

Thorsten, dem der Mord als Einzigen ebenfalls nicht den Appetit verdorben hatte, leckte sich die Finger, mit denen er die Pommes mit Mayo aus dem Pappkarton gegessen hatte. »Nachdem wir alle die Leiche gesehen haben, liegt die Vermutung nahe, dass die beiden Fälle wohl zusammenhängen. Und deshalb werden wir ein Hauptaugenmerk darauf haben, eine Verbindung zwischen den beiden Frauen herzustellen.«

»Also wenn das bedeutet, dass hier in Hamburg noch ein zweiter Serienmörder sein Unwesen treibt, dann gehe ich ganz schnell in das kleine Dorf zurück, aus dem ich gekommen bin.«

Stella musterte Dario. Er sah wirklich unglücklich aus. Natürlich musste sie zugeben, dass die blutüberströmte Hilde de Boer kein schöner Anblick gewesen war. Genauso wenig wie die Leiche von Franziska Koviak, deren Gesicht die Geschosse völlig zerfetzt hatten. Aber sie war sicher, dass Dario schon lange gekündigt hätte, wenn er vier Wochen vorher zur Mordbereitschaft 5 gestoßen wäre. Denn im Mordfall, in dem sie kurz vor seiner Einstellung ermittelt hatten, hatte ein Mann so lange tot in seiner Wohnung gelegen, dass er in seinen Teppich eingewachsen war. Es war nicht mehr viel festes Gewebe an ihm dran gewesen und im Laufe der Zeit war der Rest grünlich geworden. Als sie ihn auf dem olivfarbenen Teppich fanden, sah er fast aus wie eine amorphe Echse, die sich auf einem Blatt tarnte.

Banu ergriff das Wort. »Von Serienkillern spricht man erst bei drei oder mehr Morden.«

»Danke für den Hinweis«, stöhnte Dario. »Aber wer sagt denn, dass nicht noch eine ältere Dame mit langen grauen Locken dazukommt.«

Thorsten nahm einen Kaugummi aus der Tasche und steckte ihn langsam in den Mund. »Es ist statistisch gesehen sehr unwahrscheinlich, dass zur selben Zeit zwei Serientäter ihr Unwesen treiben. Auch ein Serientäter ist schon sehr selten.«

»Kann es denn Zufall sein?«, fragte Gunnar. Für eine kurze Zeit herrschte absolute Stille.

Stella, nun gestärkt durch den Zucker, der im Blut zirkulierte, stand auf und ging zum Whiteboard. »Welchen

Zusammenhang kennt unser Unbekannter zwischen den beiden Frauen?« Sie zeigte auf das Phantombild.

»So ähnlich, wie sie sich sehen: Vielleicht sind sie ja doch verwandt«, sagte Gunnar zögerlich.

»Ja, das liegt als erste Vermutung auf der Hand.« Banu ergriff den Edding und eröffnete ein neues Flipchart-Papier. »Oder sie waren Freundinnen. Immerhin waren sie im selben Alter.«

»Was hatten sie noch gemeinsam?« Stella nahm noch einen großen Schluck aus ihrer Cola. »Sie hatten beide viel Geld. Franziska Koviak kam aus eher ärmlichen Verhältnissen und hat ihren Chef, einen reichen Unternehmer, geheiratet. Wie sah es bei Hilde de Boer aus?« Sie sah sich im Kreis ihrer Kollegen um. Es herrschte allgemeines Schulterzucken.

»Als Erstes müssen wir etwas über Hilde de Boers Vergangenheit und ihr Leben auf Helgoland in Erfahrung bringen.« Thorsten schien einen Plan gefasst zu haben. »Stella und Gunnar, ihr fahrt morgen nach Helgoland und zieht dort Erkundigungen ein.«

Stella verknüpfte ihre ureigensten Erinnerungen mit der Hochseeinsel Helgoland. In den Achtzigerjahren hatte ihre Großtante Gertrud, in deren Nachbarschaft sie mit ihrer Mutter und Schwester einige Zeit gelebt hatte, regelmäßig mit ihrem Sparclub Butterfahrten nach Helgoland unternommen. Dadurch, dass man damals auch auf dem Schiff zollfrei hatte einkaufen können, war Gertrud häufig sehr heiter, aber manchmal auch mit deutlicher Schlagseite nach Hause gekommen. Es hatte zum Ritual des Sparclubs gehört, dass die Mitglieder umschichtig bereits auf der Zugfahrt nach Cuxhaven, wo das Schiff nach Helgoland ablegte, Schnaps aus kleinen Miniaturflaschen tranken. Da diese einzeln jedoch viel teurer waren, als dieselbe Menge in größeren Flaschen zu kaufen, hatte Gertrud vor der Fahrt den Weizenkorn immer mittels winzigem Trichter von einer Siebenhundertfünfzig-Milliliter-Flasche in die Fläschchen umgefüllt. Wenn Stellas Mutter bei der Arbeit gewesen war, hatten Susanne und sie Gertrud oft dabei geholfen. Natürlich hatte Gertrud diesen Schwindel keinem verraten, da es nicht so aussehen sollte, als wäre sie geizig. Nach der Fahrt hatte sie die Fläschchen immer wieder eingesammelt, angeblich, um sie alle zusammen zu entsorgen. Stella grinste, denn sie sah in Gedanken die rotgesichtige, meist eher grimmig dreinblickende Gertrud in ihrer kleinen, stets blitzsauberen Küche vor sich, den Trichter in der einen, die Kornflasche in der anderen Hand.

»Stella?«, fragte Thorsten.

»Ich würde wirklich gern fahren, aber wenn es sich irgendwie vermeiden lässt, bleibe ich lieber hier. Meine zukünftigen Schwiegereltern fahren morgen zurück nach Schottland, und ich habe versprochen, zumindest noch beim Frühstück dabei zu sein.«

»Damit du siehst, ob sie wirklich weg sind?«, fragte Gunnar.

»So ungefähr!«

Banu meldete sich zu Wort. »Ich muss sowieso mal hier raus. Ich fahre mit Gunnar.«

Stella blickte ihre Kollegin irritiert an. Es könnte sein, dass sich mal wieder schulischer Ärger mit ihrem vierzehnjährigen Sohn Can anbahnte. Er war alles andere als ein Musterschüler. Andererseits hatte sie Banu noch gar nicht gefragt, wie der gestrige Arzttermin mit ihrer Mutter verlaufen war. Irgendwie hatte sich dafür noch kein Zeitfenster ergeben. Hoffentlich gab es keinen schwerwiegenden Befund.

Gunnar meldete sich zu Wort. »Ich denke aber, dass wir dennoch zweigleisig fahren sollten. Denkbar wäre im Mordfall de Boer auch, dass jemand Annika treffen wollte. Also ich meine nicht physisch. Der Schütze hat ja sehr gezielt auf ihre Mutter geschossen. Und was kann belastender sein, als den Mord an der eigenen Mutter an dem Tag zu erleben, der eigentlich der glücklichste werden sollte.«

»Also eventuell ein Mord aus Rache? Man erschießt die Mutter, um die Tochter zu quälen?«, fragte Banu.

»Daran habe ich auch gedacht«, sagte Thorsten. »Und deshalb sollten Stella und Dario sich morgen in dem Umfeld von Annika de Boer Hagemann umsehen. Es scheint so, als würde sie die meiste Zeit bei ihrem Pferd in einem Stall am Rande der Fischbeker Heide verbringen. Der Stall heißt Lohses Peerstall.«

»Den kenne ich«, sagte Stella. Sie hatte lange im Hamburger Süden gelebt, und als passionierte Joggerin war ihr die Fischbeker Heide natürlich als äußerst anspruchsvolles Laufterrain bekannt.

»Ich denke, dass wir die Damen, die der Gruppe der Ciderellas angehören, zum Verhör dorthin bestellen sollten. Ihr könnt dort sowohl jede einzeln als auch die gesamte Gruppe befragen. Wahrscheinlich ist es günstig, sie erst mal dort zu sehen, wo sie quasi zu Hause sind. Und ich werde mich an den Computer setzen und über die Familie de Boer recherchieren. Danach fahre ich noch mal zu Axel Koviak. Vielleicht finde ich ein verbindendes Element.« Thorsten hob die Hände und schickte seine Mitarbeiter in den Feierabend. »Die Besprechung ist beendet, und ich werde jetzt die Pflanzen gießen.«

Verwundert sah Stella auf die Uhr. Es war recht ungewöhnlich, um diese Zeit schon Schluss zu machen. Andererseits hatten sie ein arbeitsreiches Wochenende vor sich. Und den Blumen nach zu schließen, die noch in Papier hinter dem Vorhang auf der Fensterbank standen, hatte Thorsten heute wohl noch etwas vor.

Der riesige rot getigerte Maine-Coon-Kater saß missmutig vor der winzigen rosa Teetasse. Ein viel zu kleines Käppi lag lose auf seinem Kopf.

»Möchten Sie Tee, Herr Schnurrhaar?« Das kleine Mädchen hatte eine rot gestreifte Schürze an und tänzelte um den Puppentisch herum, an dem neben dem Kater noch ein brauner Teddy und ein grünhaariger Plastiktroll saßen.

»Nun lass doch den Kater, Fleur!« Stellas beste Freundin Bounty nahm dem Maine-Coon die Mütze ab und schob ihm ein Leckerli ins Maul.

»Wo ist Flame?«, fragte Stella und schaute sich nach der anderen Katze um.

»Wenn sie schlau ist, hat sie sich versteckt. ›Das Haus am Eaton Place‹ nachzustellen ist nicht so ihr Fall«, sagte Bounty.

Stella beugte sich zu dem quirligen Mädchen herunter und holte vor ihren Augen ein Franzbrötchen aus einer mit Fettflecken übersäten Papiertüte. Seit sie ein Kleinkind war, liebte Fleur das buttrige Zimtgebäck. »Wenn du die Katzen jetzt mal für ein Weilchen in Ruhe lässt, kriegst du das Franzbrötchen!«

Fleur rollte mit den Augen. »Das ist Apessung!« Sie überlegte einen Moment, griff dann aber nach dem Kuchen.

Stella lachte. »Wenn man bedenkt, dass sie vor eineinhalb Jahren noch kein einziges Wort gesagt hat.«

Bounty hielt mit dem Fuß die Küchentür auf und balancierte ein Tablett mit drei Sektgläsern und einer Schale Erdnüssen Richtung Wohnzimmer. »So, meine Liebe. Heute fällt die Entscheidung. Und wenn du dich weigerst, sagen wir die Hochzeit ab.«

Stella verging das Lachen. »Ach Bounty, manchmal denke ich, das wäre genau das Richtige.« Natürlich wussten ihre Freundinnen von den Zweifeln, die Stella plagten.

Bounty schnalzte missbilligend mit der Zunge. »Untersteh dich! Ich möchte mindestens zweimal in meinem Leben Trauzeugin sein. Setz dich erst mal hin. Olivia müsste auch jeden Moment kommen.«

Wie aufs Stichwort klingelte es. Fleur war die Erste an der Tür. »Möchtest du mitspielen, Olivia? Du kannst die böse Fee sein.«

»Danke, sehr verlockend.« Olivia strich sich ihr rotes langes Haar aus dem Gesicht. »Vielleicht später. Erst mal müssen wir der lieben Stella Folgendes klarmachen: kein Kleid, keine Hochzeit!«

Fleur juchzte. »Schon wieder Apessung!«

»Unglaublich«, sagte Bounty, »man möchte meinen, dass hier ständig kriminelle Handlungen passieren. Das kommt davon, wenn man mit einer Polizistin befreundet ist.«

Fleur verzog sich in ihr Kinderzimmer, leicht beleidigt, dass weder Mensch noch Katze mit ihr spielen wollten, und überließ das Wohnzimmer den Erwachsenen.

»Heute war ja echt was los in der Stadt«, sagte Olivia und winkte ab, als Bounty ihr Sekt einschenken wollte. »Bei dem Verkehr bleibe ich lieber nüchtern. Ich habe gehört, dass die Frau eines Helgoländer Hoteliers bei der Hochzeit ihrer Tochter ermordet wurde. Weißt du etwas davon, Stella?«

Normalerweise sprach Stella mit ihren Freundinnen nicht über ihren Job. Aber auf so eine direkte Frage musste sie natürlich mit der Wahrheit antworten. »Ja, das ist jetzt unser Fall.«

»Entsetzlich! Paul und ich waren mal in ihrem Hotel auf Helgoland zu Gast, dem Hotel Zur Langen Anna. Sie war sehr zurückhaltend. Im Gegensatz zu ihrem Mann, der beim Dinner immer an die Tische kam, um zu fragen, wie es den Gästen schmeckt, hat man sie so gut wie gar nicht gesehen.«

Bounty schlug die Mappe auf, die Olivia auf den Tisch gelegt hatte.

»Lass mal, Olli. Stella soll sich jetzt ganz auf die Kleider konzentrieren. Nicht dass sie wegen einem Mord bei einer Hochzeit noch einen Grund findet, um nicht zu heiraten.«

Stella war in keiner Weise abergläubisch. Sie wusch ihre Wäsche zwischen Weihnachten und Neujahr und war auch schon unter so mancher Leiter durchgegangen. Dennoch hatte sie sich gefragt, ob irgendein höheres Wesen ihr heute hatte ein Zeichen geben wollen, doch lieber nicht zu heiraten. Olivia stupste sie an und zeigte auf die drei Fotos mit Hochzeitskleidern, die sie vor sich ausgebreitet hatte. Als Stella Kleid Nummer zwei sah, waren ihre Vorbehalte wie weggeblasen.

»Ein Minikleid hattest du bisher noch nicht im Angebot.«

»Ist auch nicht so üblich«, sagte Olivia. »Aber dir würde es fantastisch stehen.«

Stella hob ihr Glas. »Auf meine baldige Hochzeit!«

SAMSTAG, DEN 25. MÄRZ 2017

Die MS Helgoland zog eine glatte Spur über die fast bewegungslose Nordsee. Banu war sehr erleichtert darüber, dass ihre Seetauglichkeit nicht auf die Probe gestellt wurde. Sie hatte zwar schon ein paarmal eine Hafenrundfahrt gemacht und mit Mann und Kindern im Kanu Hamburgs Kanäle erkundet, aber auf dem Meer hatte sie sich noch nie aufgehalten.

»Dahinten ist Neuwerk«, sagte Gunnar und steckte sich eine Gabel Rührei mit Krabben in den Mund. Es wäre deutlich bequemer gewesen, von den Landungsbrücken mit dem Katamaran nach Helgoland zu fahren, aber dessen Saison begann erst im Mai. Deshalb hatte Gunnar Banu bereits um sechs Uhr heute Morgen abgeholt und sie waren gegen neun Uhr am Anleger in Cuxhaven gewesen. Nun war endlich Zeit fürs Frühstück und eine Lagebesprechung.

»Wir sind im Hotel Inselkate untergebracht. Das ist fußläufig zum Hotel der de Boers.«

»Gunnar, auf Helgoland ist alles fußläufig zu erreichen. Es fahren dort keine Autos.«

»Das ist nichts für mich.«

Banu wusste, wie sehr ihr Kollege sein Cabriolet liebte. Als Gunnars Tochter auf die Welt gekommen war, hatte er es verkauft und gegen eine Familienkutsche getauscht.

Aber seine Frau Tanja hatte gemerkt, wie sehr ihm der Wagen fehlte, und hatte das Cabrio an Gunnars vierzigstem Geburtstag für ihn zurückgekauft. Und zwar für deutlich mehr Geld, als er damals beim Verkauf erzielt hatte.

»Dann schlage ich vor, dass wir nach dem Einchecken zum Hotel Zur Langen Anna gehen«, Gunnar betonte das letzte Wort besonders, »und uns mit den Angestellten unterhalten.«

»Und davor oder danach sollten wir noch einen Blick in das Haus der de Boers werfen.«

»Außerdem wissen wir von Annika, dass Hilde genau eine einzige Freundin hatte, Mathilde Drossel. Diese wiederum betreibt ein Café auf der Düne und wohnt auch dort.«

»Okay. Dahin muss man ja mit dem Boot fahren. Das machen wir dann vielleicht lieber morgen, bevor das Schiff zurück nach Cuxhaven fährt.«

»Ich bin, ehrlich gesagt, ganz froh darüber, dass Maximilian de Boer noch in Hamburg bei seiner Tochter ist. Die Hotelangestellten sind bestimmt ehrlicher, wenn der Chef sich nicht in unmittelbarerer Nähe aufhält.« Banu strich einen Hauch Butter auf ihr Schwarzbrot. Ihr Vorsatz, fünf Kilo abzunehmen, galt noch immer. Sie hatte tatsächlich auch ihr Jogging-Outfit im Gepäck. Es war ihr sehr recht gewesen, dass Thorsten sie für die Fahrt nach Helgoland eingesetzt hatte. Leider hatte die Frauenärztin bei der Untersuchung ihrer Mutter eine Geschwulst am Gebärmutterhals festgestellt. Für die nähere Befundung sollte Gamze Kurtoğlu am nächsten Dienstag ins Krankenhaus eingewiesen werden. Die Ärztin hatte jedoch schon ziemlich klar durchblicken lassen, dass in dieser Region sehr selten gutartige Tumore vorkamen. Banu hatte nicht alles Wort für Wort übersetzt, um ihre Mutter nicht zu sehr zu beunruhigen. Aber aus der Mimik der Ärztin hatte sie eine Menge herauslesen können, ohne die medizinischen Fachbegriffe im Detail zu verstehen.

Dienstags hatte Hatice, Banus Schwester, ihren freien Tag, und so würde sie Gamze ins Krankenhaus begleiten. Natürlich dachte Banu ständig darüber nach, wie es mit ihrer Mutter weitergehen würde. Insofern war die Mini-Reise nach Helgoland, auch wenn sie dienstlicher Natur war, auf jeden Fall eine Ablenkung.

»Mir fällt es ziemlich schwer, beide Fälle getrennt voneinander zu betrachten«, sagte Stella und fuhr an der Ausfahrt Heimfeld von der Autobahn ab.

Dario nickte. »Das geht mir genauso. Obwohl es ja noch nicht bewiesen ist, dass sie tatsächlich zusammenhängen. Hier kommt übrigens gleich ein Blitzer.«

Stella trat auf die Bremse. »Unsere Ermittlungen zum Mord an Franziska Koviak haben bisher null Anhaltspunkte gebracht. Und im Mordfall Hilde de Boer müssen wir uns auf jeden Fall Annikas Ehemann genauer ansehen. Er ist so gut wie mittellos, kommt aus eher armen Verhältnissen. Die Heirat mit der Helgoländer Prinzessin war für ihn nicht gerade zum finanziellen Nachteil.«

»Das gilt aber nur für den Fall, dass Annika jetzt erbt. Ansonsten müsste er Maximilian de Boer auch noch erschießen. Vielleicht liebt Sebastian Annika einfach nur ohne Hintergedanken. Aber checken müssen wir das natürlich.« Dario ließ das Beifahrerfenster ein wenig herunter, da die Frontscheibe anfing zu beschlagen.

Stella fragte sich, in was für einem Beziehungsstatus ihr Kollege sich wohl befand. Bisher hatte Dario sich nicht geäußert, was und mit wem er gern etwas in seiner Freizeit unternahm. Dabei schien er kein Heimlichtuer wie Thorsten Fock zu sein, der sich selbst so sehr in der Rolle des Geheimniskrämers mochte, dass er ab und zu mal Andeutungen fallen ließ und hoffte, dass jemand darauf reagierte. Vielleicht war Dario schlicht und ergreifend Single und hielt sein Privatleben für so uninteressant, dass er keinen damit langweilen wollte. Das Einzige, was sie über ihn wusste, war, dass er in Ottensen wohnte, Veganer war und vorgab, ein großer Bewunderer des Hamburger Schauspielers Jan Fedder zu sein. Zumindest hatte er bei seinem Bewerbungsgespräch begeistert von der Serie »Großstadtrevier«, in der Jan Fedder die Hauptrolle spielte, geschwärmt. Er hatte gesagt, dass er ein Fan der ersten Stunde sei. Nach dem Gespräch hatte Stella gegoogelt, wie lange es die Serie schon gab. Da die erste Folge bereits im Dezember 1986 ausgestrahlt worden war und Dario erst dreiunddreißig Jahre alt war, musste er sie quasi schon auf dem Wickeltisch liegend gesehen haben. Wahrscheinlicher schien Stella, dass er Nachforschungen zu Thorsten Fock in den sozialen Medien betrieben hatte und auf Facebook fündig geworden war. Neben dem Profilbild, auf dem Thorsten Jan Fedder artig die Hand schüttelte, waren noch jede Menge andere Hinweise wie zum Beispiel Fotos von Dreharbeiten oder Zitate aus der Serie vorhanden. Da ihr Chef so begeistert darüber gewesen war, einen Gleichgesinnten im Team haben zu können – Gunnar und Stella sahen viel lieber »Tatort« –, beschränkte sich das Vorstellungsgespräch hauptsächlich auf den Meinungsaustausch zu einzelnen Episoden. Und was das anging, hatte Dario absolut seine Hausaufgaben gemacht. Er hatte die Stelle in Hamburg also unbedingt haben wollen. Banu und Stella hatten sich schon häufiger darüber unterhalten, warum seine Ambitionen so groß waren, nach einem Leben auf dem Lande in die Großstadt zu ziehen. Vielleicht steckte ja doch eine Beziehung dahinter. Stella setzte den Blinker und verließ die Bundesstraße in Richtung Fischbeker Heide.

»Also, wie wir besprochen haben: erst alle einzeln und dann noch mal zusammen.«

»Hoffentlich sind auch alle Ciderellas gekommen. Sie fanden es ja besser, uns auf dem Reithof zu treffen, als ins Präsidium zu kommen.«

»Ja, und ich finde es auch sinnvoller. Die meisten von ihnen sind seit Jahren Teil der Gruppe. Da kann es aufschlussreich sein, sie sich in ihrem Biotop anzuschauen.«

Lohses Peerstall war ein Komplex, der aus mindestens vier Gebäuden bestand. Stella parkte den Wagen neben den Stallungen und nahm das Diktiergerät von der Rückbank, bevor sie ausstieg. Auf dem Parkplatz standen ungefähr zwei Dutzend Autos. Auffällig viele Fahrzeuge hatten Aufkleber mit Sprüchen wie »Alle Wege führen zum Stall« oder »Scheiß auf den Prinzen, ich nehme das Pferd«. Es gab aber auch Sticker mit den verschiedenen Brandzeichen der Pferde oder Aufkleber mit Hunderassen, denn Reiterinnen hatten auch oftmals Hunde.

Aus einigen der Boxenfenster streckten Pferde ihnen ihre Köpfe entgegen. Dario tätschelte unbeholfen ein braunes Tier mit einem weißen Abzeichen auf der Stirn, als ihnen eine ältere Dame entgegengeschossen kam.

»Nicht anfassen«, sagte sie in strengem Tonfall, und Dario zog seine Hand sofort zurück. »Wer weiß, was Sie alles für Viren übertragen«, murmelte die Frau und war schon wieder hinter der nächsten Stallecke verschwunden.

»Unser Faktotum haben Sie also schon kennengelernt. Das war Annegret. Sie arbeitet seit Jahrzehnten hier.«

Stella drehte sich um und stand einer von Annikas Freundinnen gegenüber. Louisa Dallmer hatte eine dicke Fleecejacke und eine Reithose an und trug derbe Arbeitsschuhe. Der Schock war ihr noch immer anzusehen.

»Es tut mir leid, dass wir Sie nach dem schrecklichen gestrigen Tag heute erneut befragen, aber natürlich versuchen wir, so schnell wie möglich den Täter zu finden.«

»Ja, ich weiß. Bitte kommen Sie mit. Es sind alle da.«

Stella und Dario folgten der jungen Frau zur Reithalle. Wie viele Reitställe hatte auch Lohses Peerstall ein Reiterstübchen, das direkt an die Reithalle angebaut war. Hinter Glas konnten diejenigen, die gerade nicht ritten oder ihre Tiere betüddelten, bei einem Getränk über diejenigen lästern, die in der Reitbahn ihre Pferde bewegten. Zumindest waren das Stellas zugegebenermaßen spärliche Erfahrungen mit größeren Reitsportanlagen. Sie hatte als Teenager eine kurze pferdebegeisterte Phase gehabt und war gern mit ihrer Freundin über die Spülfelder im Alten Land galoppiert, hatte allerdings nie Lust gehabt, im Turniersport aktiv zu werden.

Das Reiterstübchen roch nach Lederseife und abgestandenem Rauch, obwohl hier wahrscheinlich seit Jahren nicht mehr geraucht werden durfte. Aber die dunkelrot-grün gestreiften Kissen auf den Stühlen und die Vorhänge an den Fenstern sahen nicht so aus, als wären sie im letzten Jahrzehnt gereinigt worden. Louisa ging zu einem ovalen Eichentisch, auf dessen Mitte sich ein Stammtischemblem in Form des Ciderella-Logos befand.

»Die scheinen hier ja alles ganz gut im Griff zu haben«, flüsterte Dario.

Um den Tisch herum saßen die sechs Frauen, die gestern den Mord vor der Kirche miterlebt hatten. Man konnte ihnen ansehen, dass jede noch mit den Emotionen kämpfte.

»Guten Tag! Stella Brandes und Dario Wilks von der Hamburger Mordkommission. Vielen Dank, dass Sie alle gekommen sind. Ich denke, wir fangen gleich an. Als Erstes würden wir gern Elise Dachs befragen.«

Louisa Dallmer, die wohl eine Art Gruppensprecherin war, nickte einer etwas fülligen Dunkelhaarigen zu. »Dort hinten ist ein kleines Büro. Da sind Sie auf jeden Fall ungestört.«

Stella war erfreut ob der perfekten Organisation. Sie schaute auf ihre Armbanduhr. Wahrscheinlich hatten Hellen und Duncan Jones in der Zwischenzeit die Grenze zu den Niederlanden passiert. Da sich gestern mit dem Mord an Hilde de Boer die Ereignisse überschlagen hatten, glaubte sie nicht mehr an eine Verwicklung von ihrer zukünftigen Schwiegermutter. Dennoch hatte die Schottin eine geheimnisvolle und nicht unbedingt fröhliche Aura. Stella nahm sich vor, Jupiter noch einmal genau über die Vergangenheit seiner Mutter auszufragen, auch wenn es nicht mehr aus dienstlichem Interesse war. Heute Nachmittag würde er jedoch nach einer einwöchigen Drehpause erst mal wieder an den aktuellen Drehort für »Im Namen der Ahnen«, ein verfallenes ehemaliges Lungensanatorium im Südharz, zurückkehren.

Banu, die sich noch nie mit Helgoland befasst hatte, wunderte sich, dass es keine flache Insel war, sondern sie sich geografisch in das Ober- und das Unterland aufteilte.

Das Hotel Inselkate befand sich auf Helgolands Oberland, und während Gunnar den Fahrstuhl zur landschaftlichen zweiten Ebene nahm, blieb Banu ihrem Sport-Credo treu und stieg über die Treppe nach oben. Bei dem Namen ihres Hotels hatte Banu sich ein uriges Fachwerkhaus mit dickem Eichengebälk vorgestellt, aber die Inselkate war wie fast alle anderen Häuser auf Helgoland auch um 1960 erbaut worden. Dementsprechend schlicht und unauffällig erschien es in der Häuserzeile zwischen zwei Gebäuden im selben Stil, die ebenfalls Hotels waren. Um diese Jahreszeit weilten auch auf Helgoland wenig Touristen, aber die Anzahl der Übernachtungsmöglichkeiten war ein Anzeiger dafür, dass dies ab dem Frühjahr völlig anders aussehen würde. Das Hotel der de Boers war allerdings trotz der eher trostlosen Nebensaison komplett ausgebucht. Sonst wären Banu und Gunnar dort abgestiegen.

An der Rezeption der Inselkate saß ein circa zwanzig Jahre alter Mann, der in eine Autozeitschrift vertieft war.

»Wie traurig«, sagte Gunnar, »so viele schöne Autos und man darf hier keins davon fahren.«

Der junge Mann, der laut dem angesteckten Namensschild Anton Rickmer hieß, blickte auf. »Deshalb habe ich ja die Zeitschrift abonniert. Wie kann ich Ihnen helfen?«

Banu fand, dass sie sofort an Ort und Stelle mit den Ermittlungen beginnen konnten. »Kurtoğlu und Müller von der Hamburger Mordkommission. Wir untersuchen den Tod von Hilde de Boer und haben hier zwei Einzelzimmer gebucht.«

Anton Rickmer schüttelte betroffen den Kopf. »Es ist eine schreckliche Tragödie. Die ganze Insel ist in Trauer. Hilde war hier natürlich bekannt. Das Hotel Zur Langen Anna ist eins der größten und luxuriösesten hier auf Helgoland.« Er musterte Banu und Gunnar. »Auch wenn man es vielleicht nicht mit den Sterne-Hotels in Hamburg vergleichen kann.«

»Ich könnte mir schon vorstellen, dass hier ein starker Konkurrenzkampf um die Gäste herrscht, oder?«

Anton Rickmer überlegte kurz. »Nein, eigentlich nicht. Von April bis Oktober ist es hier so voll, dass auch das letzte Zimmer ausgebucht ist. Klar, im Winter ist es manchmal schwierig. Aber wir bieten dann verschiedene Arrangements an. Sehr beliebt ist unser ›Zwei Tage Robben-Watch‹. Da werden die Gäste von einem Fachmann vom Naturschutzbund zu den Kegelrobben auf der Düne geführt, die dann Junge haben. Dazu gibt es natürlich ein Spezialmenü und eine Stoffrobbe für die Kleinen oder das Buch ›Die Fauna von Helgoland‹ für die Erwachsenen. Wenn man aber kein Tierfreund ist, kann man auch einen Tanzkurs über das Wochenende mit der Helgoländer Volkstanz- und Trachtengruppe buchen. Oder den Autorenworkshop ›Schreiben wie James Krüss‹.«

Banu bewunderte, wie routiniert der junge Mann sein Programm abspulte. Gerade bei jüngeren Leuten erlebte sie häufig eine gewisse Befangenheit, wenn sie in Kontakt mit Mitarbeitern der Mordkommission kamen. Bei Anton Rickmer gab es keine Spur davon.

»Gehört die Inselkate Ihnen?«, fragte Gunnar.

»Nein«, sagte Rickmer, »ich bin hier nur der Sohn. Meine Eltern sind gerade bei einem spontanen Treffen, um mit den anderen zu besprechen, wie wir mit dem Tod von Hilde de Boer umgehen sollen. Also, wie wir Maximilian und Annika helfen können. Ich denke, dass sie zum Kaffee wieder hier sind.« Er drehte sich um und nahm die Zimmerschlüssel vom Schlüsselbrett. Für Anton Rickmer war das Gespräch vorerst beendet.

Stella warf einen Seitenblick auf Dario. Nach der fünften Reiterfreundin schien auch er nicht mehr so aufnahmefähig zu sein. Mit Elise, Louisa, Natascha, Sybille und Alice hatten sie bereits gesprochen. Die Frauen hatten zum Teil selbstbewusst, zum Teil schüchtern ihre Geschichten erzählt. Es gab keinerlei Widersprüche oder unklare Punkte, wo sie hätten nachhaken müssen. Keine der Zeuginnen hatte den Anschein erweckt, als würde sie denken, dass sie verdächtig sei. Alle bis auf Alice. Denn diese hatte beim Junggesellinnenabschied orakelt, dass bei der Hochzeit etwas ganz Besonderes passieren würde. Als Stella sie mit dieser Aussage konfrontierte, wand sie sich auf dem Stuhl und guckte überallhin, außer zu Stella oder Dario.

»Das war nur so ein Spruch«, sagte sie. »Ich habe doch im Leben nicht mit so etwas Schrecklichem gerechnet.«

»Ihre Freundinnen haben ausgesagt, dass Sie, nachdem die Überraschung mit dem Pferd ausgefallen war, nichts weiter geplant hatten. Was meinten Sie dann damit?«

»Nichts Konkretes«, jammerte Alice, »aber eine Hochzeit ist doch immer etwas Außergewöhnliches.« Stella ließ diese Aussage unkommentiert und bat die letzte Zeugin ins Büro. Gabi Cordes hatte O-Beine und sah aus, als wäre sie schon auf dem Pferd geboren worden.

»Ich kenne Annika, seit sie ihr Pferd hier stehen hat. Ich bin ungefähr einen Monat vorher mit Ghayma eingezogen.«

»Der Name klingt exotisch«, sagte Dario. »Zumindest anders als die Namen der anderen Pferde.« Er hatte sich ein paar Notizen gemacht. »Wolkentanz, Bond Girl, Desdemona, Seven und Donnergott.«

»Ja, Ghayma ist eine Vollblutaraberstute.« Der Stolz in Gabis Stimme war unüberhörbar. »Ihr Name bedeutet auf Arabisch Wolke.«

»Dann ist sie bestimmt sehr temperamentvoll.« Stella kramte ihr verschüttetes Wissen über einzelne Pferderassen hervor. Ihrer Kenntnis nach waren Arabische Vollblutpferde klein, äußerst robust und schnell.

»Nein, gar nicht. Ghayma ist die Ruhe selbst. Ich selbst reite sie nur sehr selten, aber ich biete Reittherapie für behinderte Kinder auf ihr an.« Gabi Cordes lächelte Stella offen zu. »Ich sehe schon, dass Sie selbst auch Ahnung von Pferden haben. Sie sehen aus wie eine Amazone.«

Stella spürte, wie Dario neben ihr grinste. Sie wusste sehr wenig über das mythische Volk der Amazonen. Nur, dass sie ihre linke Brust amputiert hatten, um besser mit Pfeil und Bogen schießen zu können. Unauffällig sah Stella an sich herab, um festzustellen, ob ihre Bluse heute vielleicht schlecht saß. Aber es war alles in bester Ordnung, und auch der Busen war dort, wo er zu sein hatte. Wahrscheinlich meinte Gabi Cordes eher ihre Größe und ihre sportliche Figur.

»Hat Annika de Boer Hagemann Feinde?«, fragte Dario.

Die Zeugin überlegte kurz und schüttelte dann den Kopf. »Ich weiß von niemandem, der sie nicht gemocht hat. Und da sie mindestens die Hälfte des Tages mit uns hier verbringt, hatte sie außerhalb des Stalls auch nicht so viele Kontakte. Vielleicht fragen Sie noch mal ihre Kommilitoninnen.«

Stella nickte. Das hatten sie sich für morgen vorgenommen. »Sie ist mit ihrem Pferd im Turniersport sehr erfolgreich. Da gibt es bestimmt auch Neider.«

»Ach nein«, Gabi Cordes winkte ab, »sie reitet ja keinen Grand Prix. Es sind alles in allem eher dörfliche Turniere, und es geht nicht um die Qualifikation für Olympia.«

»Kannten Sie das Opfer, Hilde de Boer?«

Gabi Cordes schüttelte sehr bestimmt den Kopf. »Ich glaube, außerhalb von Helgoland kannte sie keiner. Sie war vor der Hochzeit nicht ein einziges Mal in Hamburg gewesen. Und Annika hat auch selten von ihr gesprochen.«

Stella stellte das Diktiergerät aus. Auch hier stimmten die Aussagen mit denen der anderen Ciderellas überein. Durch die Ähnlichkeit der beiden Mordfälle in der letzten Woche war es sowieso wahrscheinlicher, dass die Lösung des Falls eher bei Hilde selbst als bei ihrer Tochter lag.

»›Grün ist das Land, rot ist die Kant, weiß ist der Strand, das sind die Farben von Helgoland‹«, las Gunnar die Inschrift auf dem Teppich vor, der vor der Rezeption des Hotels Zur Langen Anna lag. Hier war alles deutlich mondäner gestaltet als in der Inselkate. Auf dem Empfangstresen aus hellbeigem Marmor stand ein Schild in einem verschnörkelten Rahmen mit der Aufschrift »Heute gern für Sie da: Johanna Paulsen«.

Gerade als Banu die große messingfarbene Rezeptionsklingel bedienen wollte, tauchte eine ältere Dame aus dem Zimmer hinter dem Tresen auf. Sie musterte Banu, deren gelber Regenmantel, den sie aus dem Kleiderschrank ihrer Tochter genommen hatte, an den Ärmeln deutlich zu kurz war und auch über dem Busen spannte. Merve hatte ihn für den gemeinsamen Dänemarkurlaub bekommen, als sie zwölf Jahre alt war. Insofern würde er ihr wahrscheinlich auch nicht mehr passen. Da Banu aber gedacht hatte, ein echter Ostfriesennerz wäre die richtige Bekleidung für eine Insel östlich des norddeutschen Festlands, hatte sie die Passform nicht so entscheidend gefunden.

»Wir sind leider ausgebucht. Ich kann gern bei der Inselkate, dem Hotel Lummensprung oder der Pension Fallersleben anrufen, ob die noch ein Zimmer für Sie frei haben. Natürlich gibt es noch andere Unterkünfte, aber diese kann ich empfehlen.«

Banu dankte der Frau, die ganz in Schwarz gekleidet war, und schilderte ihr Anliegen. Johanna Paulsen zog ein Taschentuch aus ihrem Blazer und tupfte sich vorsichtig die Augen, damit die Wimperntusche nicht verwischte. Banu betrachtete ihre perfekt manikürten Fingernägel, die in einem dunklen Rot angemalt waren. Johanna Paulsen war durch und durch die Dame des Hauses.

»Können wir uns irgendwo in Ruhe unterhalten?«, fragte Gunnar. Die Hausdame zeigte auf das kleine Zimmer hinter der Rezeption. Dann wechselte sie das Inlay des Schildes auf dem Tresen, auf dem nun stand »Heute gern für Sie da: Tamme Siemens«, und winkte einen untersetzten Mann mittleren Alters heran. »Tamme wird übernehmen, falls mich das Gespräch zu sehr aufwühlen sollte. Derart aufgelöst möchte ich mich den Gästen nicht zeigen.« Banu nickte verständnisvoll und folgte der Empfangsdame ins Hinterzimmer.

»Wie gut kannten Sie Hilde de Boer?«, fragte Gunnar und justierte das Diktiergerät.

»Sie war meine Chefin«, sagte Johanna Paulsen und fügte schnell hinzu: »Eine sehr gute Chefin.«

»Inwiefern?«

»Sie hat sich nicht in unsere Arbeit eingemischt. Hat uns sehr selbstständig schalten und walten lassen. Ich selbst schreibe die Dienstpläne für das Personal am Empfang. Die Küche schreibt ihre Dienstpläne und die für den Service, und die Leitung der Reinigung ist selbstständig für den Einsatz der Zimmermädchen zuständig.«

»Sie konnte also delegieren.«

Johanna Paulsen überlegte einen kurzen Moment. »Sie hatte ja auch nicht so viel Ahnung vom Hotelfach, als sie Maximilian geheiratet hat. Und sie hat wohl auch nicht viel Lust gehabt, sich einzuarbeiten. Zu uns Angestellten war sie immer nett, aber sie hat nicht viel mit uns gesprochen. Wenn es um Absprachen geht, wenden wir uns immer an Maximilian de Boer.«

Banu versuchte gerade, das Bild, das sie sich bereits von Hilde de Boer als herzliche, vornehme und vielleicht auch ein bisschen exzentrische Chefin des ersten Hauses am Platz gemacht hatte, zu revidieren.

»Hilde de Boer war also die meiste Zeit unsichtbar?«, fragte Gunnar.

Die Hausdame stand auf und ging zum Fenster, als würde sie nicht gleich auf die Frage antworten wollen. Sie schaute einen Moment in den einsetzenden Regen. »Es könnte sein, dass heute noch ein Sturm aufzieht«, sagte sie. »Sie sollten dann nicht draußen sein. Es kann um diese Jahreszeit sehr unangenehm werden.«

»Bitte antworten Sie auf die Frage, Frau Paulsen.«

Die Hausdame seufzte und setzte sich dann wieder. »Ich glaube nicht, dass es bei den Ermittlungen weiterhilft, wenn ich es Ihnen erzähle. Aber Sie werden es sowieso erfahren. Hilde de Boer war keinesfalls unsichtbar. Sie war nur nie sie selbst. Nahezu jeden Tag kam sie durch die Eingangstür, immer anders gekleidet, und setzte sich an den Tisch hinten in der Nische mit direktem Meerblick. Sie tat immer so, als wäre sie selbst Gast. Sie bestellte immer etwas anderes von der Karte. Manchmal sagte sie auch, dass man ihr das Essen auf ihr Zimmer bringen solle. Und sie hatte immer einen anderen Namen. Nie war sie Hilde de Boer, die Besitzerin des Hotels Zur Langen Anna. Unsere Gäste hielten sie immer für einen anderen Gast.«

Banu musste erst mal darüber nachdenken, was sie gerade gehört hatte. Die Frau, die sie für eine selbstbewusste Führungskraft gehalten hatte, war entweder nicht zufrieden mit ihrem Leben, oder sie war noch exzentrischer, als sie angenommen hatte.

»Und es hat jeder mitgespielt«, sagte Johanna Paulsen. »Auch ihr Ehemann.«

»Und warum hat sie das Ihrer Meinung nach getan?«

»Das kann ich nur vermuten. Ich glaube nicht, dass sie hier glücklich war. Auf jeden Fall fühlte sie sich in ihrer eigenen Haut nicht wohl und wollte lieber jemand anderes sein. Maximilian hat es uns damit erklärt, dass Hilde psychische Probleme hätte und wir ihr Spiel unbedingt mitspielen sollten. Und das haben wir getan.«

Annika hatte fast eineinhalb Tage unter Beruhigungsmitteln gestanden. Der Vorhang, der die Realität verhüllt hatte, öffnete sich wieder langsam. Eigentlich hätte sie gern eine weitere Valium genommen, um der Wahrheit zu entkommen. Aber ihr Ehemann hatte ihr einen kräftigen Kaffee gekocht und sie aufgefordert, der Polizei von den Briefen zu erzählen.

Eher widerwillig hatte sie im Polizeipräsidium angerufen, denn sie war fast sicher, dass dieses Geschmiere nichts mit dem Mord an ihrer Mutter zu tun hatte. Sie ärgerte sich zunehmend darüber, dass sie die Briefe damals so offen hatte liegen lassen. Denn eigentlich hatte sie Sebastian damit nicht belasten wollen.

Nachdem sie dem Kriminalhauptkommissar Thorsten Fock erklärt hatte, dass sie zwar aussagen wolle, aber aufgrund ihrer Verfassung nicht ins Präsidium fahren könne, war er in ihre Wohnung im Harburger Hafen gekommen.

»Darf ich Ihnen etwas zu trinken anbieten?«, fragte sie.

»Gern einen Kaffee«, sagte Thorsten Fock und setzte sich.

Annika war nach dreißig Stunden in Lethargie und Drogenschlaf froh, aktiv werden zu können. Es war natürlich nicht so, dass Kaffee zu servieren sie von all dem ablenkte, was zuvor geschehen war. Aber immerhin bestand doch die Spur einer Möglichkeit, dass Annika der Polizei mit ihrem Hinweis weiterhelfen konnte.

Sie sah erstaunt zu, wie der durchtrainierte Mann, der Ende fünfzig sein mochte, vier Löffel Zucker in seinen Kaffee gab.

Thorsten Fock war ihr Blick nicht entgangen. »Seit ich mit dem Rauchen aufgehört habe, bin ich ein echter Zuckerjunkie.«

»Aber wird man dann nicht dick?«, fragte Sebastian, der sich zu ihnen gesellt hatte.

»Ich habe pflegeintensive Freunde«, sagte Thorsten Fock. »Meine Pflanzen im Garten wollen ein- und umgepflanzt, vom Unkraut befreit und gewässert werden. Und der Rasen gemäht. Bei der Gartenarbeit verliert man circa dreihundert Kalorien pro Stunde.«

Sebastian lächelte bewundernd. Annika wusste jedoch, dass er sofort einen Gärtner einstellen würde, wenn sie in ein Haus mit Garten zögen.

»Ich wollte mit Ihnen über die Briefe sprechen, die ich bekommen habe. Es sind nicht direkt Drohbriefe, aber sehr nett sind sie auch nicht.« Annika öffnete eine Holzschatulle und holte die vier Schriftstücke heraus. »Es begann kurz nach unserer Verlobung.«

Der Kommissar griff nach den Briefen. »Ich würde gern einen Blick darauf werfen.« Annika nickte. Thorsten Fock zog Plastikhandschuhe aus seiner Tasche und nahm die Briefe vorsichtig in die Hand. Dann kramte er eine Lesebrille hervor. »›Annika, du bist eine Lügnerin und Betrügerin. Wenn Sebastian wüsste, wen er da heiraten will, würde er es sich noch mal überlegen. So eine Bitch hat niemand verdient.‹« Der Chef des Ermittlerteams nahm einen Papierbeutel und steckte die Briefe hinein. »Und in diesem Tenor geht es weiter? Ich werde die Briefe der Spurensicherung übergeben. Sie sollen nach brauchbaren Fingerabdrücken suchen.« Er blickte Sebastian an.

»Ich wusste davon. Wir haben lange hin und her überlegt, fanden die Briefe jedoch nicht drastisch genug, um damit zur Polizei zu gehen. Wie Annika schon sagte: Es sind ja keine Drohungen.«

Annika wollte Kaffee nachschenken, aber Thorsten Fock schüttelte den Kopf. »Für mich nicht mehr, danke. Natürlich könnten diese Briefe etwas mit dem Mord an Ihrer Mutter zu tun haben. Wir gehen jedem Hinweis nach. Haben Sie denn eine Idee, wer sie geschrieben haben könnte?«

Annika zögerte.

»Annika, erzähl dem Kommissar von unserem Verdacht«, forderte Sebastian sie auf. Tatsächlich war es eher Sebastians Verdacht als ihrer.

»Es könnte Jan Olson gewesen sein. Ich war mit ihm zusammen, bevor ich Sebastian kennenlernte. Wir haben in Kiel gemeinsam das Abi gemacht. Er ist dann aber zurück nach Helgoland gegangen, um in der dortigen Biologischen Anstalt zu arbeiten. Irgendwann wollte er Meeresbiologie studieren. Zurück nach Helgoland zu gehen kam für mich aber nie infrage. Wir hatten schon massiv Streit deswegen. Und dann lief die Beziehung irgendwie aus. Als ich ihm von meiner Verlobung mit Sebastian geschrieben habe, hat er nicht geantwortet. Auch auf die Einladung zur Hochzeit nicht.«

Thorsten Fock stand auf. »Vielen Dank für den Kaffee. Wir ermitteln in alle Richtungen.«

Als Annika die Haustür hinter ihm geschlossen hatte, merkte sie, dass sie wieder bereit war für den Schlaf des

Vergessens. Und so nahm sie den Tranquilizer aus der Hand ihres Ehemanns gern an.

Sie hatten gestern nur kurz mit Maximilian de Boer sprechen können, da er wenige Minuten nach der Tat zusammengebrochen war. Aufgrund seines Zustands hätte Banu es am sichersten gefunden, wenn er zumindest eine Nacht in einem Krankenhaus verbracht hätte. Aber das wollten seine Schwester und sein Schwager auf keinen Fall. Sie hatten für eine Woche eine Wohnung in Hamburg gemietet und bestanden darauf, ihn dorthin mitzunehmen. Selbstverständlich unter der Auflage, dass das Interventionsteam ihn engmaschig begleiten würde. Banu war am Freitagabend noch bei der Ferienwohnung vorbeigefahren und hatte von Marianne Köster den Schlüssel für das Anwesen der de Boers auf Helgoland in Empfang genommen.

Das pastellgelbe Haus neben der Kirche unterschied sich zwar nur in wenigen Merkmalen von dem Rest der Bebauung, verfügte jedoch über einen großen Wintergarten. Banu war aufgefallen, dass die Häuser auf dem Oberland eher in helleren Farbtönen angestrichen waren, während auf dem Unterland die kräftigen Farben überwogen. Vielleicht dachte sie daran, Anton Rickmer danach zu fragen, wenn sie ihn in der Inselkate sehen sollte, welche gestalterischen Intentionen hinter der Farbauswahl steckten. Während Gunnar in einem der zahlreichen Läden verschwand, um zollfrei einen schottischen Single Malt Whisky zu kaufen, machte Banu einen Abstecher auf den Friedhof. Die Häuser der Toten waren für sie ähnlich interessant wie die Behausungen der Lebenden, und sie wollte einen kurzen Blick auf die Gräber der de Boers werfen.

Eine ältere Dame hockte neben einem grauen Granitkreuz und zupfte kaum sichtbares Unkraut aus den Ritzen in den Trittsteinen, die über das Grab führten. Sie stand auf, als sie Banu sah, und ging auf sie zu. »Kann ich Ihnen helfen? Ich bin Anna Wester, die Frau des Pfarrers der St.-Nicolai-Kirche. Es ist selten, dass sich in dieser Jahreszeit Gäste auf den Friedhof verirren.«

»Banu Kurtoğlu, Hamburger Mordkommission. Ich untersuche den Mord an Hilde de Boer.«

Anna Westers Gesichtszüge erstarrten. »Die arme Hilde. Sie war ein so liebenswertes Geschöpf. Wir haben heute um dreizehn Uhr die Glocken für sie geläutet. Auf Wunsch von Maximilian.«

Banu war interessiert an alten Bräuchen und freute sich darüber, dass so eine alte Tradition wie das Totenläuten auf einer Insel überlebt hatte, die ansonsten komplett der Nachkriegszeit entsprungen zu sein schien. »Könnten Sie mir die Gräber der de Boers zeigen? Gibt es vielleicht eine Familiengruft?«

Anna Wester schüttelte langsam den Kopf. »Es wurde alles während der Bombenangriffe und des Big Bang zerstört. Maximilians Vater ist Anfang der Fünfzigerjahre gestorben. Er hat seine Kinder nicht aufwachsen sehen. Er ist im Exil in Cuxhaven einem Herzanfall erlegen, bevor die Inselbevölkerung wieder nach Helgoland zurückkehren durfte. Ich kann Ihnen aber das Grab von Maximilians Mutter, Helene de Boer, zeigen. Sie liegt direkt an der Kirchenmauer.«

Banu folgte der alten Frau zu einem hellbeigen Marmorstein. Sie war überrascht, dass das Grab der Angehörigen einer der wohlhabendsten Helgoländer Familien so klein war.

Anna Wester deutete ihren Blick richtig. »Es ist nicht so ganz, wie Sie sich das vorstellt haben, oder? Im März macht es natürlich auch nicht viel her, aber Sie sollten kommen, wenn der große Rosenbusch blüht. Dann ist es das schönste Grab auf dem Friedhof.«

»›Das Sichtbare vergeht, doch das Unsichtbare bleibt ewig – Helene geb. 03. August 1921, gest. 28. September 1985‹«, las Banu.

In diesem Moment tauchte Gunnar am Zaun auf und winkte mit einer Flasche Whisky. »Wahnsinn, wie günstig das gute Zeug hier ist. Und auch die Zigaretten. Da möchte man sich fast das Rauchen angewöhnen.«

Als Banu sich umdrehte, war Anna Wester bereits wieder auf die andere Seite des Friedhofs zurückgekehrt.

Das Grundstück der de Boers war von einem schmiedeeisernen Zaun umgeben. Das Gartentor war unverschlossen. Ein paar Möwen hatten sich auf einem der Beete niedergelassen und ließen sich von Banu und Gunnar nicht aus der Ruhe bringen.

»Nach was suchen wir eigentlich?«, fragte Gunnar.

»Ich weiß auch nicht recht. Am besten machen wir uns erst mal einen Eindruck, wie Hilde gelebt hat. Und wenn du irgendetwas Auffälliges findest wie zum Beispiel eine Kettensäge unterm Bett, dann steck sie ein.«

Gunnar grinste.

Das Erdgeschoss des Hauses bestand aus einer großen Küche und einem kleinen Wohnzimmer. »Du guckst dir hier unten alles an, und ich gehe nach oben.«

Wie erwartet gab es im ersten Stock ein großes Schlafzimmer und ein kleineres Ankleidezimmer, das vermutlich einmal Annikas Kinderzimmer gewesen war. Noch immer hingen gerahmte, ungelenke Kinderzeichnungen an den Wänden, und auch der bunte Vorhangstoff in dem ansonsten sehr klassisch gehaltenen Zimmer ließ auf seine frühere Verwendung schließen.

Banu machte die Schranktüren des beigen Kleiderschranks auf und warf einen bewundernden Blick auf die Vielzahl von Kleidern, Blazern und Damenanzügen. Wenn Hilde de Boer sich fast täglich als jemand anderes verkleidet hatte, war der Bedarf an Kleidung in den unterschiedlichsten Stilrichtungen natürlich immens groß gewesen. Banu strich über eine braune Stola, zog die Hand jedoch sofort angeekelt weg, als sie am Ende den Fuchskopf sah, der sie aus gläsernen Augen anstarrte.

»Geld bedeutet nicht gleich Geschmack«, flüsterte sie, denn im Schrank hingen noch mehr Echtpelzkrägen und -stolen. Das angrenzende Schlafzimmer war spärlich möbliert. Neben dem Doppelbett und zwei Nachtschränkchen befand sich nur noch ein kleine Holzkommode darin. Banu ging auf die Knie und schaute unters Bett. Da war nichts. Keine Kiste, kein Schuhkarton und keine Hausschuhe. Sehr steril. Banu musste daran denken, was sie auf der Suche nach der Wärmflasche neulich alles unter ihrem Bett gefunden hatte. Neben drei einzelnen Schlappen ohne Pendant, einem langweiligen Krimi, den sie nicht zu Ende gelesen hatte, und der Mumie von Cans Goldhamster, der vor rund einem Jahr aus seinem Käfig geflohen und nicht mehr auffindbar gewesen war, lag dort ein Herbarium mit Pflanzen, die sie in ihrer Kindheit gepresst hatte. Und obwohl sie jahrzehntelang nicht über die Existenz dieses Gegenstands nachgedacht hatte, kamen längst verschüttete Erinnerungen von Spaziergängen mit ihrer Familie zurück, als sie die Pflanzenpresse in den Händen gehalten hatte. Ihr Vater hatte stets versucht, Hatice und ihr die Welt zu erklären, während ihre Mutter fast immer schweigsam gewesen war. Häufig war sie ihr sogar traurig oder zumindest nachdenklich erschienen. Banu bemerkte den Kloß im Hals, als sie an ihre Mutter dachte. Sie hatte den Arztbesuch in den letzten Stunden erfolgreich verdrängt, und beinahe beschlich sie ein schlechtes Gewissen deswegen.

Die Schubladen des Nachtschränkchens und der Kommode erwiesen sich als ebenso unergiebig wie der Platz unter dem Bett. Sie fand ein paar Modezeitschriften, eine Lesebrille und eine Packung Paracetamol im Nachttisch von Maximilian de Boer. Hilde hatte wohl keine Geheimnisse gehabt, die sie verbergen wollte. Oder sollte sie unter der Oberfläche suchen, einfach noch tiefer graben? Banu zog die Plastikhandschuhe, die sie bereits abgestreift hatte, wieder über und tastete nochmals die Schubladenböden der Kommode ab. Aber es war alles fest. Kein doppelter Boden. Sie zog die Schubladen des Nachttischs ganz heraus und stieß einen kleinen Freudenschrei aus, als sie sah, dass innen im Schränkchen etwas festgeklebt war. Ganz vorsichtig griff sie danach, um es nicht zu beschädigen. Es war eine alte Schwarz-Weiß-Fotografie. Zwei Mädchen mit geflochtenen Zöpfen reichten sich die Hände. Eigentlich hielt das eine Mädchen auf dem Foto noch etwas anderes fest, aber der Teil rechts von ihrem Handgelenk war abgerissen. Die beiden Mädchen auf dem Foto sahen sich recht ähnlich.

»Gunnar«, rief sie ins untere Geschoss, »ich habe vielleicht die Verbindung zu Franziska Koviak.«

SONNTAG, DEN 26. MÄRZ 2017

Es war ungewohnt für Banu, eine Nacht völlig ohne ihre Familie zu verbringen. Und Hotels waren ihr auch ziemlich fremd. Natürlich hatte sie mal im Laufe von Ermittlungen oder für Fortbildungen Hamburg für einige Tage verlassen. Nach langer Überlegung war sie jedoch zu dem Schluss gekommen, dass dies vor über zehn Jahren gewesen war.

Gegen ein Uhr morgens hatte Banu das Gefühl, ausgeschlafen zu haben. Nach einem mehrminütigen Kampf mit dem Wasserkocher, der den Knopf zum Einschalten an einer völlig abwegigen Stelle hatte, trat sie mit einem heißen Tee in der Hand auf den Balkon. Um diese Zeit sah man wenige erleuchtete Fenster auf dem Unterland, aber die Sterne erzeugten Lichtreflexionen auf dem aufgewühlten Meer. Banu überlegte, ihr Handy zu holen und ein paar Fotos zu machen, um sie Merve nach Australien zu schicken. Da sie allerdings ahnte, dass die Bilder diese wilde und einsame Stimmung nicht wiedergeben würden, ließ sie es und sah eine Weile untätig dem Spiel des Lichts auf den Wellen zu. Hilde de Boer hatte also eine nicht gerade kleine Marotte gehabt. Die Geschichte von Johanna Paulsen war von den anderen Angestellten des Hotels Zur Langen Anna bestätigt worden. Die Frage, die Banu sich stellte, war, ob dies einfach ein Spleen einer reichen Hoteliersgattin war, die sich auf einem kleinen Eiland langweilte, oder ein Hilferuf. Vielleicht würde Mathilde Drossel, Hildes beste Freundin, dazu etwas sagen können.

Thorsten Fock hatte noch angerufen und ihr von den Briefen an Annika de Boer Hagemann erzählt. Banu nahm nicht an, dass ein Verflossener Annikas mit dem Mord an ihrer Mutter zu tun hatte. Denn dies würde bedeuten, dass der Mordfall Hilde de Boer für sich allein und nicht im Zusammenhang mit der Ermordung von Franziska Koviak stand, die fast ausgesehen hatte wie ihre Zwillingsschwester. Und da war nun auch das alte Foto von zwei Mädchen, das Hilde de Boer vor der Außenwelt versteckt hatte.

Banu glaubte nicht an Zufälle. Da sie bis vor zwei Tagen mit Fieber im Bett gelegen hatte, glaubte sie auch nicht daran, dass es ihr guttat, im März weiterhin im Pyjama auf einem Balkon zu stehen. Sie trank den letzten Schluck Tee aus ihrem Becher und kuschelte sich in die gigantisch große Bettdecke ein. Bevor sie auf den Wecker schauen konnte, um zu sehen, wie spät es war, war sie eingeschlafen.

Beim Auschecken hatte Anton Rickmer den Tipp gegeben, nach Jan Olson in einem Hinterzimmer des Hotels Lummensprung zu suchen. Sonntags würde er dort immer mit seinen Kumpels Dart spielen. Banu hatte langsam ihre Verwunderung darüber abgelegt, dass hier jeder jeden kannte. Diese Art von Verbundenheit gab es nicht mal innerhalb des Mehrfamilienhauses, das sie bewohnte. Allerdings war man auf Helgoland Naturgewalten ausgeliefert, die nicht selten so tobten, dass die Insel manchmal tagelang von allem abgeschnitten wurde. Da war es unerlässlich, dass man eine Gemeinschaft bildete.

»Sie sind wahrscheinlich meinetwegen hier.«

Banu war gerade dabei, ihren Polizeiausweis wieder einzustecken, als ein blonder bärtiger Mann auf sie zukam. Der seebärige Eindruck, den der Mann auf Banu machte, wurde durch die bunt tätowierten Unterarme und die Pudelmütze, die er trotz der Zimmerwärme auf dem Kopf hatte, unterstrichen.

»Wenn Sie Jan Olson sind«, sagte Gunnar.

Der Mann nickte. »Ich war mir fast sicher, dass die Polizei mit mir sprechen will. Denn immerhin kenne ich die Familie de Boer ganz gut.« Er führte Banu und Gunnar zu einem Tisch abseits der Gruppe von Männern, die mit elektronischen Pfeilen auf eine blinkende Scheibe warfen. »Annika und ich waren neun Jahre zusammen. Das ist schon eine ganze Zeit, wenn man bedenkt, dass wir seit der achten Klasse ein Paar waren.« Er zuckte mit den Achseln. »Na gut. Die letzten vier Jahre waren eher eine Fernbeziehung.«

»Was führte denn letztlich zu Ihrer Trennung? Haben Sie sich gestritten?«, fragte Gunnar und bestellte einen Kaffee. Zwar hatten sie beim Frühstücksbuffet gerade genug Kaffee gehabt, aber bei vormittäglichen Besprechungen im Präsidium hatte eigentlich ständig jeder von ihnen, außer Dario, einen Becher Kaffee vor der Nase. Kaffee gehörte zur Arbeit dazu.

»Ja, wir haben uns auch schon mal gestritten. Sie wollte unbedingt, dass ich mit ihr nach Hamburg gehe. Aber mir war Kiel schon zu groß. Ich gehöre nicht in eine Stadt. Annika hat jedoch nicht lockergelassen. Selbst als ich schon lange wieder hierher zurückgezogen war.«

»Wir sind eigentlich nicht auf Sie zugekommen, weil wir dachten, dass Sie uns eine Menge über die de Boers erzählen können«, sagte Banu, »Annika hat anonyme Briefe bekommen. Nicht wirklich Drohbriefe. Aber sie hatten alle einen sehr unschönen Inhalt. Viele Beschimpfungen.«

Jan Olson zwinkerte überrascht. »Und Sie denken, die sind von mir? Ich kenne nicht mal ihre Adresse.«

»Laut Annika hat sie Ihnen eine Einladung zu ihrer Hochzeit geschickt. Da stand der Absender bestimmt drauf.«

Annikas Exfreund hob entschuldigend die Hände. »Ich wollte ihr antworten und hatte die Karte noch eine Zeit lang auf meinem Schreibtisch liegen. Dann habe ich sie aber weggeworfen.« Er hielt einen Moment inne. »Und zwar ohne die Adresse abzuschreiben.«

»Also ist ein bisschen gekränkte Eitelkeit im Spiel?«, fragte Gunnar.

»Nein«, antwortete Jan Olson, »ich war mir nur sicher, dass es für Annika völlig bedeutungslos war, ob ich bei ihrer Hochzeit erscheinen würde oder nicht. Als sie mir die Einladung geschickt hat, hatte ich sie schon drei Jahre nicht gesprochen.«

Banu hatte inzwischen Zeit gehabt, die Tattoos von Annikas Exfreund einer genauen Musterung zu unterziehen. Eins war ihr besonders aufgefallen. Sie winkte die Kellnerin heran. Vor der zweiten Fragerunde würde sie auch noch einen Kaffee brauchen.

Bei dem Begriff »Düne« dachte Banu eigentlich an hohe Sandablagerungen, meist mit Strandhafer bewachsen, die den Strand vom Festland trennten. Die Helgoländer

Düne jedoch war eine ganze Insel, die dem roten Felsen vorgelagert war. Da es weder eine Brücke noch einen Damm gab, war die einzige Möglichkeit, zur Düne zu kommen, die, mit einem Boot überzusetzen. Wenn sie mehr Zeit gehabt hätten, hätte Banu vorgeschlagen, sich die berühmten Robben am Nordstrand anzusehen. Aber ihre Fähre zurück nach Cuxhaven würde bereits in zwei Stunden ablegen. Zumindest konnte man das Café, das Mathilde Drossel gehörte, nicht verfehlen. Es gab nur ein Lokal auf der ganzen Insel.

Vor der Eingangstür begrüßte sie eine untersetzte grauhaarige Frau, die an einer Filterzigarette zog. Anscheinend musste Banu, für die ein rauchender Mensch mittlerweile ein ungewöhnlicher Anblick war, sie sehr intensiv gemustert haben, denn sie beeilte sich zu sagen: »Irgendein Laster muss man ja haben, wenn man das ganze Zeug hier so günstig kaufen kann.« Sie lächelte entschuldigend und drückte die Zigarette in einem Aschenbecher aus. »Ich bin Mathilde Drossel. Kommen Sie rein. Ich mache Ihnen einen schönen heißen Tee.«

Banu und Gunnar folgten der älteren Dame durch einen wahren Vorhang von Traumfängern verschiedenster Größe und Farbe, um in einen höchstens zwanzig Quadratmeter großen Raum zu gelangen, der als Wohn- und Schlafzimmer gleichermaßen genutzt wurde. Auffällig waren die vielen Kerzen, die auf dem Tisch, der Anrichte und sogar dem Boden standen, und die Muscheln, die überall herumlagen. Außerdem waberte ein merkwürdiger Geruch durch den Raum, der nicht unbedingt unangenehm, aber exotisch und Banu völlig fremd war.

»Hier hause ich«, sagte Mathilde Drossel. »Das Café hat noch keine Saison und ist völlig unbeheizt. Deshalb müssen Sie den Tee hier trinken.«

Banu fragte sich, wovon die Frau außerhalb der Saison wohl leben mochte, und es war fast unheimlich, dass Mathilde Drossel schon wieder wusste, was sie dachte.

»Ich mache spirituelles Coaching und lege Tarotkarten. Natürlich nur online. Hier verirrt sich außerhalb der Saison ja kaum jemand her. Im Sommer bin ich allerdings ganz mit dem Café beschäftigt.«

»Leben Sie hier allein?«, fragte Banu, die sich allerdings keine weitere Person in diesem Chaos vorstellen konnte.

»Sie meinen, ob ich einen Mann habe? Nein, ich habe keine feste Beziehung. Ein Mann allein kann niemals alle Bedürfnisse einer Frau abdecken.«

Banu meinte, so einen ähnlichen Satz schon mal von Stella gehört zu haben.

Gunnar räumte einen getrockneten Seestern vom Sofa und setzte sich vorsichtig. »Wir kommen wegen Hilde de Boer.«

»Natürlich«, sagte Mathilde Drossel. »Sie war eine gute Freundin von mir. Sie ist jetzt glücklich dort, wo sie sich befindet.«

Banu nahm wahr, dass diese Behauptung keine Hoffnung ausdrückte, sondern Überzeugung.

»Wenn ich ehrlich sein darf«, sagte Gunnar, »wundere ich mich darüber, dass Sie so gar nicht aussehen, als würden Sie trauern. Dabei ist Ihre langjährige Freundin vorgestern auf brutalste Art und Weise ermordet worden.«

Mathilde zündete sich eine weitere Zigarette an und ignorierte Gunnar, der sich demonstrativ bemühte, den Rauch mit den Händen wegzuwedeln.

»Es ist ein schreckliches Verbrechen«, sagte sie. »Das stelle ich gar nicht infrage. Aber Hildes Geist war eigentlich schon weg, nachdem sie zum ersten Mal versucht hat, sich das Leben zu nehmen. Sie wollte schon lange nicht mehr hier sein. Nun hat ihr jemand die Entscheidung aus der Hand genommen.« Mathilde Drossel nahm einen tiefen Zug, bevor sie weitersprach. »Obwohl sie mich als Freundin gesehen hat, hat sie mir ihre Geschichte nie erzählt.«

»Welche Geschichte? Sie ist doch wahrscheinlich hier geboren und aufgewachsen.«

Mathilde Drossel schnalzte missbilligend mit der Zunge. »So weit scheinen Sie bei Ihren Ermittlungen ja noch nicht gekommen zu sein. Hilde stieg hier vor fast genau dreißig Jahren vom Schiff. Wo sie herkam, weiß niemand. Wahrscheinlich nicht mal Maximilian. Sie behauptete, sie könne sich an nichts erinnern. Nur ihren Namen wüsste sie noch. Unser hiesiger Arzt bescheinigte Amnesie.«

»Hatte sie keinen Personalausweis?«

Mathilde Drossel zuckte mit den Achseln. »Keine Ahnung. Ich habe mich nie für Papier interessiert. Sie war als Mensch interessant. Ich habe ihr häufig angeboten, ihr aus der Hand zu lesen, aber sie wollte nicht. Sie hat immer gesagt: ›Das, was da steht, möchtest du nicht sehen, Mathilde.‹ Insofern war mir schon klar, dass sie nicht ihr Gedächtnis verloren hatte.«

Banu fühlte sich langsam benebelt von dem süßlichen Geruch. Sie glaubte nicht an Spirituelles und war einigermaßen geschockt, dass die Frau gegenüber keinerlei Emotionen zeigte, obwohl sie plötzlich eine geliebte Person verloren hatte. »Sie scheinen ja sehr von Ihren Fähigkeiten überzeugt zu sein«, sagte sie provokativ. »Können Sie denn nicht in die Karten, die Kugel, die Kerzen oder irgendetwas anderes gucken und uns sagen, wer der Mörder von Hilde de Boer ist?«

Mathilde Drossel sah sie mit einem eiskalten Blick an. »Ich bin seriös«, sagte sie. »Und keine billige Jahrmarktattraktion.«

MONTAG, DEN 27. MÄRZ 2017

Gunnar versuchte, seiner Stimme eine besonders tiefe norddeutsche Färbung zu geben. »Meine Haut erzählt meine Geschichte«, sagte er und verschränkte die Arme vor der Brust.

»Perfekt«, grinste Banu.

»Was ist daran so komisch? Mittlerweile hat jeder Zweite ein Tattoo. Man kommt sich eher als etwas Besonderes vor, wenn man keins hat.« Stella war direkt ein wenig neidisch, als sie hörte, was ihre Kollegen bei ihrem Trip nach Helgoland alles gehört und gesehen hatten.

»Aber es ist schon ungewöhnlich, dass man nach so vielen Jahren immer noch ein auffälliges rotes Herz-Tattoo trägt mit dem Namen seiner Ex darin.«

»Und als ich ihn fragte, was seine aktuelle Freundin denn dazu sagen würde, sagte er, dass er Single sei.«

Banu nickte. »Das kommt mir auch komisch vor. Bei dem Aussehen hat er bestimmt Verehrerinnen.«

Thorsten Fock stand auf und betätigte den Lichtschalter, denn heute war mal wieder einer der Tage, an denen es nicht hell werden würde. »Es gibt auch viele Menschen, die ihre Haustiere auf den Körper tätowiert haben.«

»Ja«, sagte Gunnar, »aber die haben ihr Herrchen in der Regel auch nicht absichtlich verlassen, sondern sind einfach gestorben.«

»Ich kann es mir auch nicht vorstellen, dass jemand seine ganzen verflossenen Geliebten auf der Haut trägt«, grinste Dario. »Bei Leuten wie Stella zum Beispiel mit ihren schmalen Ärmchen würde der Platz wahrscheinlich gar nicht reichen.«

Stella biss sich auf die Zunge, um nichts zu erwidern. In den Gesichtern ihrer Kollegen konnte sie sehen, dass auch sie der Meinung waren, dass Dario dieses Mal zu weit gegangen war. Nach Gunnars Miene zu schließen, schien er auch von ihm heute keinen Beifall zu bekommen.

Thorsten machte gerade Anstalten, sich zu dem Fauxpas zu äußern, da schüttelte Stella leicht mit dem Kopf. Sie hatte sich vorgenommen, Dario nach Feierabend zur Seite zu nehmen und mit ihm über sein Verhalten ihr gegenüber zu sprechen. Sie fand, dass sie die Zeit, die sie gerade hier zusammen hatten, nicht mit Animositäten vergeuden sollten. »Ich finde meine Arme eigentlich ziemlich gut trainiert und muskulös«, sagte sie und grinste, um die Spannung aus dem Raum zu nehmen.

Neben ihr atmete ihr Chef hörbar erleichtert aus. »Haltet ihr Jan Olson für verdächtig, die Briefe an Annika de Boer Hagemann geschrieben zu haben?«

Banu und Gunnar tauschten Blicke aus.

»Das ist echt schwer zu sagen. Ein bisschen klang es schon nach gekränkter Eitelkeit, was er über Annikas und seine Trennung erzählt hat. Und es kann gut sein, dass er noch nicht darüber hinweg ist. Aber ich glaube, dass er klug genug ist, um zu wissen, dass er mit solchen Schmierereien nichts erreichen würde. Und Hilde de Boer hat er wegen des Beziehungsaus sicher nicht umgebracht. Er hat sich sehr positiv über sie geäußert. Und das klang nicht gespielt. Außerdem hat er ein Alibi. Er hat am Freitag von neun bis siebzehn Uhr in der meeresbiologischen Anstalt gearbeitet. Momentan betreut er dort die Planktonausstellung. Das haben zwei Kollegen bestätigt.«

»Aber nun zurück zu Hilde.« Banu entrollte ein weiteres Flipchartpapier. Acht vollgeschriebene Bögen hingen bereits an den Wänden. »Laut Mathilde Drossel wollte sie sterben. Auch Maximilian de Boer hat einen Selbstmordversuch vor sechs Jahren bestätigt. Es war aber wohl eher der typische Hilferuf. Sie nahm eine Überdosis Schlaftabletten und rief dann selbst die Inselambulanz.«

»Ich denke, wir sollten ihn morgen damit konfrontieren, was wir über seine Frau noch herausgefunden haben. Er bleibt ja noch bis zum Ende der Woche in Hamburg und wird die Leiche überführen wollen.« Banu schrieb den Namen Mathilde Drossel auf das Papier.

»Palo Santo«, sagte Gunnar plötzlich. »Der Geruch in ihrem Zimmer. Das ist mir vorhin wieder eingefallen.«

Stella kannte den Begriff nicht und sah auch nur Unverständnis in den Gesichtern ihrer Kollegen.

»Na, habt ihr in eurer Jugend nie Geister beschworen? ›Guter Geist, erscheine!‹ und so weiter? Na, gebt es zu.«

Stella wusste, dass ihr Kollege dem Spirituellen nicht ganz abgeneigt war, musste aber bei der Vorstellung grinsen, dass eine jüngere Version von Gunnar mit anderen Pubertierenden um einen wahrscheinlich viel zu niedrigen runden Couchtisch gesessen hatte, die Wurstfinger auf einem umgedrehten Weinglas, um in Kontakt mit Verstorbenen zu treten.

»Okay, geglaubt habe ich es auch nicht wirklich, aber ich wollte damals das Medium beeindrucken. Ein ziemlich vollbusiges Mädchen aus der Parallelklasse.«

Stella stand auf und setzte sich auf die Fensterbank. »Hat sich denn schon jemand von den Koviaks zu dem Foto mit den beiden Mädchen darauf geäußert?«, fragte Banu.

Thorsten schüttelte den Kopf. »Axel Koviak ist sich nicht sicher. Es existieren nur sehr wenige Fotos von seiner Frau aus dieser Zeit. Es könnte Franziska sein, aber vielleicht auch nicht. Auf den paar Fotos, die er hat, trug sie allerdings auch häufig die Haare geflochten.« Er zog einen schmalen Stapel mit Fotografien aus einem Umschlag und reichte sie an die Kollegen weiter.

»Wir waren hier auch nicht ganz untätig. Es gab heute Morgen den Hinweis von den Kriminaltechnikern, dass die Waffe aus circa hundertfünfzig Metern von einem erhöhten Punkt abgefeuert wurde. Ich nehme an, dass die Rechtsmedizin einiges davon morgen bestätigen wird. Infrage kommt eine leer stehende Penthouse-Wohnung, die auf einen Hochbunker aus dem Zweiten Weltkrieg gebaut ist. In der Sillemstraße, wenn man davorsteht rechts von der Apostelkirche. Wir haben schon versucht, die Maklerin zu kontaktieren, die die Wohnung in ihrem Portfolio hat, aber sie ist nicht zu Hause und geht nicht an ihr Handy. Ich hoffe, dass wir sie heute noch erreichen.«

Stella sah Banu an, die den Stift aus der Hand gelegt hatte und sich das Handgelenk rieb. »Sehr wichtig finde ich im Moment die Frage, wo Hilde de Boer eigentlich hergekommen ist. Kein Mensch kommt aus dem Nichts. Ich habe so das Gefühl, dass wir der Lösung des Falls ein

Stück näherkämen, wenn wir ihre Vergangenheit kennen würden.«

Thorsten nahm einen Karamellbonbon aus der Tasche und steckte ihn in den Mund. »Familie Koviak kennt keine Hilde de Boer, und es gibt auch augenscheinlich bis auf das Aussehen und eventuell das Foto keine Anhaltspunkte, die die beiden Fälle miteinander verknüpfen.«

»Hm«, machte Stella. »Aber da wir nun wissen, wie geheimnisvoll Hilde war, müssen wir die Koviaks unbedingt auf Franziskas Kindheit und Jugend ansprechen. Vielleicht erfahren wir dann etwas über die von Hilde.«

Stella konnte sich einfach nicht mit dem Gedanken anfreunden, dass die Fälle nicht zusammengehörten. Oder dass es die Tat eines Psychopathen war, der die Frauen rein nach dem Aussehen ausgesucht und erschossen hat. Das Telefon vibrierte auf der Ladestation, und Thorsten Fock ging an den Apparat. Aus dem Gespräch konnte Stella entnehmen, dass die Maklerin dran war, die die Schlüssel zur Wohnung in der Sillemstraße hatte.

Justus stieg vom Fahrrad und schob es über den Zebrastreifen. Noch blickte er auf den Rücken des Polizisten, aber es konnte sich nur um Sekundenbruchteile handeln, bis dieser sich umdrehen würde. Zwar war das Radfahren über einen Zebrastreifen nicht unbedingt eine Straftat, aber Justus wäre lieber im Sattel geblieben, er war spät dran. Selbst wenn er sich nicht auf eine Diskussion mit dem Polizisten einließe, was ihm, als ehemaligen Finalisten von Jugend debattiert, schwerfallen würde, einer Gardinenpredigt zuzuhören und schulbewusst zu nicken kostete Zeit. In diesem Moment drehte der Ordnungshüter sich um und zeigte Justus den nach oben gereckten Daumen.

Das Altenheim Abendrot, in dem Justus sein Freiwilliges Soziales Jahr absolvierte, war gleich hinter der nächsten Kurve. Er schaute auf seine Armbanduhr. Nein, er würde es nicht mehr schaffen, im Restaurant vorbeizuschauen und ein Rosinenbrötchen zu schnorren. Herr Maaß wartete bereits seit zehn Minuten darauf, dass er ihm die Kompressionsstrümpfe anziehen würde.

»Na, junger Mann, gestern Abend lange gefeiert?«, begrüßte der alte Mann ihn gut gelaunt. Alfred Maaß hatte durch den Spion geschaut und schlurfte nun vor Justus her zum Bett. Er setzte sich auf den Bettrand und streckte dem FSJler die nackten Beine hin.

»Ach nein, habe nur mit meinen Kumpels Videospiele gespielt. Aber Sie wissen ja, ich bin eine Nachteule.« Justus desinfizierte seine Hände und streifte sich seine Handschuhe über. »Sie wollten doch auch, dass ich Ihnen mal eins meiner Spiele auf dem Tablet installiere.«

Der alte Mann grinste. »Wenn Sie mich dann auch jeden Tag unterstützen, wenn ich mal wieder falsche Knöpfe gedrückt habe. So wie vorgestern, als ich bei WhatsApp aus Versehen Bilder von der Badezimmerlampe in meinem Status gepostet habe.«

Justus richtete sich auf und setzte sich neben Alfred Maaß, um die Strümpfe bis zu den Oberschenkeln hochzuziehen. »Noch bin ich vier Monate hier. Bis Ende Juli müssen Sie es geschafft haben, computertechnisch auf eigenen Füßen zu stehen.« Er erhob sich und ging zum Tisch, um seine Handschuhe abzulegen und sich einen von den Fruchtbonbons zu nehmen, die Alfred Maaß immer für ihn bereitliegen hatte. »Aber eins muss ich sagen: Das Gamer-Vokabular haben Sie für einen Mann Anfang achtzig sehr gut drauf.«

»Ich bin sogar schon Ende achtzig. Aber pst.« Alfred Maaß hielt sich einen Finger vor den Mund. »Nicht weitersagen. Die meisten hier halten mich für Mitte siebzig.«

Justus verzog kurz das Gesicht, als er auf den sauren Kern des Bonbons stieß. Er wünschte sich, dass er in diesem Alter auch noch so gut drauf sein würde, und er wusste, dass ihn ein Zimmer weiter in der Person von Emma Theiben genau das Gegenteil erwartete. »Ich kann Ihnen morgen gern mal ein Spiel installieren, wenn Sie mir sagen, was für eine Art von Spiel Sie gern hätten. Ich denke mal, ein ruhiges Spiel wie Solitär ist nicht unbedingt was für Sie. Sie brauchen Action.«

Alfred Maaß nickte begeistert. »Es gibt zum Beispiel echt spannende Spiele, in denen man selber neue Zivilisationen aufbauen kann. Wie wäre es damit?«

»Gerne alles, aber keine Kriegsspiele. Das ist mir zu hektisch und zu blutig.« Justus nahm sich vor, bei den Pflegerinnen mal Erkundigungen über Albert Maaß einzuziehen. Ob er im Zweiten Weltkrieg gekämpft hatte? Aber dafür war er eigentlich noch zu jung. Justus verabschiedete sich von dem alten Mann und wappnete sich innerlich für seine Begegnung mit der Dame im Nebenzimmer.

Das Maklerbüro im Stadtteil Eppendorf war extrem teuer und geschmackvoll eingerichtet. Eine ganz in Creme gekleidete dunkelhaarige Frau stellte sich als Nadine Weiß vor und bat Gunnar und Stella, bei einem Espresso in der Klienten-Lounge zu warten. »Frau Lasalle ist gleich für Sie da«, flötete sie und hinterließ beim Verlassen des Raums den Hauch eines sündhaft teuren Parfüms.

Gunnar griff nach einer Zeitschrift, die zuoberst eines präzise ausgerichteten Stapels auf dem Glastisch lag. »Hanse Lifestyle. Und zwar die Ausgaben eins bis zwanzig.«

Stella pustete auf ihren Espresso. »Hast du hier etwas anderes erwartet?«

In diesem Moment rauschte Vivienne Lasalle in den Raum. »Tut mir leid, dass Sie warten mussten, aber ich hatte gerade einen wirklich prominenten Hamburger am Telefon, der etwas an der Elbe kaufen möchte. Natürlich«, säuselte sie, »alle wollen am liebsten etwas an der Elbe kaufen. Oder an der Alster. Aber Sie sind ja nicht hier, um über das Geschäft zu reden.«

Vivienne Lasalles Lächeln erstarrte, nachdem Stella ihr dargelegt hatte, dass wahrscheinlich ein Mord von einem ihrer Objekte aus verübt worden war. Die Maklerin schnappte sich eine Zeitschrift und fächerte sich damit Luft zu. Dann ließ sie sich schwer auf einen der filigranen Alustühle fallen.

»Ja, ich erinnere mich sehr gut daran. Das war vor einiger Zeit, ich denke, es ist sechs Wochen her. Ein Mann hat sich für die Wohnung interessiert. Es ist ein sehr teures Objekt, wissen Sie. Er wollte dort mit seiner Lebensgefährtin einziehen. Ein sehr netter Typ. Ist mit einem Porsche Cayenne vorgefahren. Gut aussehend, blond, wahrscheinlich gefärbt, sehr dunkle Augen.«

Stella zog ihr Handy aus der Tasche und zeigte ein Foto des Phantombilds.

Vivienne Lasalle überlegte. »Ja, das könnte er sein. Ich habe die Wohnung mit ihm gemeinsam besichtigt. Eine

Woche danach meldete er sich und sagte, er hätte es sich überlegt und er würde doch nicht in Hamburg bleiben. Zwei Tage später kam er dann noch mal in unser Büro und sagte, dass er wohl bei der Besichtigung sein Zigarettenetui in der Wohnung verloren habe. Ein Erbstück von seinem Großvater. Er fragte, ob er den Schlüssel bekommen könnte, um es zu suchen.«

Stellas Herz begann höher zu schlagen. Da war sie dann doch, noch nicht ganz greifbar, aber unbestreitbar vorhanden: die Verbindung von Hildes zu Franziskas Fall.

»Ist es denn Usus, dass man einfach so die Schlüssel herausgibt?«

Vivienne Lasalle zögerte einen Moment mit ihrer Antwort. »Ich bin als Maklerin sehr gefragt und viel unterwegs. Mein Terminkalender ist voll. Und meine Mitarbeiterinnen haben kaum Zeit, die ganzen Besichtigungen zu koordinieren. Wenn man solche Kunden hat wie ich, huscht man ja auch nicht einfach so im Eiltempo durch die Immobilien durch. Manchmal gehört eine hartnäckige Betreuung dazu, wenn man zu einem Abschluss kommen will.« Vivienne Lasalle deutete auf die beiden leeren Espressotassen von Stella und Gunnar. Aber Stella schüttelte mit dem Kopf. Sie liebte Koffein zwar in jeglicher Form und konnte literweise Filterkaffee trinken. Zu viel Espresso schlug ihr allerdings auf den Magen.

»Ich habe schon lange eine Stelle für eine zusätzliche Fachkraft veröffentlicht. Aber ich glaube, ich bin zu anspruchsvoll.«

»Kommen wir zurück zu dem Schlüssel«, sagte Gunnar.

»Ja, genau. Ich hätte gar keine Zeit gehabt, noch einmal mit dem Klienten zum Objekt zu fahren. Und in meiner Branche muss man auch bereit sein, mal einen Vertrauensvorschuss zu geben. Er sagte außerdem, dass er mich einem Freund empfehlen wolle, der in etwa zwei Monaten von New York nach Hamburg ziehen würde. Frau Weiß hat natürlich seinen Personalausweis kopiert. Und er hat den Schlüssel nach einer halben Stunde wiedergebracht. Das Etui hatte er tatsächlich gefunden. Also alles gut.« Sie schwieg einen Moment lang. »Das dachte ich zumindest.«

»Wir würden gern die Kopie des Personalausweises haben«, sagte Gunnar.

Stella sah ihm an, dass auch er sehr zufrieden mit den Ergebnissen der Befragung war.

»Natürlich.« Vivienne Lasalle erhob sich von der unbequem aussehenden Sitzfläche des Alustuhls und führte Gunnar und Stella aus der Lounge. »Ich übergebe Sie jetzt wieder meiner Mitarbeiterin. Ich muss in einer Viertelstunde in der HafenCity sein.«

»Eine Frage habe ich noch. Wie lange stand denn das Penthouse in der Sillemstraße schon leer?«

Die Maklerin überlegte einige Sekunden lang. »Also die Wohnung ist seit zwei Jahren bezugsfertig. Und seitdem biete ich sie auch auf meiner Seite an. Aber sie ist wirklich sehr, sehr teuer. Herr Meyenburg, jetzt erinnere ich mich auch an den Namen, war bisher der einzige Interessent.« Stella nickte. Das hörte sich so an, als wenn die Wohnung schon lange unter Beobachtung des Täters gestanden hatte. Demnach wäre die Tat von langer Hand geplant gewesen.

Eine frostige Sonne hatte die in grellbunten Farben leuchtenden Hummerbuden in ein Postkartenmotiv verwandelt. Jan Olson liebte die winterlichen Sonnenaufgänge auf der Insel. Hier draußen auf hoher See gab es wenigstens noch so etwas wie Wetter. Während seiner Zeit in Kiel konnte man zwar die Jahreszeiten grob voneinander unterscheiden, aber Sonnenaufgänge im Winter hatte er sehr selten erlebt. Er hatte gestern lange über sein Gespräch mit den beiden Ermittlern nachgedacht und sich für heute freigenommen. Der Tod von Hilde de Boer hatte ihm doch stärker zugesetzt, als er zunächst geglaubt hatte. Verstärkt wurde dieses Gefühl noch dadurch, dass alle eingeborenen Insulaner ihm Beileid wünschten. Am liebsten würde er jedem Einzelnen von ihnen sagen, dass sie ihre Anteilnahme eher auf Annika richten sollten. Aber in der Wahrnehmung der Helgoländer war er der treue Heimkehrer, der von der abtrünnigen Inselflüchtigen verlassen worden war. Er wusste, dass Hilde lieber ihn als Schwiegersohn gehabt hätte als Sebastian. Und er war eine Zeit lang sicher gewesen, dass sein Leben in einer schnörkellosen geraden Linie verlaufen würde: geboren auf der Insel, kurzer Aufenthalt auf dem Festland, Heirat und Kinder mit seiner Jugendliebe und ein glückliches Leben auf der Insel bis zu dem Tag, an dem die Glocken auch für ihn läuten würden. Er hatte Hilde gemocht, und er glaubte, dass er sie besser gekannt hatte als ihre eigene Tochter, die nur sporadisch zu Besuch nach Helgoland kam. Denn Hilde und er hatten ein Geheimnis. Zumindest glaubte er nicht, dass Hilde mit jemand anderem darüber gesprochen hatte. Als er nach dem Zivildienst wieder nach Helgoland gezogen war, hatte er zunächst bei der

Inselambulanz als Sanitäter gejobbt. Er war derjenige gewesen, der Hilde de Boer nach ihrem Selbstmordversuch versorgt hatte. Auf dem Weg ins Krankenhaus im Mittelland, einer Ebene der Insel, die durch die Sprengungen entstanden war, hatte Jan sich bemüht, sie in ein Gespräch zu verwickeln, damit sie nicht einschlief. Er wollte sie dabei gar nicht fragen, warum sie beschlossen hatte, sich umzubringen, aber es schien ihr ein Bedürfnis zu sein, es auszusprechen. Sie sagte immer wieder: »Ich wollte bei meiner Freundin sein. Dieses Mal hätte ich es fast geschafft.« Jan hatte den Eindruck, dass sie dabei völlig klar gewesen war. »Aber das muss unser Geheimnis bleiben, Jan. Versprich es!« Und natürlich hatte Jan es versprochen. Nun war Hilde jedoch tot, und er war sich nicht sicher, ob man Toten gegenüber noch an Versprechen gebunden war. Allerdings wusste er nicht, wie dieses Geheimnis mit dem Mord an Hilde zusammenpassen sollte. Er würde noch mal darüber nachdenken, ob er der Polizei davon erzählen sollte. Oder dieses Rätsel irgendwann mit in sein Grab nehmen würde.

»Der Personalausweis samt Portemonnaie wurde Enno Meyenburg am vierzehnten Februar gestohlen«, sagte Dario und scrollte bis zum Ende der Anzeige. »Das hat ihm bestimmt voll den Valentinstag versaut.«

Stella nahm die Gießkanne in die Hand und begann, die Pflanzen zu gießen. Zwar hatte Thorsten dies heute Morgen bestimmt schon erledigt, aber sie war zu kribbelig, um auf ihrem Stuhl sitzen zu bleiben.

»Nicht zu viel Wasser. Das ist genauso schädlich wie zu wenig«, hörte sie quasi sofort die mahnende Stimme ihres Chefs im Rücken.

Banu hatte sich in Moderationsposition vor dem Whiteboard aufgebaut. Sie hatte den Edding in der Hand und zeigte auf Dario. »Ist das Portemonnaie denn wiederaufgetaucht?«

»Ja, es wurde Enno Meyenburg am achtzehnten Februar per Post zugestellt.«

»Das ist nett, dass der Dieb es ihm direkt wieder nach Hause geschickt hat.«

»Natürlich hat er es dann nicht mehr auf Fingerabdrücke hin untersuchen lassen«, sagte Stella und gönnte dem Gummibaum einen großen Schluck Wasser.

Thorsten trat neben sie und nahm ihr die Gießkanne aus der Hand. »Es hat ja wohl hier keiner damit gerechnet, dass der Täter tatsächlich seinen eigenen Personalausweis hinterlegt, oder? Gibt es denn irgendwelche brauchbaren Hinweise auf die Veröffentlichung des Phantombilds?«

Banu schüttelte den Kopf. »Es haben viele Leute angerufen, aber kein Hinweis war weiterführend. Das Bild ist auch nicht wirklich aussagekräftig. Es gibt viele Männer, die trotz dunkler Augen blonde Haare haben.«

Gunnar schlug mit einem Kugelschreiber gegen seine Vorderzähne. Das sah zwar nicht besonders intelligent aus, aber Stella wusste, dass es bei Gunnar eine Geste der Konzentration war. »Frau Lasalle hat nichts davon gesagt, ob ihr noch etwas an ihm aufgefallen ist. Aber ihre Mitarbeiterin haben wir nicht dazu befragt, da sie heute Vormittag freihatte. Ich denke, wir sollten noch einmal mit ihr sprechen. Die Obdachlose, Frau Lasalle und ihre Mitarbeiterin sind bisher die Einzigen, die den möglichen Täter bewusst gesehen haben. Vielleicht hat er noch eine auffällige Narbe oder ein besonderes Muttermal oder etwas Ähnliches, das nur ihr aufgefallen ist.«

»Gute Idee«, sagte Thorsten. »Banu und du könnt gleich hinfahren.«

»In den guten alten Zeiten haben wir auch mal Zeugen ins Präsidium bestellt«, seufzte Gunnar.

»Ja«, sagte Thorsten und kratzte sich am Kopf. »Aber ihr sollt euch vor oder nach dem Gespräch mit Frau Lasalles Mitarbeiterin die Wohnung, aus der die Schüsse abgegeben wurden, einmal angucken. Die Spurensicherung müsste durch sein.« Er machte eine kurze Pause. »Stella und Dario müssen noch die Befragung der Cidetellas auswerten. Von Gunnar und Banu liegt schon eine hervorragende Aktenlage von ihrem Besuch auf Helgoland vor.«

Stella stöhnte. Natürlich gehörte der Papierkram auch zu ihrem Job, aber ihr Herz brannte für den Außendienst.

»Mögen Sie unseren Espresso so gern?«, fragte Nadine Weiß und verzog ihre Mundwinkel zu einem angedeuteten Lächeln. »Frau Lasalle ist gerade mit einem Kunden unterwegs.«

Gunnar lehnte sich an den Empfangstresen und zeigte auf eine blasse kleine Frau, die dahintersaß und versuchte, sich unsichtbar zu machen. Rotbraune Haare, sehr dunkle Augen und Sommersprossen. Ein wenig wie die ältere Version der Peppermint Patty von den Peanuts.

»Entschuldigen Sie. Ich habe nicht so häufig mit der Polizei zu tun. Und dann auch noch die Mordkommission. Das ist alles ein bisschen viel. Mein Name ist Lydia Weller.«

Banu stellte Gunnar und sie vor und rief das Phantombild auf dem Tablet auf, das sie mitgenommen hatte.

»Ja, das ist Herr Meyenburg«, sagte Lydia Weller und hielt den Kopf schief. »Aber da fehlt etwas Wichtiges. Ich habe es auch nur ganz kurz gesehen, weil er seinen Schal gelockert hat und sein Sakko dabei verrutscht ist.« Sie schwieg, als wäre sie in Gedanken.

Banu wartete ungeduldig ab, bis die Frau sich gesammelt hatte. Fast ahnte sie, was jetzt kommen würde.

»Er hat eine Tätowierung zwischen Halsansatz und Schlüsselbein. Irgendwie sehr verstörend. Ich habe auch nur die obere Hälfte gesehen.«

Banu nahm einen Block und einen Stift aus ihrer Handtasche. »Können Sie es aufmalen?« Stella hatte anscheinend recht gehabt mit ihrer Aussage über die Häufigkeit von Tattoos. Sie warf Banu ja oft genug vor, dass sie ein leichter Hauch von Spießigkeit umwehte. Und tatsächlich würde Banu sich mit allen Mitteln dagegen sträuben, ihrem Sohn Can die Erlaubnis zu geben, sich tätowieren zu lassen. Da er ziemlich anfällig für äußere Einflüsse war, traute sie es ihm durchaus zu, dass er demnächst mit der Idee, ein Tattoo haben zu wollen, ankommen würde.

Lydia Weller hatte glücklicherweise eine recht ausgeprägte künstlerische Ader. Ihre Hand tanzte über das Blatt Papier, und bald konnte Banu sehen, warum die Tätowierung ihr einen Schrecken eingejagt hatte. Eine große schlanke Figur im Vordergrund, im Hintergrund eine dunkle bewegte Wolkenwand. Es waren keine Gesichtszüge zu erkennen, nur die Andeutung von extrem dunklen, eingefallenen Augen. Was die Figur besonders machte: Sie hatte riesige Flügel und ein Schwert in der rechten Hand. Zumindest konnte Banu den Schwertknauf erkennen. Denn kurz darunter war nichts mehr.

»Ich habe ja nur den oberen Teil gesehen«, entschuldigte sich Lydia Weller.

»Ich bin total beeindruckt«, sagte Banu und war froh, dass sie diese Zeichenaufgabe nicht hatte lösen müssen. Bei ihr wäre sicherlich eine Art Tweety entstanden, mit einem Zahnstocher in der Hand.

»Perfekt«, staunte Gunnar. »Ein Erzengel. Vielleicht sollten Sie Phantombildzeichnerin werden, Frau Weller.«

Die Immobilienkauffrau lächelte schüchtern. Das Lob war ihr offensichtlich peinlich. Wahrscheinlich erhielt sie von ihrer Chefin im Alltag nicht allzu oft anerkennende Worte.

»Das hilft uns sehr weiter«, sagte Banu und griff nach dem Block. »Bringst du das Bild ins Büro, Gunnar? Ich würde sagen, je eher, desto besser. Die Wohnung kann ich mir auch allein ansehen.«

Die äußere Fassade des umgestalteten Hochbunkers bereitete Banu Unbehagen. Natürlich war hier sehr ausführlich saniert worden, aber der graubraune Putz war geblieben. Da ein großer Teil des Bunkers fensterlos war, entstand der Eindruck einer Festung. Sicherlich hatten sich die Architekten einiges bei dem Umbau des Gebäudes in ein Wohn- und Bürohaus gedacht. Integration der Vergangenheit in die Gegenwart, ohne dass die Geschichte verloren ging. Aber genau das störte Banu, denn in diesem Gebäude hatten Menschen mit Todesangst zu Hunderten gehockt und auf die Bombeneinschläge gewartet. Sie konnte sich nicht vorstellen, dort zu wohnen, wo andere sich verkrochen und vor Angst geschrien hatten. Aber Geschmäcker waren ja bekanntlich verschieden, und mit einem Blick auf die Klingelschilder sah sie, dass zumindest die meisten Büros im Erdgeschoss und ersten Stock vermietet waren. Je weiter es nach oben ging, desto weniger Namen klebten auf den Klingelschildern. Ein Umstand, den der Täter sich hatte zunutze machen können. Wenn er erst mal im zweiten Stock angekommen war, war die Chance, dass ihm im Treppenhaus jemand begegnete, relativ gering. Es war sehr gut möglich, dass er sich schon ein oder zwei Tage vor der Tat in der Wohnung aufgehalten hatte, um nicht mehr Risiko einzugehen als nötig. Allerdings hatte die Spurensicherung nichts gefunden, was darauf hindeutete.

Ein Penthouse im eigentlichen Sinne war die Wohnung, die über die ganze obere Ebene führte, eigentlich nicht. Tim, Banus Ehemann, hatte ihr zu ihrem fünfzigsten Geburtstag ein Wochenende in dem Penthouse eines sehr luxuriösen Hotels an der Ostsee geschenkt. Diese kleine Wohnung war ein Extragebäude auf dem Hotel gewesen, das man nur über ein separates Treppenhaus hatte erreichen können. Die Wohnung, die Vivienne Lasalle vermakelte, war jedoch über denselben Aufgang zu erreichen wie die anderen. Banu bückte sich unter dem rot-weißen Plastikband der Spurensicherung hindurch und schloss die Wohnungstür auf.

Sie kannte sich nicht mit den Gepflogenheiten im Maklerbusiness aus, aber wahrscheinlich wurde immer nur dann eine Putzkraft engagiert, wenn ein Kunde Interesse an einer Immobilie bekundet hatte. Der falsche Enno Meyenburg hatte die Penthouse-Wohnung vor sechs Wochen besichtigt, also war wahrscheinlich kurz zuvor zuletzt sauber gemacht worden. Ein deutlich erkennbarer Staubfilm hatte sich auf den weißen Fliesen abgesetzt, mit denen der Eingangsbereich, die Lobby, ausgelegt war. Der Täter hatte Überschuhe aus Plastik getragen. Die Abdrücke konnte man gut erkennen. Wenn er so clever gewesen war, keine Schuhabdrücke preiszugeben, hatte die Spurensicherung sicherlich auch keine Fingerabdrücke gefunden. Als Banu von Zimmer zu Zimmer schritt, wurde ihr fast schwindelig von der Gigantomanie, die diese Wohnung ausstrahlte. Alles in allem waren es fünf Zimmer, eine riesige Küche und zwei Bäder. Jede Wand dezent in hellen Farben gestrichen und mit edel wirkenden Materialien ausgestattet. Da Banu keine Ahnung von Fußbodenbelägen jenseits von Laminat hatte, konnte sie nicht sagen, welche Hölzer hier verwendet worden waren. Das Highlight der Wohnung war eindeutig die Dachterrasse, auf die Banu ehrfurchtsvoll hinaustrat. Im Lichte des schwindenden Tages präsentierten sich die Dächer der Eimsbüttler Altbauten und in kurzer Entfernung die Aufsicht auf den Platz vor der Apostelkirche. Am Freitag war es klar und sonnig gewesen. Der Täter hatte einen ebenso fantastischen Ausblick gehabt. Auf den Stadtteil, die Kirche und die Frau, die er am glücklichsten Tag im Leben ihrer Tochter getötet hatte.

Annika hatte den ganzen Sonntag im Bett verbracht und an die Decke gestarrt. Sebastian, der diesen Zustand wohl nicht mehr hatte aushalten können, hatte sie vor zwei Stunden kurzerhand unter die Dusche gestellt, ihr anschließend ihre Reitsachen angezogen und sie ins Auto verfrachtet. Annika wusste zu schätzen, dass ihr Mann, der nach außen hin einen sehr toughen Eindruck machte, auch viele sensible Momente hatte. Er erkannte ihre Bedürfnisse, ohne dass sie sie ihm mitteilen musste. Instinktiv wusste er, dass sie gerade jetzt den kräftigen pelzigen Hals ihres Wallachs brauchte, um sich daran auszuheulen. Und auch den Zuspruch ihrer Freundinnen, denn sie hatte keine Geschwister, mit denen sie ihre Trauer teilen konnte.

Als sie auf dem Hof hielten, gab er ihr einen liebevollen Schubs und sie ließ sich aus dem SUV gleiten. Sie war sicher, dass er den Ciderellas eine Nachricht geschickt hatte, denn sie standen alle auf dem Parkplatz und warteten auf sie.

»Hey, Annika!« Louisa löste sich als Erste aus dem Pulk und nahm Annika in die Arme. Nach und nach traten eher zögerlich die anderen hinzu. Annika konnte ihnen ihre Befangenheit ansehen. Zuletzt näherte sich Alice der Gruppe, blieb dann aber doch stehen und schien unentschlossen. Annika wusste, dass es an ihr war, ihr die Hand zu reichen.

»Alice, ich weiß, dass du nichts mit dem Mord an meiner Mutter zu tun hast.« Nun hatte sie diese unfassbare Tat gegenüber ihren Freundinnen zum ersten Mal verbalisiert, und damit wurde sie ein für alle Mal real. Sie merkte, wie ihr eine Träne die Wange hinunterlief. Alice hatte sofort ein Taschentuch parat und wischte sie weg.

»Ich fahre dann mal wieder«, sagte Sebastian, »ich hole dich gegen zwanzig Uhr hier ab!«

Und schon wieder war Annika ihm dankbar, dass er wusste, wann es Zeit für ihn war, die Szenerie zu verlassen.

Gabi hakte sie rechts ein und Natascha links. »Delay wartet schon auf dich.«

Annika hörte ihren Wallach in den Tiefen des Stalls grummeln, denn er hatte ihre Stimme erkannt. Und dieses Geräusch war momentan genau der Trost, den sie brauchte.

DIENSTAG, DEN 28. MÄRZ 2017

Das Klingeln ihres Handys riss Banu aus dem Schlaf. Benommen murmelte sie ihren Namen und erwartete, dass es sich um einen Anruf aus dem Präsidium handelte. Als sie jedoch die fröhliche Stimme ihrer Tochter hörte, merkte sie, dass es gar nicht ihr Diensthandy gewesen war, das sie geweckt hatte, sondern ihr privates.

»Moin, anne!«, flötete Merve. »Es ist ein so wunderschöner Tag. Piet und ich haben uns verlobt. Du sollst es als Erste erfahren.«

Banu war auf einen Schlag hellwach, obwohl es erst fünf Uhr morgens war. »Wie bitte?«, kreischte sie. Tim, der gerade noch laut geschnarcht hatte, war auf einmal ruhig. Natürlich hatte sie ihn aufgeweckt.

»Nicht aufregen«, sagte Merve. »Du hast immer erzählt, dass Oma und Opa nicht begeistert waren, als du ihnen berichtet hast, dass du einen Deutschen heiraten willst. Aber du hast ihnen gesagt, wenn es Liebe ist, dann spielen weder Alter, finanzielle Aspekte noch Zugehörigkeit zu einer bestimmten ethnischen Gruppe eine Rolle. Zumindest hast du mir das erzählt.«

Banu merkte in ihrem Rücken, wie ihr Mann sich aufsetzte. »Aber ihr kennt euch doch kaum«, stammelte sie.

»Lange genug, um zu wissen, dass es Liebe ist«, antwortete Merve sehr bestimmt.

»Da ist das letzte Wort noch nicht gesprochen«, fauchte Banu in ihr Handy.

»Schade, dass du dich nicht mit mir freuen kannst. Aber das habe ich mir schon gedacht, und deshalb biete ich dir einen Deal an, anne. Wenn du dich damit abfindest, werde ich anfangen, Medizin zu studieren, wie du es dir immer gewünscht hast. Und nicht auf Lehramt, wie ich es ursprünglich wollte.«

Banu knurrte nur und beendete das Gespräch. »Ich habe doch gewusst, dass es ein Fehler war, ihrem Australientrip zuzustimmen.«

»Nein«, erwiderte Tim, »es war eher ein Fehler, dass wir sie vorher immer so extrem behütet haben.«

Banu schwante etwas, denn sie hatte ihr Handy bei dem Gespräch nicht auf laut gestellt. »Du wusstest von der Verlobung«, sagte sie kalt. Tim schlug die Bettdecke zurück und stieg in seine Hausschuhe. »Nein, dass sie sich verloben wollen, höre ich auch zum ersten Mal. Aber dass sie sich verliebt hat, hat sie mir schon im letzten Herbst erzählt. Ich mache uns erst mal einen Kaffee.«

Banu stöhnte. In einer Stunde würde ihre Schwester ihre Mutter ins Krankenhaus bringen, und in Down Under hatte ihre Tochter sich entschlossen, einen Wildfremden zu heiraten. Wahrscheinlich war sie in Wirklichkeit schon hochschwanger. Und zu alledem kam die Unehrlichkeit ihres Mannes.

Konnte ein Tag noch unerfreulicher beginnen?

Stella war ein wenig verwundert, denn sie war heute die Erste im Präsidium. Da kaum noch Kaffeebecher da waren und auch wenige in der Spüle standen, ging sie durch die Räume der M5 und sammelte einige ein. Anscheinend war nicht nur sie nach ihrem Aktenvermerksmarathon zu müde gewesen, um aufzuräumen. Gerade als sie das warme Wasser ins Spülbecken laufen ließ, betrat ihr gut gelaunter Chef die Teeküche.

»Moin, Stella«, grüßte er. »Ich habe irgendwie ein gutes Gefühl, was den heutigen Tag angeht. Vielleicht gelingt uns mit den Informationen von gestern ja ein Durchbruch bei den Ermittlungen.«

Stella nahm ihren geliebten Katzenbecher aus dem Wasser und stellte ihn zum Trocknen auf die Ablage. »Schön wär's. Der Mord an Franziska Koviak ist jetzt eine Woche her, und wir haben im Grunde nicht eine brauchbare Spur. Nur lose Fäden.«

Thorsten nickte und füllte die Gießkanne mit Wasser. »Gestern Abend haben wir die Tätowierung des Täters veröffentlicht. Die ist ja nun ziemlich ungewöhnlich. Vielleicht hat sie jemand erkannt.« Er angelte nach dem Pflanzendünger, der hinter den Keksen auf dem Regal stand, und gab einen ordentlichen Schubs ins Gießwasser. »Apropos Tätowierung: Dario hat sich für heute krankgemeldet. Du wolltest gestern doch noch ein normenverdeutlichendes Gespräch mit ihm führen. Hat ihn gesundheitlich wohl umgehauen.«

Stella schlug sich mit der flachen Hand gegen die Stirn. Natürlich wollte sie Dario gestern wegen seiner Frechheiten zur Rede stellen. Aber da ihre Nachbarin sie gegen achtzehn Uhr angerufen und gesagt hatte, dass Caveman, ihr älterer Kater, ein blutiges Ohr hätte, war sie nach Hause gefahren. Dankbar, dem Papierkram entkommen zu können, aber ohne noch eine Sekunde an Darios verbale Entgleisungen zu denken. »Ich bin komplett unschuldig«, sagte sie. Mittlerweile waren auch Banu und Gunnar eingetroffen.

»Anne vom Empfang hat gemeint, dass zwei Leute wegen dem Täter angerufen haben. Manni, der gestern Spätdienst hatte, hat es ihr aufgeschrieben. Sie hat es aber eben erst gefunden.« Gunnar ließ sich schwer auf einen der Stühle im Besprechungszimmer fallen und holte seinen Thermobecher aus seiner Tasche. »Sie hat hier oben angerufen, aber niemanden erreicht.«

Stella zuckte die Achseln und zog sich ebenfalls einen Stuhl heran. »Es wäre toll, wenn Thorsten die Pflanzen abrichten könnte, zum Beispiel mal ans Telefon zu gehen. Das Gestrüpp dahinten«, Gunnar zeigte auf eine ausladendende Pflanze, die zwischen beiden Fenstern stand, »sieht so aus, als könne es laufen. Dann hätte der Dschungel hier wenigstens einen Sinn.«

»Es ist ein Elefantenfuß«, murmelte ihr Chef beleidigt.

»Können wir jetzt endlich mal anfangen zu arbeiten?«, blaffte Banu. Sie schien heute keinen guten Start in den Tag gehabt zu haben. »Ich rufe unten an.«

Stella trank die letzte Pfütze Kaffee und stand auf, um den ersten Kaffee wegzubringen und sich einen zweiten zu holen. Als sie zurück in den Besprechungsraum kam, nahm sie eine deutliche Anhebung der Stimmungslage wahr. »War etwas Brauchbares dabei?«, fragte sie.

Thorsten nickte. »Das scheint so zu sein! Eine Frau hat sich gemeldet, die meint, dass der Gesuchte ihr Mitbewohner war. Und zwei Straßen weiter konnte sich der Verkäufer in einem Bioladen ebenfalls an einen blonden Mann mit einem Tattoo erinnern, das dem auf der Zeichnung zumindest sehr ähnlich sah.«

»Geh doch noch mal pinkeln, Stella«, grinste Gunnar. »Wenn du dann wiederkommst, hat der Täter sich vielleicht schon selbst gestellt.«

Stella streckte ihrem Kollegen die Zunge raus. Gunnar durfte auch mal frech sein. Immerhin kannten sie sich seit vielen Jahren.

»Also gut«, sagte Thorsten. »Latifa Sayyid, Fischers Allee zweiundzwanzig in Ottensen. Eigentlich Darios Kiez, aber er ist ja leider nicht da. Also fahren Banu und Stella hin. Gunnar und ich holen uns den Verkäufer vom Bioladen her.«

»Also, ich war mit zwölf Jahren zum ersten Mal verlobt«, sagte Stella und überholte einen Fahrradfahrer, ohne zu blinken. »Der Ring war aus dem Kaugummiautomaten.«

Banu rollte genervt mit den Augen. »Das kannst du ja wohl kaum vergleichen.«

Stella grinste. »Danach verlobte ich mich noch dreimal, und es wurde bisher eine Hochzeit daraus. Ich würde also jetzt nicht gleich ausflippen.«

»Ich hoffe, deine Eltern kannten die Auserwählten wenigstens«, knurrte Banu und hielt sich am Haltegriff fest, da Stella nach einer Kreuzung übertrieben beschleunigte. Der Gedanke an Merves Verlobung verdrängte momentan alles andere. Selbst die Krankheit ihrer Mutter. Hoffentlich konnte sie sich gleich auf das Gespräch mit der Zeugin konzentrieren.

»Das schon. Der erste Kandidat war unser Zeitungsjunge, der zweite der Sohn vom Chef meiner Mutter, der dritte Mirko, den ich dann ja dummerweise auch geheiratet habe. Und Jupiter kennt zumindest meine Mutter inzwischen.«

»Merve hatte noch nie einen Freund. Sie muss den ersten doch nicht gleich heiraten.«

»Moment«, Stella hob den Zeigefinger, »du denkst, dass sie noch keinen Freund hatte? Wissen tust du aber gar nichts, meine Liebe! Wir können ja wetten, wer zuerst verheiratet ist: deine Tochter oder ich.«

»Sehr witzig«, sagte Banu und ärgerte sich über ihre Kollegin, die ihre Bedenken offensichtlich nicht ernst nahm. Aber Stella hatte nun mal keine Kinder und wollte laut eigener Aussagen auch keine. Ansonsten müsste sie sich mit mittlerweile vierzig intensiver damit beschäftigen. Den Rest der Fahrt legten sie schweigend zurück. Völlig unverhofft war genau vor dem Haus, in dem Latifa Sayyid lebte, ein Parkplatz frei.

Das Haus in der Fischers Allee war ein typischer Hamburger Altbau mit vier Stockwerken, aber ohne Fahrstuhl. Banu, die das morgendliche Joggen heute hatte aussetzen müssen, um in Ruhe mit ihrem verräterischen Mann zu sprechen, freute sich fast über das Treppensteigen. Natürlich kam sie bereits im dritten Stock ins Keuchen, während Stella vor ihr herschwebte wie eine Olympionikin, zwei Treppenstufen auf einmal nahm und dabei die Frechheit besaß, ein Liedchen zu pfeifen. Stella musste die giftigen Blicke in ihrem Rücken gemerkt haben, denn sie blieb stehen und drehte sich um.

»Jahrzehntelanges Training, Banu. Wenn du dranbleibst, hüpfst du solche Treppen bald auf einem Bein hoch.«

»Jaja«, sagte Banu und wartete einige Sekunden, um zu verschnaufen, bevor sie auf den Klingelknopf drückte. Eine zierliche junge Frau mit schwarzem schulterlangem Haar öffnete die Tür. Sie hatte mit dunklem Kajalstift umrandete Augen und einen rot geschminkten Mund. Um den Hals hing eine grobgliedrige goldene Kette. Latifa Sayyid hatte keine Schuhe an. Banu bewunderte, wie gleichmäßig die mit kleinen Strasssteinen besetzten Fußnägel lackiert waren. Etwas, was sie nur sehr selten perfekt hinbekam.

»Kommen Sie herein. Möchten Sie einen Tee?«

Banu war zwar keine Teekennerin, sie trank jedoch aus Tradition bei Familientreffen den starken türkischen Tee. Vielleicht war es an der Zeit, den afghanischen Tee auszuprobieren.

Die Küche war geräumig und sauber. In den offenen Regalen standen zierliche Porzellantässchen und filigrane Dekorationsobjekte. Auf einem kleinen Teewagen aus Holz befand sich ein Käfig mit einem Kanarienvogel darin. Der einsame Vogel hinter Gittern machte Banu traurig. Generell war sie gegen die Haltung von Haustieren. Zwar hatten Tim und sie vor zwei Jahren den Bitten ihres Sohnes nachgegeben und ihm einen Hamster gekauft. Die Freude darüber, dass er sich ausnahmsweise mal für Lebewesen aus der realen Welt interessierte, hatte ihre Bedenken überwogen. Aber das Ergebnis war, dass der Hamster nach einem halben Jahr Begeisterung und einem halben Jahr Vernachlässigung aus seinem Gefängnis geflohen, also quasi den Freitod gewählt hatte, und unbemerkt unter Banus Bett gestorben war.

»Erzählen Sie uns bitte etwas über Ihren früheren Mitbewohner«, forderte Stella Latifa Sayyid auf und platzierte das Diktiergerät.

»Tja, also viel kann ich nicht erzählen. Ich hatte vor gut einem Jahr eine Anzeige aufgegeben, dass ich einen Mitbewohner suche, denn seit ich mich von meinem Freund getrennt hatte, war mir die Wohnung zu groß geworden.« Sie zögerte einen Moment. »Und die Miete natürlich zu teuer. Es haben sich eine ganze Menge Leute vorgestellt, denn die Lage hier ist ja top. Aber ich muss sagen, dass ich von Pascal fasziniert war. Durch sein Äußeres wirkte er so nett und bieder. Aber dann dieses schreckliche Tattoo. Ein bisschen Engel, ein bisschen Teufel.« Sie nahm einen Schluck Tee aus dem Tässchen. »Eigentlich wollte ich zuerst jemand anderen für die Wohnung, aber Pascal ging mir irgendwie nicht aus dem Kopf.«

»Wie lange hat er denn bei Ihnen gewohnt?«, fragte Stella, die einmal an der Tasse genippt und sie sofort wieder hingestellt hatte.

»Ziemlich genau neun Monate. Er hat immer pünktlich bezahlt und sich auch an der Hausarbeit beteiligt. Aber gesehen habe ich ihn kaum. Er hat mir erzählt, dass er bei der Security arbeitet und deshalb nachts oft unterwegs ist und tagsüber schläft.« Sie zuckte die Achseln. »Ich habe ihm das abgenommen. Warum auch nicht?«

»Und dann ist er wieder ausgezogen?«

»Ja, er sagte mir, dass er einen Job in Hannover angenommen hätte und nicht pendeln wolle.«

»Hatte er mal Besuch?«

»Nein, nie.«

Banu stand auf. »Wir würden uns gern mal sein Zimmer ansehen. Hatten Sie es möbliert vermietet?« Latifa Sayyid nickte. »Aber er hat alle seine privaten Sachen mitgenommen. Der Raum ist blitzeblank.«

Der afghanische Tee übte eine harntreibende Wirkung auf Banu aus. Sie hatte im Auto schon gesagt, dass sie dringend musste, und war auch bereits im Präsidium zum zweiten Mal innerhalb der letzten halben Stunde Richtung Toilette verschwunden.

»Der Verkäufer aus dem Bioladen hat den Täter als sehr freundlichen Mann bezeichnet, der mindestens einmal pro Woche bei ihm eingekauft hat. Allerdings meinte er, dass er das Tattoo nur einmal ganz kurz gesehen hat, weil der Schal von Pascal Grande, so war ja zumindest seine derzeitige Identität, verrutscht war. Er war damit an einem Regal hängen geblieben.«

Gunnar hatte die Zeichnung der Immobilienverkäuferin vom Whiteboard genommen und zog einen Zettel aus der Tasche. Dann begann er, die Zeichnung zu übertragen. »Ich kann zwar lange nicht so gut zeichnen wie Lydia Weller, aber es ergibt sich doch ein stimmiges Ganzes.«

»Das ist ja sogar noch furchtbarer, als ich vom oberen Teil her gedacht hatte.« Stella zeigte auf die toten Gesichter mit den weit aufgerissenen Mündern, die in einem flammenden Inferno unter den Wolken kumulierten, über denen der Erzengel schwebte.

»Seelen im Fegefeuer«, sagte Thorsten. »Hat Latifa Sayyid irgendeine Idee, wo sich Pascal jetzt befinden könnte?«

Banu schüttelte den Kopf. »Sie hat noch die Handynummer von ihm, und natürlich hat sie in unserem Beisein versucht, ihn zu erreichen, aber ohne Erfolg. Vielleicht hat er die Nummer ja gar nicht mehr.«

»Das kann man ja leicht feststellen«, sagte Dario. »Wir brauchen nicht mal rauszufinden, über welchen Provider das Handy läuft. Die Ortung funktioniert auch mit einer App. Ich gebe es mal an die Techniker weiter.«

»Denkt ihr dasselbe, was ich denke?«, fragte Gunnar und sah erwartungsvoll in die Runde.

Stella bemerkte keine Reaktion in den Gesichtern ihrer Kollegen und war auch gerade nicht in der Lage, Gunnar zu folgen.

»Wir stellen ihm eine Falle.«

Stella rollte mit den Augen. »Gunnar, das ist unterstes TV-Krimi-Niveau. Der Typ weiß doch bestimmt schon lange, dass wir ihn suchen.«

»Dann mach du einen besseren Vorschlag«, sagte Gunnar beleidigt.

Thorsten, der bisher stumm auf die Wand mit den Notizen geschaut hatte, drehte sich um und nahm die Zeichnung in die Hand.

»Ihr habt irgendwie beide recht. Stella, die Chance, dass Pascal Grande unsere Bitte um Mithilfe in den sozialen Netzwerken gesehen hat, ist sehr groß. Aber wenn er ein psychisch gestörter Mensch ist, könnte man ihn eventuell mit etwas anlocken. Solche Personen sind ja nicht immer reflektiert, sondern handeln oft affektgesteuert.«

Banu war offensichtlich genauso skeptisch wie Stella. »Es kann aber sein, dass er kein Serienmörder ist, der seine Freude daran hat, schlanke Frauen Mitte sechzig mit langen grauen Locken zu erschießen. Wenn er Franziska Koviak und Hilde de Boer ermordet hat, weil es eine Verbindung zwischen ihnen gibt, könnte er sehr reflektiert gehandelt haben. Und dann dürfte es auch schwierig sein, ihn zu triggern.«

»Was haben wir denn zu verlieren?«, fragte Gunnar, der sehr an seiner Idee zu hängen schien.

So gesehen musste Stella ihm recht geben. Außer verschwendeter Arbeitszeit für die Planung und Durchführung der Falle fiel ihr auch nichts ein. »Es ist ja nicht so, dass wir sonst viele andere Ansatzpunkte hätten. Also gut, Gunnar, ich bin dabei.« Sie gab ihrem Kollegen High Five.

Banu zeigte sich weiterhin nicht überzeugt. »Ich bezweifle, dass wir in der Lage sind, uns etwas auszudenken, was einen psychisch kranken Mann anlocken könnte. Ich weiß nicht, wie es bei euch ist, aber ich hatte noch nicht mit Serienmördern zu tun.«

»Wir vielleicht nicht, aber wozu gibt es Kriminalpsychologen«, sagte Thorsten und klappte seinen Laptop auf. »Ich schreibe jetzt an Frau Dr. Mayer-Paretzki und mache einen Termin für morgen mit ihr aus. Ich lasse ihr auch gleich die Akte zukommen. Dann kann sie sich schon mal einlesen.«

Stella fragte sich, warum ihr Chef auf einmal grinste wie ein Honigkuchenpferd.

»Okay, dann fasse ich mal zusammen.« Banu eroberte sich wie üblich den Moderationsposten zurück. »Ich habe verstanden, dass wir planen, uns mit Hilfe von Frau Dr. Mayer-Paretzki etwas auszudenken, was den Täter so reizt, dass er zu einem verabredeten Treffpunkt kommt, der ihm per Handy mitgeteilt wird. Und zwar von Latifa Sayyid, sonst wird es völlig unglaubwürdig, denn woher sollte sonst irgendjemand seine Handynummer kennen. Dann hoffen wir, dass er anbeißt. Und wenn nicht, vermutet er wahrscheinlich, dass wir wissen, wer er ist.«

Stella seufzte. »Ist doch alles ziemlich mit der heißen Nadel gestrickt.«

»Ja«, sagte Gunnar. »Aber ich finde, wir müssen alles unternehmen, damit nicht Ende der Woche die nächste ältere grau gelockte Dame erschossen wird. Vielleicht dieses Mal vor der Elbphilharmonie oder der Staatsoper.«

Banu sah auf ihre Uhr. »Kann ich jetzt Feierabend machen? Ich möchte noch zu meiner Mutter ins Krankenhaus.«

Thorsten nickte. »Wir arbeiten alle seit zehn Tagen durch. Morgen müssen wir versuchen, unsere Falle zu installieren. Ich denke, wir sollten heute alle mal früher Schluss machen.«

Auf dem Parkplatz vor dem riesigen Betonklotz standen nur noch wenige Autos. Es hatte ein leichter Schneeregen eingesetzt. Banu kramte in ihrer Handtasche nach Kosmetikartikeln und fand tatsächlich ein Lipgloss, einen Kajalstift und Wimperntusche. Zwar würde sie daraus in der Kürze der Zeit kein Abend-Make-up mit Smokey Eyes zaubern können, aber sie wollte ihre Mutter nicht mit ihrem völlig übermüdeten Gesicht erschrecken. Sie klappte den Schminkspiegel herunter und war zwei Minuten später einigermaßen zufrieden mit ihrem Werk. Die gynäkologische Abteilung befand sich im dritten Stock. Banu ging selbstverständlich zu Fuß. Vor Zimmer dreihundertsechsunddreißig blieb sie stehen und klopfte an die Tür. Eine große Frau in einem weißen Kittel, die wohl die diensthabende Ärztin war, öffnete.

»Guten Abend, Sie sind bestimmt die ältere Tochter von Frau Kurtoğlu.« Banu nickte. »Gut, dass Sie kommen. Sie können übersetzen. Ihre Mutter spricht ja so gut wie kein Deutsch.«

Banu hörte einen deutlichen Vorwurf in der Stimme. Irgendwie konnte sie ihn der Ärztin aber auch nicht übel nehmen. Gamze Kurtoğlu lebte nun schon seit über fünfundvierzig Jahren in Deutschland und hatte nie etwas unternommen, um sich zu integrieren. Weder hatte sie Deutsch gelernt, noch sich bemüht, deutsche Freunde oder Bekannte zu gewinnen, noch in deutschen Läden eingekauft. Und seit sie die große Vielfalt von Fernsehprogrammen genossen, schaute sie nur noch türkische Sender. Und mit Sicherheit hatte sie nie ausprobiert, ein deutsches Rezept zu kochen. Banu zog sich einen Stuhl heran und setzte sich neben das Bett ihrer Mutter.

»Ich bin, ehrlich gesagt, ein wenig besorgt über den Zustand der Patientin. Sie hat starkes Untergewicht. Waren Sie deswegen schon mal mit ihr bei einem Arzt?«

Gamze Kurtoğlu streckte ihre rechte Hand nach Banu aus, und Banu ergriff sie. Tatsächlich ähnelten die Finger ihrer Mutter dünnen vertrockneten Ästen, die Haut fühlte sich an wie Pergament. Banu überlegte. Unter dem langen schwarzen Mantel, den ihre Mutter sommers wie winters trug, und den Kitteln in gedeckten Farben war ihr die Gewichtsabnahme gar nicht aufgefallen. »Nein«, antwortete sie. »Meine Mutter geht nur sehr selten zum Arzt. Eigentlich nur, wenn sie Beschwerden hat, die sie nicht ignorieren kann. So wie dieses Mal.«

Die Ärztin warf einen Blick auf das Patientenblatt, das sie sich unter den Arm geklemmt hatte. »Die plötzliche Gewichtsabnahme kann natürlich mit der Raumforderung zusammenhängen. Ihre Mutter war den ganzen Tag sehr durcheinander und hat auch einige Male geweint. Wir konnten aber aufgrund der Sprachbarriere nicht herausfinden, warum. Auf dieser Station arbeiten zwar auch einige türkischsprachige Menschen, aber sie hat sich geweigert, mit denen zu reden.«

Banu schüttelte den Kopf und wandte sich direkt an

ihre Mutter. »Warum verweigerst du die Hilfe, Mama?«, fragte sie auf Türkisch.

»Ich möchte nach Hause«, flüsterte Gamze Kurtoğlu.

»Aber wenn du dich sperrst, wird es umso länger dauern, bis du wieder nach Hause kommst. Hatice und ich können nicht den ganzen Tag bei dir im Krankenhaus sein. Wir arbeiten beide.«

Ihre Mutter zog ihre Hand zurück und steckte sie unter die Bettdecke.

»Morgen machen wir eine CT-gesteuerte Biopsie. Wir entnehmen minimalinvasiv Gewebeproben und untersuchen sie, damit wir wissen, ob wir es mit einem gutartigen oder bösartigen Tumor zu tun haben. Bitte übersetzen Sie das, damit Ihre Mutter auch weiß, was mit ihr passieren wird.«

Banu übersetzte, aber ihre Mutter schien abwesend zu sein. Immer wieder fielen ihr die Augen zu.

»Es dauert meist nur zwei Tage, bis wir das Ergebnis der Biopsie haben. Selbst wenn die Raumforderung gutartig sein sollte, müssen wir bei der Größe des Tumors auf jeden Fall operieren.«

Banu hatte sich gedacht, dass ihre Mutter hier nicht nach wenigen Tagen wieder rausspazieren würde. Die Ärztin nickte Banu zum Abschied zu und verließ das Zimmer. Banu blieb noch einige Minuten am Bett ihrer Mutter sitzen und musterte ihr eingefallenes Gesicht im Licht der schonungslosen Krankenhausbeleuchtung. Sie kam sich schlecht vor, weil sie nicht erkannt hatte, dass die Gesundheit ihrer Mutter schon länger angeschlagen gewesen war. Als der Atem von Gamze Kurtoğlu tiefer und regelmäßiger wurde, stand Banu auf und ging.

Die junge Frau lag in einem Sarg aus dunkelbraunem Holz. Sie hatte die Andeutung eines Lächelns auf den Lippen und ihre langen schwarzen Wimpern und der dicke Kajalstrich gaben den geschlossenen Augen etwas Mysteriöses. Ein schlafendes Schneewittchen.

Neben dem Sarg kniete ein Mann mit langen rotbraunen Haaren, die zu einem Pferdeschwanz gebunden waren. Eine schlanke Frau mit riesigen Brüsten, die mit einem eng anliegenden Feinrippunterhemd und einer knappen Shorts bekleidet war, reichte dem Mann einen Holzpflock und einen Hammer.

»Tu es schnell. Du darfst nicht zögern!«

Der Mann nickte, beugte sich vor und küsste die roten Lippen der toten Frau. In seinem Gesicht arbeitete es, aber er setzte den Pflock über dem Herzen an und trieb ihn mit drei Hammerschlägen in die Brust der Toten. »Nun schlafe für immer, Liebling«, sagte er und bekreuzigte sich. Er stand auf und die vollbusige Frau umarmte ihn.

»Wir sind Zwillinge, Damian. Ich fühle deinen Schmerz, als wäre er ein Teil von mir.« Sie zeigte mit dem Finger zur Decke der Gruft. »Wir müssen uns beeilen. Sie werden Rache wollen.«

Damian warf der Toten im Sarg noch einen letzten schmerzerfüllten Blick zu und folgte seiner Zwillingsschwester. Ein lautes Flattern begleitete die Flüchtenden bis zum Ausgang der Gruft.

»Sieh nicht nach oben«, sagte die Frau. Aber es war zu spät. Damians Blick ging in Richtung Decke, wo sich Hunderte Vampire versammelt hatten, bereit, den Tod einer der ihren zu rächen.

»Hattet ihr wirklich geglaubt, ihr könntet euch hier einfach so herausschleichen?« Ein riesiger schwarz gekleideter Mann spazierte die Wand herunter und baute sich vor dem Ausgang der Gruft auf. »Ihr habt nicht genügend Fantasie, um euch vorzustellen, wie grauenvoll euer Tod sein wird.«

Hinter den Zwillingen hatten sich mindestens fünfzig andere Vampire aufgebaut, sodass ihnen der Rückzug abgeschnitten war.

»Und nun kommt und sterbt«, sagte der Mann am Ausgang. In diesem Moment erklang die Abspannmusik der Serie »Im Namen der Ahnen«.

»Also für ein Staffelfinale fand ich es jetzt ein bisschen dünn«, sagte Olivia und steckte sich einen der Grissini in den Mund. Sofort sprang Stellas roter Kater Shir Khan von dem Sessel auf, auf dem er das dramatische Ende der Folge komplett verschlafen hatte. Nicht unbedingt typisch für Katzen liebte er salzige Krümel aller Art, und allein das Knacken, als Olivia in das italienische Gebäck biss, ließ ihn hoffen, dass einiges für ihn abfallen würde.

»Ich fand es ganz gut. Auch wenn Jupiter wahrscheinlich dafür nicht für den Oscar nominiert wird.« Bounty nahm eine Handvoll Chips aus der Tüte, und Shir Khan wusste gar nicht, wo er zuerst hingucken sollte.

Stella hatte sich überhaupt nicht darauf einlassen können, ob die Folge nun spannend gewesen war oder nicht. Jupiter hatte ihr gar nichts davon erzählt, dass er die Vampirella im Staffelfinale küssen würde. Ein Techtelmechtel hatte sich zwar bereits in den letzten beiden Folgen angekündigt, aber dass es zu einem innigen Kuss kommen würde, hatte ihr Verlobter ihr vorenthalten.

Olivia musterte sie von der Seite. »Nun flippe nicht gleich aus. Wenn du einen Schauspieler heiraten willst, musst du da drüberstehen. Sei froh, dass er keine Pornos dreht.« Mit einer dramatischen Geste brach sie den zweiten Grissino durch.

»Ja, in der Theorie weiß ich das alles«, sagte Stella und streichelte Shir Khan, der in freudiger Erwartung um ihre Beine strich. »Aber ob ich auf Dauer damit leben kann?«

Olivia sah auf ihre Armbanduhr. »Ich soll mir noch eine Location angucken, die für Hochzeiten vermietet wird. Ein Festsaal am Falkensteiner Ufer, also ganz hier in der Nähe. Habt ihr Lust mitzukommen?«

Stella war zunächst skeptisch. Morgen früh hatten Banu und sie vor, das Frühstück in einem anderen Café zu testen. Banu würde wahrscheinlich die ganze Zeit über die Mesalliance ihrer Tochter sprechen. Und außerdem mussten sie sich im Präsidium den Kopf darüber zerbrechen, wie man einen Psychopaten aus der Reserve locken konnte. Es würde wohl ein anstrengender Tag werden. Aber andererseits hatte sie auch keine Lust, den Abend allein in ihrem kleinen Häuschen zu verbringen und sich die ganze Zeit über Jupiter zu ärgern, der sie ja nun wirklich hätte vorwarnen können, was im Staffelfinale auf sie zukam. Also schnappte sie sich ihren Mantel von der Garderobe und warf Shir Khan ein paar Chipskrümel zu. »Ich bin dabei«, sagte sie.

MITTWOCH, DEN 29. MÄRZ 2017

Banu hatte vielleicht keine seismografischen Fähigkeiten, was zwischenmenschliche Beziehungen anging, aber beim Anblick des Büros von Dr. Katharina Mayer-Paretzki war ihr alles klar. Es war vollgestopft mit Pflanzen in verschiedenen Grüntönen. Banu sah Farne, Fici, Palmen, Drachenbäume in jeglicher Größe, und auch Gummibäume waren sehr präsent. Das Benehmen ihres Chefs trug ebenfalls zu der Erkenntnis bei, dass Dr. Mayer-Paretzki die Frau war, an deren Seite Thorsten säen, jäten und ernten wollte. Es fing schon damit an, dass er eigentlich allein hatte zu ihr gehen wollen, um sich Tipps für die Falle zu holen, die sie dem Täter stellen wollten. Da das Frühstückscafé, das Banu und Stella sich für heute ausgesucht hatten, jedoch an diesem Morgen wegen Krankheit geschlossen hatte, waren sie mittwochs deutlich früher als sonst im Präsidium angekommen. Thorsten Fock war gerade dabei gewesen, die Tür, die zu den Räumen der Mordbereitschaft 5 führte, leise zuzuziehen, als Banu und Stella aus dem Fahrstuhl getreten waren. Er war wie ertappt zusammengezuckt, als Banu forschen Schrittes auf ihn zugestapft war, hatte dann aber Auskunft über sein Ziel gegeben. Während Stella erklärte, sie habe kein allzu großes Interesse an Profiler-Spielchen, war Banu sehr interessiert gewesen.

Und nun stand sie im Türrahmen einer offensichtlichen Zweigstelle des Botanischen Gartens und sah zu, wie ihr Chef von einem Bein aufs andere trat und die braun gelockte Psychologin angrinste wie ein hormongesteuerter Pubertierender.

»Thorsten, das ist absurd.« Katharina Mayer-Paretzki schüttelte den Kopf und versuchte, verärgert auszusehen. »Wir sind doch nicht bei CSI Miami.« Sie zeigte auf die beiden Stühle, die vor ihrem Schreibtisch standen. »Nun setzt euch erst mal.«

Banu war es schon immer schwergefallen, wildfremde Personen zu duzen, aber bei der Polizei war dies Usus.

»Möchtet ihr einen Kaffee?«

Noch bevor Banu oder Thorsten geantwortet hatten, ging sie zu einem riesigen chromglänzenden Gerät, was Banu kaum als Kaffeemaschine identifizieren konnte.

»Thorsten mit viel Zucker. Und du?«

»Schwarz, bitte!«, antwortete Banu und sah der Psychologin ehrfürchtig bei der Verarbeitung der Kaffeebohnen zu. Denn alles, was über das Drücken einer Lungo- oder Espressotaste hinausging, überforderte Banu.

»Wenn du allen Ernstes erwartest, dass ich innerhalb eines Tages ein Täterprofil erstelle und dann auch noch einen Trigger finde, wie du deinen Mörder herauslocken kannst, muss ich dich enttäuschen. Das dauert normalerweise Wochen.« Ihr Rücken straffte sich noch einmal energisch, während sie die Bohnen in das Mahlwerk schüttete. »Außerdem habe ich gerade den Obdachlosenkiller auf dem Tisch.«

»Wir haben vielleicht auch einen Serientäter«, sagte Thorsten fast bockig.

Katharina Mayer-Paretzki drehte sich um. »Davon bin

ich nicht überzeugt. Eurem Täter fehlt die Cool-off-Phase. Dass er zweimal in so kurzer Zeit gemordet hat, ist völlig untypisch für einen Serienmörder. Der Obdachlosenkiller hat sich hingegen mindestens einen Monat zwischen den Morden Zeit gelassen, um emotional runterzukommen. Das wiederum ist typisch für einen Serientäter.« Sie stellte die Kaffeetassen vor Thorsten und Banu ab.

Banu konnte erkennen, dass sie von einer bekannten Porzellanmanufaktur stammten. Sie hatten nichts gemein mit dem Sammelsurium im Regal der M5, von dem Stella einmal gesagt hatte, dass dies ein Ort sei, an den Becher zum Sterben kommen würden.

»Ich tendiere eher zu der Annahme, dass eure Morde Beziehungstaten sind.«

Thorsten sah nicht überzeugt aus. »Wir haben überhaupt keine Anhaltspunkte gefunden, dass die beiden Opfer sich oder den Täter kannten. Außer eines Fotos, auf dem zwei Mädchen drauf sind, die aber nicht zwingend die ermordeten Frauen sein müssen.«

Die Psychologin seufzte. »Ich habe mich natürlich die halbe Nacht mit deinen Aufzeichnungen befasst.« Sie lächelte Thorsten versöhnlich an, und Banu fragte sich, mit welchen Teilen von ihm sie sich die andere Hälfte der Nacht beschäftigt hatte. »Für mich gibt es keine klare Linie. Und deshalb kann ich dir auch keinen Ratschlag geben.«

Thorsten nahm einen großen Schluck Kaffee und berichtete kurz, was die Mitarbeiter der M5 gestern besprochen hatten.

Katharina Mayer-Paretzki schüttelte energisch den Kopf. »Lasst Latifa Sayyid da raus. So wie ich euren Täter einschätze, funktioniert er sehr stark emotional. Falls er das Manöver durchschaut, wird er von Rache auf Latifa wie besessen sein.«

Banu warf ihrem Chef einen verunsicherten Blick zu. Wenn seine frühere Mitbewohnerin nicht im Vordergrund mitspielte, würde Pascal Grande gleich wissen, dass es nicht mit rechten Dingen zuging. Aber Katharina nickte aufmunternd.

»Ich habe gesagt, dass das mit der Falle in meinen Augen Bullshit ist, aber in ganz seltenen Fällen irre auch ich mich mal. Der Täter hat seine Nummer in dieser Phase seines Wirkens sicherlich auch anderen hinterlassen. Die Spur muss nicht zwangsläufig zu Latifa Sayyid führen.« Sie bedachte Thorsten mit einem langen Blick. »Aber seid vorsichtig!«

Dario, der von der gestrigen Kurzgrippe genesen war, stand vor dem Whiteboard und massierte sich die Stirn. »Ich ärgere mich, dass ich nicht schon früher nach Hamburg gezogen bin. Ich wohne ja quasi fast genau neben Latifa Sayyid. Der Typ wäre mir bestimmt aufgefallen. Ich habe ein gutes Gedächtnis für das Aussehen von Menschen.«

»Das solltest du als Polizist auch haben«, sagte Stella. »Zumindest können wir zweifelsohne ausschließen, dass das Handy gar nicht mehr benutzt wird. Es war zumindest fast regelmäßig in den letzten drei Wochen einmal pro Woche in Betrieb. Zum letzten Mal konnte es am Montag in der Neustadt geortet werden.«

»Aber das heißt ja nicht, dass es noch im Besitz von Pascal Grande ist«, sagte Thorsten.

»Nein.« Dario zuckte mit den Achseln. »Es kann sein, dass es jetzt jemand völlig anderem gehört.«

Banu hatte Stella eben an der Kaffeemaschine kurz umrissen, was sie im Büro der Kriminalpsychologin auf der Beziehungsebene beobachtet hatte.

»Auf Nachfrage hin hat Lydia Weller sich erinnert, dass der Täter ihr auch eine Handynummer gegeben hat. Sie dachte, sie hätte sie schon weggeworfen, da er ja nicht zum Klientenkreis gehört hatte, aber sie befand sich noch in einem Fach in der Schreibtischunterlage. Es ist dieselbe, die Latifa Sayyid von Pascal Grande hat.«

»Dann könnte Katharina Mayer-Paretzki recht haben. Warum sollte er auch nicht die Nummer eines PrePaid-Handys unter die Leute bringen?«, fragte Gunnar in die Runde.

»Und seine Mailbox hat natürlich auch keine Ansage mit Namen.« Thorsten klatschte in die Hände. »Aber dann müssen wir keinen Zeugen einer Gefahr aussetzen.«

Stella stand auf und ging vor dem Whiteboard auf und ab. »Ich denke mal, dass wir alle noch gestern nach Feierabend darüber nachgedacht haben, was wir dem Täter für eine Nachricht hinterlassen können.« Sie musste allerdings zugeben, dass sie selbst nach dem dritten Tequila Sunrise in Gesellschaft von Bounty und Olivia an nicht mehr viel Substanzielles gedacht hatte. »Es geht ja nur hopp oder top. Entweder er beißt an oder nicht. Falls nicht, haben wir nicht viel verloren, denn dann weiß er bereits sicher, dass wir ihm ganz nah auf der Spur sind.«

»Wenn wir keinen von den Zeugen mit hineinziehen wollen, müssen wir anonym bleiben«, sinnierte Gunnar.

»Hm«, machte Stella, »dann bleibt eigentlich nur noch, sich als alten Freund, Bekannten, Gleichgesinnten, Bewunderer oder Ähnliches vorzustellen und mit ihm über die Morde sprechen zu wollen.« Nachdem sie diese Trivialitäten von sich gegeben hatte, schämte sie sich fast. So viele Jahre Ausbildung und Praxis in der Mordkommission, und dann hörte sie sich einen solchen Satz sagen, als wäre sie Jodie Foster in »Das Schweigen der Lämmer«.

Gunnar schien sehr angetan von dieser Strategie zu sein. »So könnte es gehen.«

Stella sah riesige Zweifel in Banus Augen. Sie schwieg jedoch. »Gut, dann lasst uns jetzt Text, Zeit und Treffpunkt überlegen. Wir sollten es gut machen. Ich glaube nicht, dass wir zwei Chancen bekommen.«

Annika de Boer Hagemann schob alle schwarzen Kleider, die sie besaß, auf der Kleiderstange hin und her. Ihre Mutter war von der Rechtsmedizin freigegeben worden, und die Beisetzung auf Helgoland würde am Freitag stattfinden. Als ihr Vater und sie mit dem Pastor gesprochen hatten, war ihr aufgefallen, wie wenig sie eigentlich über ihre Mutter wusste. Irgendwann, als sie ein kleines Kind gewesen war, war ihr wohl erzählt worden, dass ihre Großeltern mütterlicherseits nicht mehr lebten. Sie konnte sich nicht erinnern, ob ihre Mutter ihr jemals erzählt hatte, wie sie gestorben waren. Vielleicht hatte sie es auch einfach vergessen. Jedenfalls war Annika erstaunt, dass auch ihr Vater so gut wie nichts aus dem Leben ihrer Mutter wusste, bevor sie nach Helgoland gekommen war. Das Einzige, was er angeben konnte, war ihr Geburtsname.

»Ich würde dieses Kleid nehmen, Schatz.« Sebastian war hinter sie getreten und angelte nach dem schwarzen Satinkleid mit der passenden transparenten Stola.

Aber Annika schüttelte den Kopf. »Für Freitag ist Regen angesagt. Da nehme ich lieber das Strickkleid.«

»Wird er da sein?«, fragte Sebastian und küsste sie auf den Nacken.

Annika nickte. »Meine Mutter hatte nicht viele Leute, denen sie wirklich nahestand. Außer Mathilde Drossel und meinem Vater kannte Jan sie, glaube ich, am besten.« Annika nahm das Strickkleid vom Bügel und schloss den Kleiderschrank. »Ich habe sie nicht gut gekannt. Zumindest in den letzten Jahren hatten wir uns nicht mehr viel zu sagen.«

»Sie hat es dir übel genommen, dass du dein Leben nicht auf dieser öden Insel fristen wolltest. Eigentlich hätte sie Verständnis für deine Entscheidung haben müssen, dir ein neues Leben aufzubauen.«

Annika drehte sich blitzschnell um. »Rede nicht schlecht über Tote, Sebastian.«

Ihr Ehemann hob beschwichtigend die Hände. »Sorry, Darling. Ich weiß, dass du sie geliebt hast. Aber nach allem, was du über sie erzählt hast, hat sie sich selbst nicht geliebt. Die ganze Theaterspielerei und die Panik davor, Helgoland zu verlassen.«

Das Kleid roch muffig. Annika überlegte, wann sie es zum letzten Mal getragen hatte. Wahrscheinlich war es vor gut drei Jahren gewesen, als sie mit ihrer Tante und ihrem Onkel im Deutschen Schauspielhaus bei der Uraufführung von »Die Ballade vom Fliegenden Holländer« gewesen war. Sie hatte Marianne und Theo die Karten zu Weihnachten geschenkt. Kurze Zeit später hatte sie Sebastian kennengelernt. Annika ging ins Bad und warf das Kleid in die Waschmaschine. Eine Wäsche bei dreißig Grad würde ihm wohl nicht schaden.

»Hast du Angst vor der Begegnung mit Jan?«, fragte Sebastian, der ihr ins Badezimmer gefolgt war. »Immerhin könnte er für diese dreckigen Briefe verantwortlich sein.«

Annika drehte sich um und nahm seine Hand. »Jan ist kein Monster. Er hat vielleicht die Briefe geschrieben, aber er würde mir nie etwas antun.« Sie versuchte zu lächeln. »Außerdem passt du ja auf mich auf. In guten wie in schlechten Tagen.«

Banu hatte sich mit ihrer Schwester abgesprochen, dass sie nicht beide den Vormittag über im Krankenhaus anrufen würden, um sich nach dem Zustand ihrer Mutter zu erkundigen. Hatice hatte heute Homeoffice und war deshalb zeitlich flexibler. Sie hatten sich darauf verständigt, dass Banu in der Mittagspause zu ihr fahren und mit ihr durchgehen würde, wie es weitergehen könnte. Denn jemand musste sich auch um ihren Vater kümmern, der im Gegensatz zu ihrer Mutter nicht körperlich, sondern geistig stark abbaute. Das kleine Siedlungshaus aus den Fünfzigerjahren, in dem Hatice mit ihrem Mann Oguzhan und ihren Kindern Umut und Semra lebte, lag am Rande der Stadt, in Lohbrügge. Zum Glück lief Banus Auto wieder und sie brauchte nun eine halbe Stunde vom Präsidium dorthin. Da Thorsten sich nach der Mittagspause von oben den Segen für die ziemlich unkonventionelle Handlungsweise im Fall Pascal Grande holen wollte, hatten sie eine längere Mittagspause vereinbart. Denn bei einem Ja würde die weitere Planung sicherlich bis in den Abend hinein dauern. Da in dem kleinen Sträßchen nie etwas los war, abgesehen vom Laternenumzug der nahe gelegenen Kita im November, fand man immer einen Parkplatz direkt vorm Haus. Ihr Neffe Umut stand bereits in der Tür. Banu überlegte, wie lange sie ihn nicht gesehen hatte. Umut war etwa in demselben Alter wie ihr Sohn Can, aber mindestens einen Kopf größer.

»Hast du gar keine Schule heute?«, fragte sie, denn sie konnte nicht aus ihrer investigativen Haut. Und ein Fünfzehnjähriger, der mitten am Tag zu Hause war, machte sie skeptisch.

Umut schnalzte mit der Zunge. »Heute sind bei uns die Lernentwicklungsgespräche. Wir haben einen Termin um neunzehn Uhr und den Rest des Tages frei.« Hatice war hinter ihren Sohn getreten und begrüßte ihre Schwester. Neben ihrem fast erwachsenen Sohn wirkte sie zierlich. Im Gegensatz zu Banu hatte Hatice sich in der Pubertät entschieden, das traditionelle Kopftuch zu tragen. Ihre Tochter Semra war dem Vorbild ihrer Mutter gefolgt.

»Ich wünsche dir, dass die Lehrer-Eltern-Gespräche bei euch erfreulicher laufen als bei uns mit Can«, seufzte Banu. Umut grinste nur und ging in den Garten.

Banu folgte ihrer Schwester in die kleine Küche, die zwar nicht mehr das Flair der Fünfziger-, aber das der Siebzigerjahre deutlich versprühte. Sie schüttelte den Kopf. »Ihr wohnt nun schon seit Ende des letzten Jahrtausends hier, und das hier«, sie zeigte auf die dunkelgrün lackierten Kacheln, auf denen teilweise rote Äpfel abgebildet waren, »sollte doch schon längst renoviert sein.«

»Jaja«, sagte ihre Schwester. »Wie schön, dass du so selten hier bist und ich mir das nicht öfter anhören muss.« Hatice schüttelte eine Zigarette aus der Schachtel, die auf dem Küchentisch lag, und stellte sich ans Fenster.

Natürlich missbilligte Banu, dass ihre Schwester rauchte, sie sagte jedoch nichts.

»Die Biopsie ist so weit gut verlaufen«, sagte Hatice. »Als ich mit der Ärztin sprach, schlief Mama noch.«

»Gibt es schon irgendeine Info, wann der Tumor rausoperiert wird?«

»Nein.« Hatice nahm einen tiefen Zug. »Sie gucken erst mal, ob er gut- oder bösartig ist. Falls es Krebs ist, müssen sie abklären, ob der Tumor gestreut hat.«

Banu goss sich einen Kaffee ein und zog sich einen Stuhl heran. »Das heißt also, dass sie eine längere Zeit dortbleiben wird. Für wie lange reichen denn die Klamotten, die du am Dienstag für sie eingepackt hast?«

»Ich denke mal bis zum Wochenende. Dann braucht sie Nachschub.«

»Okay«, sagte Banu. »Darum kümmere ich mich.«

»Und Papa?«

Sie wussten beide, dass ihr Vater nicht mehr allein zu Hause leben konnte. Zwar war er noch nicht fortgeschritten dement, aber an manchen Tagen vergaß er sogar zu essen oder zu trinken. Er verlegte ständig Sachen und zog manchmal zwei verschiedene Schuhe an, wenn er das Haus verließ.

Hatice fixierte Banu mit ihren für eine Türkin recht untypischen blauen Augen. »Unser Häuschen ist sehr klein.« Sie drückte die Zigarette auf dem Fensterbrett aus. »Und das Zimmer deiner Tochter ist gerade frei.«

Banu zuckte mit den Achseln, da sie sich innerlich darauf vorbereitet hatte, ihren Vater für die Zeit, in der ihre Mutter im Krankenhaus war, bei sich aufzunehmen. Als sie das Thema Anfang der Woche bei Tim zur Sprache gebracht hatte, hatte der sehr einsichtig reagiert. Und

Can hatte sich richtig gefreut. »Dann kann ich Opa zeigen, wie man GTA spielt.« Banu sah auf ihre Armbanduhr. »Fährst du heute noch zu Mama?«

»Ja, das mache ich. Ich schicke Oguzhan allein zum Lernentwicklungsgespräch in die Schule. Ich glaube nicht, dass wir dort böse Überraschungen zu erwarten haben.«

Banu nahm ihre Handtasche vom Küchentisch und stand auf. »Ich muss dann mal wieder los.« Sie überlegte. Eigentlich hätten sie dieses Gespräch auch am Telefon führen können. Es war lange her, dass ihre Schwester und sie sich mehr zu sagen gehabt hatten. In den letzten Jahren hatten sie sich fast ausschließlich an den Geburtstagen ihrer Eltern und ab und zu an Bayram gesehen. Würde es gemeinsame Berührungspunkte geben, wenn ihre Eltern mal nicht mehr da waren? Banu versuchte, diese dunklen Gedanken zu verscheuchen, aber das Bild ihrer abgemagerten Mutter im Krankenhausbett war zu präsent. Sie winkte ihrer Schwester zum Abschied zu und stieg in ihr Auto.

Sie hatten grünes Licht für die Operation »CSI meets M5« bekommen, wie Stella sie nannte. Der heutige Arbeitstag würde lang werden, da sie nicht einer Meinung waren, was Zeit und Ort des Zugriffs anbelangte. Thorsten plädierte dafür, Pascal Grande in den frühen Abendstunden an einen eher einsamen Treffpunkt zu bestellen. Er schlug die Villa Mutzenbecher im Niendorfer Gehege vor. Das Haus, das um 1900 erbaut worden war, rottete schon seit einigen Jahren vor sich hin.

»Der hintere Teil ist aber bewohnt«, warf Gunnar ein. »Und wir wollen auf keinen Fall jemanden in Gefahr bringen.«

»Ansonsten finde ich die Idee mit dem Lost Place aber gar nicht schlecht«, sagte Dario.

Stella war nicht ganz überzeugt. »Ich finde, ein verlassenes Haus ist für ein Treffen sehr verdächtig. Pascal Grande weiß, dass so ein Haus unkompliziert umstellt werden kann. Er säße dann tatsächlich ganz schnell in der Falle.« Sie blickte zu Banu und sah ihr an, dass sie dasselbe dachte. »Ich glaube, der Täter würde weniger Verdacht schöpfen, wenn wir uns in einem Restaurant oder einem anderen öffentlichen Ort mit ihm verabreden würden.«

»Aber dann haben wir wieder das Problem, dass Zivilisten reingezogen werden könnten«, sagte Gunnar. »Natürlich könnte man das Restaurant für die Öffentlichkeit absperren lassen. Aber das wäre dann zu auffällig.«

»Hafenrundfahrt?«, fragte Thorsten zögerlich.

»Ist selbst im März meist ziemlich ausgebucht. Es ist schwierig, dort Unbeteiligte rauszuhalten. Es gibt schon viele Leute, die das Ticket im Voraus online kaufen«, sagte Stella.

Eine Weile herrschte ratloses Schweigen in den Räumen der M5.

»Wie wäre es mit einer fingierten öffentlichen Führung?«, fragte Banu. »Vielleicht durch Planten un Blomen?«

»Nein, es muss abgelegener sein.« Thorsten Fock stellte sich vor den riesigen Stadtplan von Hamburg, der an der Wand des Besprechungsraumes hing. »Es gibt doch einige Führungen durch Naturschutzgebiete.«

»Ist auch schwierig, Chef. Da kann man nichts

absperren«, sagte Dario. »Die sind so weitläufig, dass man nicht verhindern kann, dass einem doch Spaziergänger entgegenkommen.«

Stella, die sich nicht wohl bei dem Gedanken fühlte, hier mit einer falschen Entscheidung die Lösung des Falls vielleicht für immer zu verderben, hatte eine ganz Weile nichts gesagt. Aber nun hatte sie eine Idee.

FREITAG, DEN 31. MÄRZ 2017

Den ganzen Donnerstag hatten die Mitarbeiter der M5 damit verbracht, den Zugriff auf Pascal Grande zu planen. Stets in dem Bewusstsein, dass das natürlich eine zu kurze Zeitspanne war. Aber sie hielten den Täter für unberechenbar und wussten nicht, ob und wann er wieder zuschlagen würde. Deshalb war höchste Eile geboten.

Stella trat von einem Bein aufs andere. Ihr war zwar nicht kalt, denn sie hatte über der Schutzweste eine Winterjacke an, doch die Nervosität ließ sie nicht still stehen. Sie blickte auf die kleine Gruppe, die sich vor dem imposanten Friedhofsengel versammelt hatte. Alles Polizisten in Zivil, die an dem fingierten Engel-Spaziergang über den Ohlsdorfer Friedhof teilnehmen würden. Stella kannte den Friedhof aus frühester Jugend. Anders Bäcker, der schon seit den Siebzigerjahren hier verschiedenste Führungen machte, war früher so eine Art väterlicher Freund für sie. Als sie ihn vorgestern Abend angerufen und ihm ihr Vorhaben erklärt hatte, hatte er sofort zugestimmt. Die Friedhofsverwaltung hatte eine zusätzliche Führung auf die Homepage gesetzt, und nun standen sie hier und warteten auf Pascal Grande. Stella selbst würde als Führerin fungieren. Sie hatte bereits unzählige Engelsspaziergänge hinter sich und wusste alles, was es über die Friedhofsengel des Ohlsdorfer Friedhofs zu sagen gab. So würde kein Zivilist in die Aktion einbezogen werden.

Gunnar hatte Pascal Grande von einem Prepaid-Handy aus gestern Vormittag eine Nachricht auf die Mailbox gesprochen, dass ein alter Freund sich mit ihm hier treffen wolle, um über die Morde an Franziska Koviak und Hilde de Boer zu sprechen. Etwas Besseres war ihnen in der Kürze der Zeit nicht eingefallen. Tatsächlich wurde das Handy auch am Abend in der Nähe der U-Bahn-Station Wandsbek Markt geortet. Mit etwas Glück hatte Pascal Grande die Nachricht also abgehört.

Nun war es bereits eine Viertelstunde später als der genannte Zeitpunkt und die riesige galvanisierte Engelsfigur schien verächtlich auf sie herabzublicken. Ein guter Teil seines linken Flügels war im Laufe der Zeit abgebrochen, aber dies änderte nichts an der Erhabenheit des Engels.

»Er wird nicht kommen«, sagte Banu und fasste zum hundertsten Mal an ihre Dienstwaffe.

Thorsten knurrte. »Wir geben ihm noch einige Minuten. Vielleicht steht er abseits und checkt, ob es für ihn unverdächtig aussieht.«

Stella räusperte sich, um gleich mit ihrem Vortrag zu beginnen. Sie hatten verabredet, dass sie bei einer Verspätung des Täters schon mal zum ersten Friedhofsengel spazieren wollten und so Pascal Grande die Chance gaben, sich unbemerkt einzufügen.

»Guten Tag im Namen des Ohlsdorder Friedhofs. Mein Name ist Anne Dierks und ich werde Sie auf dem Engel-Spaziergang begleiten.« Stella fand, dass sie die Rolle der Führerin ziemlich glaubhaft verkörperte. Sie verzog keine Miene, als sie auf den Engel mit dem beschädigten Flügel zeigte. »Anhand dieser Figur möchte ich Ihnen das Material der Hamburger Friedhofsengel erklären. Was meinen Sie, aus welcher Substanz besteht dieser Engel?«

Gunnar, der seine Rolle ebenfalls hervorragend spielte, meldete sich: »Marmor?«

»Falsch«, sagte Stella. »Aber ich gebe Ihnen recht, dass es genau so aussieht. Kommen Sie mal vor und klopfen Sie dagegen.« In dem Moment, als Gunnar vortrat, klingelte ihr Diensthandy. Stella trat ein wenig abseits, hatte die Gruppe jedoch weiterhin im Blick.

»Hier ist Latifa Sayyid«, flüsterte eine aufgeregte Stimme. »Er ist hier!«

»Wo?«, fragte Stella.

»Er steht vor dem Haus. Was soll ich tun?«

»Sie bleiben, wo Sie sind, und rufen die Zentrale an. Sagen Sie, dass es sich um einen Notfall handelt und der Täter bewaffnet sein könnte. Wir machen uns sofort auf den Weg, aber der Notfalltrupp wird vor uns da sein.« Sie hörte Latifa Sayyid laut atmen. »Und bleiben Sie ruhig. Ich werde ebenfalls bei der Zentrale anrufen und die Situation schildern.« Stella beendete das Gespräch und winkte ihre Kollegen heran. »Er hat schneller gedacht als wir«, sagte sie und schilderte die Situation. Ohlsdorf war einige Kilometer von Ottensen entfernt. Sie würden im dichten Stadtverkehr wahrscheinlich selbst mit Blaulicht ungefähr vierzig Minuten dorthin brauchen. Im Laufschritt setzte sich die kleine Gruppe in Bewegung zu den Dienstwagen, die unauffällig in einer Seitengasse geparkt waren.

Banu hielt sich einfach die Hand vor die Augen und stellte sich vor, sie säße in einer Achterbahn und nicht auf dem Beifahrersitz eines Dienstwagens im Blaulichteinsatz, der von Stella Brandes gefahren wurde. Sie hatte ihrem Sohn ein paarmal beim GTA-Spielen über die Schulter gesehen, und in den Sekunden, in denen sie jetzt zwischen ihren gespreizten Fingern hindurchblinzelte, konnte sie ein ähnliches gefährliches Glitzern in Stellas Augen erkennen wie bei Can beim Crashen der virtuellen Autos. Thorsten und Gunnar saßen auf der Rückbank und gaben ab und zu ein verstörtes Grunzen von sich. Aber Stella steuerte sie virtuos über rote Ampeln, durch eine Fußgängerzone und machte selbst bei Stopp-Schildern nicht Halt. Nebenbei hielt sie Funkkontakt mit einem der Einsatzwagen, die zu Latifa Sayyid entsandt worden waren.

Gerade als sie in die Fischers Allee einbogen und Stella auf die Bremse trat, sahen sie, wie ein hellblonder Mann mit einer schief sitzenden Pudelmütze auf dem Kopf aus dem Eingang der Nummer zweiundzwanzig in Handschellen zum Polizeiwagen bugsiert wurde.

»Die Action haben wir wohl verpasst«, murmelte Stella und klang fast ein bisschen enttäuscht. Sie wendete den Dienstwagen und folgte dem Auto mit dem mutmaßlichen Mörder von Franziska Koviak und Hilde de Boer in Richtung Polizeipräsidium.

Eigentlich wären alle Mitarbeiter der Mordbereitschaft 5 gern bei der Vernehmung von Pascal Grande dabei gewesen. Da zu viel Polizeipräsenz einen Menschen jedoch einschüchtern oder im Gegenteil eine Verweigerungshaltung provozieren konnte, entschied Thorsten, dass er und Stella das Verhör führen würden. Sie waren ein routiniertes Team und brauchten nur wenige Minuten, um sich abzusprechen. In dieser Zeit wurde Pascal Grande in das Vernehmungszimmer gebracht.

Als sie den Raum betrat, fiel Stella sofort die defensive Haltung des mutmaßlichen Täters auf. Er hatte den Stuhl so weit vom Tisch weggeschoben, dass er mit dem Rücken an der Wand saß. Die vor der Brust verschränkten Arme und die gebückte Haltung verdeutlichten seinen inneren Widerstand. Stella suchte den direkten Blickkontakt, um von Vornherein eine Rollenklarheit herzustellen, und war überrascht, die Angst und Unsicherheit des Mannes so intensiv zu spüren. In ihrer Vorstellung war Pascal Grande ein eiskalter Killer, der wollte, dass seine Taten bewundert wurden. Sie hatte mit einem überheblichen und anmaßenden Mann gerechnet. Aus diesem Grund hatte sie schon vor einigen Tagen zu Hause vor dem Spiegel grimmige Blicke geübt. Vernehmungen von Mördern standen nicht wöchentlich auf der Tagesordnung und sie wollte keine Schwäche zeigen. Jupiter hatte bei ihren mimischen Übungen nur gegrinst und gesagt, dass sie dafür möglicherweise die Goldene Himbeere für den schlechtesten Schauspiel-Act gewinnen könnte, jedoch keinem psychopathischen Killer das Fürchten lehren würde.

Und nun stand sie einem Häuflein Elend gegenüber.

Pascal Grande hatte einen Pullover mit einem Rundhalsausschnitt an und das gruselige Tattoo war fast gänzlich zu sehen. Stella bemühte sich, nicht zu auffällig auf die Tätowierung zu starren.

Thorsten räusperte sich. »Sie wissen, dass Sie das Recht auf einen Anwalt haben?«

Pascal Grande schüttelte langsam den Kopf und flüsterte: »Ich brauche keinen Anwalt. Wenn es sein Wille ist, bin ich schuldig.«

»Wie Sie wollen«, sagte Stella und setzte sich.

»Herr Grande, Sie wurden eben verhaftet, als Sie dabei waren, gewaltsam in die Wohnung von Latifa Sayyid einzudringen. Was wollten Sie dort?«

»Uriel hat mir gesagt, dass Latifa unsere Sache verraten hat. Sie sollte ihre gerechte Strafe bekommen. Sie sollte nicht sterben, aber ihren Verrat auch nicht vergessen.« Er machte eine Pause. »Ich hatte nicht damit gerechnet, dass sie die Schlösser an der Wohnungstür ausgewechselt hat.«

»Uriel?«, fragte Stella. »Ist das Ihr Komplize?«

Pascal Grande schüttelte müde den Kopf. »Nein, ich habe keine Komplizen. Uriel ist ein Erzengel.«

Stella räusperte sich und sah hinüber zu Thorsten. Auch dieser schien reichlich perplex, fing sich aber nach einigen Sekunden wieder.

»Lassen wir den versuchten Überfall mal außer Acht, denn wir ermitteln gegen Sie ja wegen etwas ganz anderem. Sie stehen unter dringendem Tatverdacht, die Morde an Franziska Koviak und Hilde de Boer begangen zu haben.«

Pascal Grande rutschte mit dem Rücken noch dichter an die Wand.

»Geben Sie zu, dass Sie die beiden Frauen erschossen haben?«

»Uriel hat gesagt, dass es zwei Opfer geben muss. Sonst würde die Ordnung aus den Fugen geraten.«

»Es gibt eine Zeugin, die Sie im Parkhaus am Harvestehuder Weg gesehen hat. Außerdem haben wir mit der Maklerin Vivienne Lasalle gesprochen. Sie haben angegeben, die Wohnung mieten zu wollen, aus der die tödlichen Schüsse auf Hilde de Boer abgegeben wurden. Besonders ihre Mitarbeiterin konnte sich sehr gut an Ihre Tätowierung erinnern. Dann haben Sie vorgegeben, noch einmal allein in die Wohnung gehen zu wollen. Wahrscheinlich haben Sie sich bei dieser Gelegenheit einen Schlüssel für die Haustür nachmachen lassen.«

Pascal Grande legte den Kopf schief und hielt einen Moment inne. Dann erschien ein Lächeln auf seinem Gesicht, das seine kantigen Gesichtszüge weich und verletzlich erschienen ließ. Das Lächeln war keineswegs bösartig, sondern eher entrückt. »Ich leugne nichts davon. Es war meine Mission, die beiden Frauen ihrem Schicksal zuzuführen. Erzengel Uriel hat es befohlen. Jeder Mensch hat eine Prüfung abzulegen, und dies war meine.«

Thorsten kratzte sich am Kopf und blickte zu Stella. Offensichtlich konnte er mit dieser immer bizarrer werdenden Geschichte genauso wenig anfangen wie sie.

»Sprechen Sie von dem Engel auf Ihrer Tätowierung?«, fragte Stella.

»Ja«, antwortete Pascal Grande. »Nachdem er vor vielen Jahren zum ersten Mal zu mir gesprochen hat, musste ich mich verpflichten, sein Bild bei mir zu tragen. Damit ich immer vor mir habe, wem ich gehorchen muss.« Er zog seinen Kragen nach unten und präsentierte das schreckliche Bild in voller Gänze. »Die Seelen im Fegefeuer sollen eine Warnung sein. So ergeht es Menschen, die an ihrer Prüfung scheitern.«

»Kommen wir zurück zu den Morden«, sagte Thorsten. »Nachdem der Engel Ihnen befohlen hat, ausgerechnet diese beiden zu töten: Was haben Sie dann getan?«

Pascal Grande begann, seinen Oberkörper leicht hin- und herzuwiegen. »Zuerst hat er mir gezeigt, wo ich das Gewehr finde. Es war unter einer Trauerweide im Eppendorfer Moor versteckt. Vor ungefähr zwei Monaten sollte ich um Mitternacht dort hingehen und graben. Ich konnte damit zunächst nichts anfangen, denn ich kann eigentlich gar nicht schießen. Aber als ich die Frau vor dem Restaurant gesehen habe, konnte ich es auf einmal.«

Stella hatte sich auf eine andere Art von Verhör vorbereitet. Sie war nicht darauf gefasst zu untersuchen, welche Mordmotive mystische Figuren hatten. »Darf ich es also so verstehen, dass der Engel die Pläne gemacht hat und Sie quasi nur seine Marionette waren?«

»Uriel selbst ist körperlos. Er braucht ein menschliches Gefäß für seinen Geist. Ich hatte die Ehre, ihm meinen Körper zur Verfügung zu stellen.«

»Warum ausgerechnet Franziska Koviak und Hilde de Boer?«, fragte Thorsten, der nach den vielen Worten über himmlische Botschaften wohl den Blick wieder auf die Morde an sich lenken wollte.

»Sie waren verderbt. Sie haben gelogen und betrogen.« Er zeigte auf die Tätowierung. »Die beiden wurden auch auf die Probe gestellt. Sie haben sie nicht bestanden, und nun brennen ihre Seelen.« Pascal Grande fing auf einmal an zu lachen, und Stella lief eine Gänsehaut über den Rücken. Sie sah, wie dem Täter vor Lachen Tränen über das Gesicht liefen. Er hatte so viel Leid verursacht, und das Einzige, was er nun tat, war, die Opfer zu verhöhnen.

»Heißen Sie in Wirklichkeit Pascal Grande?«

Der Mann hörte auf zu lachen und zuckte mit den Achseln. »Pascal Grande ist der Name, den Uriel mir gegeben hat. Meinen wirklichen Namen habe ich vergessen.«

Stella stand auf und stützte sich mit den Händen auf dem Tisch auf, um auf Höhe ihres Gegenübers zu sein. »Pascal Grande, hiermit verhafte ich Sie. Sie stehen unter dringendem Tatverdacht, Franziska Koviak und Hilde de Boer getötet zu haben. Wir werden Sie jetzt ins Untersuchungsgefängnis bringen.«

Pascal Grande stand auf. »Ich leiste keinen Widerstand.« Stella öffnete die Tür. Zwei uniformierte Polizisten betraten den Vernehmungsraum und führten den Mörder von Franziska Koviak und Hilde de Boer ab.

Banu hatte den Edding bereits griffbereit und ging direkt Richtung Flipchart, als Thorsten und Stella von der Vernehmung Pascal Grandes zurückkamen. »Und?«, fragte sie. »Kann ich einen dicken Strich unter die Ermittlungen machen?« Verwundert sah sie von Stella zu Thorsten, da keiner von beiden so aussah, als würden sie ihr das Go dafür geben.

Stella zog sich einen Stuhl heran und ließ sich seufzend darauf nieder. »Ich hätte gern einen Kaffee«, sagte sie. »Oder etwas Stärkeres. Am besten intravenös.«

»Was ist denn mit euch passiert?«, fragte Dario und setzte sich gegenüber von Stella an den Tisch.

»Also entweder haben wir gerade einen waschechten Verrückten gesehen oder einen mäßigen Schauspieler.« Thorsten war so geistesabwesend, dass er sich gleich mehrere Eukalyptusbonbons auf einmal in den Mund steckte und einen Hustenanfall bekam. Er verzog das Gesicht und ging Richtung Waschbecken.

»Ihr werdet es nicht glauben«, sagte Stella und nahm Gunnar dankbar die Kaffeetasse ab, die er ihr hinhielt, »aber Pascal Grande hat Befehle von Erzengel Uriel bekommen und daraufhin Franziska Koviak und Hilde de Boer getötet.«

»Uriel?«, fragte Gunnar. »Ich kenne nur Michael und Gabriel.«

»Dann wäre diese Bildungslücke ja jetzt geschlossen.« Stella nahm noch einen Schluck Kaffee.

»Ist das der Engel auf seinem Hals?«, fragte Dario.

»In gewisser Weise ja.« Thorsten stand im Türrahmen. Er hatte einen Zahnstocher in der Hand und versuchte, die zerbissenen Bonbonstücke aus seinen Zahnzwischenräumen zu pulen.

»Also, ihr nehmt ihm die Geschichte nicht ab? Aber er hat doch die Frauen ermordet.« Dario schüttelte verständnislos den Kopf.

Stella nickte bestimmt. »Ja, daran besteht auch kein Zweifel. Er hat es ja auch gestanden.«

Dario wischte über das Display seines Smartphones. »Es gibt ja einige Mörder, die aussagen, dass sie durch innere Stimmen geleitet wurden. Vor allem auch Täter, die mehrere Morde begangen haben.«

»Vielleicht sind wir auch deshalb nicht so begeistert, weil wir in dem Bereich bisher noch keine Erfahrungen gemacht haben.«

Banu hatte eine Idee: »Thorsten, du hast doch sehr guten Kontakt zu der Psychologin Katharina Mayer-Paretzki.« Sie blinzelte ihm verschwörerisch zu. »Sprich doch mal mit ihr, was sie davon hält. Oder noch besser, frage sie, ob sie sich mit Pascal Grande unterhalten will.«

Thorsten sah Banu erschreckt an und bekam einen knallroten Kopf. Dann folgte ein erneuter Hustenanfall, dieses Mal ziemlich offenkundig vorgetäuscht, und er drehte sich von seinen Kollegen weg.

»Ich mein ja nur«, sagte Banu und zuckte mit den Achseln. »Genau!« Stella stand auf. »Die Frau ist doch bestimmt kompetent genug, um zu beurteilen, ob Pascal Grande wirklich das Opfer von todbringenden Engelsbotschaften ist. Ich fürchte nämlich, dass wir hier damit überfordert sind.«

Ihr Chef nickte stumm, wechselte dann aber schnell das Thema. »Mit der Aussage, dass ein Erzengel ihm die Taten eingeflüstert hat, macht er sich das Ganze natürlich wunderbar einfach. Mit Glück wird er vom Richter für nicht schuldfähig erklärt und kommt in die Psychiatrie statt ins Gefängnis.«

»Vielleicht ist er das ja tatsächlich auch«, sagte Stella. »Für uns natürlich unbefriedigend, weil wir dann wahrscheinlich nie erfahren werden, wie er die Taten geplant hat und wer er in Wirklichkeit ist. So gut schießen lernt man nicht dadurch, dass ein höheres Wesen einem die Hand führt.«

Dario legte zweifelnd den Kopf zur Seite. »Vielleicht doch, wenn man daran glaubt.«

»Ich glaube, so kommen wir im Moment nicht weiter«, sagte Thorsten. »Es ist jetzt fast siebzehn Uhr. Wir haben heute alle nichts zu Mittag gegessen und sind auch sonst reichlich durch. Deswegen würde ich sagen, dass ihr jetzt Feierabend macht. Das würde ich auch gern, aber ich habe ja den Auftrag von Banu bekommen, mich mit der Psychologin zu unterhalten. Ich werde gleich mal gucken, ob sie Zeit hat. Denkt also an mich, wenn ihr gleich euer Freitagabend-Glas Wein trinkt. Außerdem finde ich, dass wir morgen alle einen Tag frei verdient haben.«

Stella hatte ihre Heimfahrt für einen Einkauf im Supermarkt unterbrochen, um etwas fürs Abendessen einzukaufen. Da Jupiter am Wochenende Drehpause hatte, war er nachmittags im Harz in die Bahn gestiegen und würde in gut einer Stunde zu Hause sein. Stellas Magen hing ziemlich durch. Deshalb hatte sie deutlich mehr kohlenhydratreiche und fettige Lebensmittel gekauft, als auf ihrem Einkaufszettel standen. Bereits auf dem Parkplatz des Supermarkts verschlang sie zwei lauwarme Stücke Pizza und spülte mit einer Vanillemilch nach. Soweit kalorienmäßig aufgetankt schaffte sie auch den langen Fußweg von ihrem abgestellten Auto durch das Blankeneser Treppenviertel, einer autofreien Zone, bis zu ihrem kleinen Fischerhäuschen. Es dämmerte bereits und sie gönnte sich auf Höhe der klotzigen Villa der Ludwigs eine Pause. Von ihrem Haus hatte sie keinen direkten Elbblick. Das war auch ganz gut so, denn sonst hätte sie sich trotz der großzügigen Spende ihres Patenonkels Tristan den Kauf des heruntergekommenen Fischerhäuschens nicht leisten können. Aber genau von dem Fleckchen Erde, auf dem sie nun stand, war die orange über den Wellen tanzende Sonne ein magischer Anblick. In solchen Augenblicken konnte sie es noch immer nicht glauben, dass sie tatsächlich Bewohnerin des ehemaligen Fischerdorfs Blankenese war – inmitten von lauter Millionären. Wenn sie Zeit hatte, könnte sie die Sonnenuntergänge über der Elbe jeden Tag beobachten. Manchmal kam sie sich dabei vor wie im Urlaub. Heute hatte sie jedoch keine Muße, um noch länger zu verweilen, denn sie wollte den Tofu für Jupiter schon mal marinieren. Für sich selbst hatte sie ein schönes Stück Angusrind gekauft. Manchmal tat ihr Verlobter ihr leid, weil er niemals den Geschmack von blutigem, halb rohem Fleisch auf der Zunge spüren würde. Aber es war ja sein selbst gewähltes Schicksal, und er war klug genug, sie nicht zum Vegetarismus bekehren zu wollen.

»Hey, Süße, nimmst du mich mit?« Stella fuhr herum und hätte Jupiter, der sich angeschlichen und sie von hinten umschlungen hatte, fast umgeworfen.

»Was machst du denn schon hier?«, fragte sie perplex.

»Warum? Hast du einen Lover im Haus versteckt?« Jupiter grinste. »Ich habe einen Zug eher bekommen. Oder sagen wir mal, die Züge sind heute so unregelmäßig gefahren, dass ich in die Bahn reingesprungen bin, die gerade auf dem Gleis stand und in Richtung Norden fuhr.«

»Du weißt schon, dass du gerade mit deinem Leben gespielt hast? Es ist gefährlich, eine Polizistin hinterrücks anzufallen.« Stella legte Jupiter den Arm um die Hüften, und sie gingen das kurze Stück zu ihrem Haus eng umschlungen.

In dem winzigen Hausflur wurden sie von drei jammernden Katzen erwartet, die ganz offensichtlich hungrig waren. Während Jupiter das Trockenfutter in die Näpfe schüttete, stellte Stella die Einkäufe auf den Küchentresen.

»Was möchtest du zum Abendessen trinken?«, fragte sie ihren Verlobten, der gerade mit erhobenem Zeigefinger versuchte, seiner Lieblingskatze Mafiosa »Sitz« beizubringen. Nachdem die schwarz-graue Katze auch nach dem zehnten Befehl nicht reagierte, bekam sie das Leckerli, das Jupiter hinter dem Rücken versteckt hatte, trotzdem.

»Das ist ja eine bombige Erziehungsstrategie«, kicherte Stella. »Glücklicherweise wollen wir beide keine Kinder.« Sie wiederholte ihre Frage.

»Für mich nur Wasser bitte.«

Stella zuckte mit den Achseln und schenkte sich ein Glas Rotwein ein. Auf den ersten Blick hätte man Jupiter für langweilig halten können. Kein Fleisch und so gut wie keinen Alkohol oder andere Drogen. Gut, dass sie auch seine aufregenden Seiten kannte.

Nachdem er sich ausführlich der Versorgung der Vierbeiner mit Nahrung und Streicheleinheiten gewidmet hatte, stellte Jupiter sich hinter Stella und küsste ihren Nacken. »Wollen wir erst essen?«, fragte er.

Stella schob ihn in gespielter Entrüstung von sich. »Also zunächst muss ich sowieso noch etwas klären: Warum küsst du halb verweste Frauen?«

Jupiter überlegte einen Moment. »Ach, du meinst das Staffelfinale. Das hat dir wohl nicht so gut gefallen.«

»Du hättest mich zumindest vorwarnen können.«

Jupiter nahm ihr das Glas aus der Hand und hob sie vor sich auf den Küchentresen. Dann fing er an, ihre Bluse aufzuknöpfen. In diesem Moment gab es einen lauten Knall, gefolgt von einem heiseren Fauchen und einem panischen Quieken. Der Moment war entzaubert, und Stella sprang von der Arbeitsplatte herunter. Sie wäre fast auf die Maus getreten, die sich aus den Fängen ihres Katers Caveman befreit hatte und nun unter den Kühlschrank floh. Caveman und Shir Khan gingen beide in Lauerstellung, während Mafiosa, scheinbar völlig unbeteiligt, anfing, sich circa einen Meter von der Geschirrspülmaschine entfernt zu putzen.

»Sie weiß genau, dass die Maus nicht vorn rauskommen wird, wo die Kater sitzen.« Stella ging auf die Knie und schaute unter den Kühlschrank. »Ich hoffe nicht, dass die Maus sich heute Nacht auf Wanderschaft begibt. Ich hatte einen super anstrengenden Tag und würde gern zehn Stunden am Stück schlafen.«

»Heißt das, du hast morgen frei?«, fragte Jupiter. »Dann können wir vielleicht mal in aller Ruhe zum Juwelier gehen und Ringe aussuchen.«

»Ehrlich, Jupiter, ich kann mich nicht immer, wenn ich mal eine Minute Zeit habe, mit der Hochzeit beschäftigen. Olivia will, dass ich Kleider anprobiere, meine Mutter will das Menu mit mir besprechen und der Pastor will die Lieder durchgehen, die in der Kirche gespielt werden sollen. Außerdem hat meine Schwester einen tollen DJ an der Hand, mit dem wir sprechen sollen, und Olivia mahnt, dass wir die Blumen aussuchen müssen, die auf das Hochzeitsauto kommen.«

Jupiter runzelte die Stirn. »Ich habe ganz häufig das Gefühl, dass du dich gar nicht auf die Hochzeit freust. Das soll doch alles keine Belastung sein, sondern ein wunderschöner Tag werden.«

Stella tat ihr Ausbruch schon fast wieder leid. Was sie Jupiter nicht sagen wollte, war, dass sie sich eigentlich nicht vor der Hochzeit an sich fürchtete, sondern vor dem Leben danach als Ehefrau. Er machte ein so zerknautschtes Gesicht, dass sie mit der rechten Hand sein Kinn hochhob und ihm in die Augen sah. »Sorry! Wir haben gerade einen echt harten Fall. Gern können wir morgen zum Juwelier gehen.« Jupiter atmete erleichtert aus. Zeit für einen Themenwechsel.

Da sie sich seit der Abreise seiner Eltern nicht mehr gesehen hatten, sprach Stella ein anderes Thema an, das sie seit ihrer Bekanntschaft mit Hellen Jones sehr interessierte. »Wo kommt deine Mutter eigentlich ursprünglich her?«, fragte sie und nahm das Gemüsemesser aus dem Messerblock, um die Frühlingszwiebeln klein zu schneiden.

Jupiter öffnete die Packung mit Mozzarella und ließ die Lake ins Spülbecken laufen. »Ich bin mir ziemlich sicher, dass sie auch in der Community geboren ist.«

»Weißt du es denn nicht genau?« Jupiter schüttelte den Kopf. »Nein. Ich habe mütterlicherseits keine Großeltern. Und weil wir eben nie über Grandma und Grandpa gesprochen haben, haben wir auch nie über Mums Herkunft gesprochen.« Einige Sekunden lang hackte Stella stumm auf das Gemüse ein. Sie selbst konnte, dank ihres Cousins Justin, der Ahnenforschung betrieb, ihren familiären Stammbaum bis zu den Hugenotten nach Frankreich ins Jahr fünfzehnhundertfünfundneunzig zurückverfolgen. Es kam ihr seltsam vor, dass Jupiter in dieser Disziplin bereits an seiner Elterngeneration scheiterte.

»In der Community sind andere Dinge wichtig«, sagte er entschuldigend und ein wenig säuerlich. »Wir sprechen dort nicht viel über Vergangenes. Für uns zählt das Hier und Jetzt.«

»Okay«, beschwichtigte Stella und hob die Hände. »Das ist ja eigentlich auch nicht wichtig. Schließlich heirate ich ja dich und nicht deine Mutter.« Sie steckte einen

Teelöffel in die Soße, die mittlerweile anfing zu köcheln. »Ich denke, du kannst schon mal den Tisch decken.«

Der Schuh lag seit mehr als fünf Minuten vor dem Stuhl, auf dem Hüseyin Kurtoğlu saß und in die Luft starrte. Banu kam aus dem Schlafzimmer ihrer Eltern und kniete sich vor ihrem Vater auf den Boden, um ihm den Schuh anzuziehen.

»Vor zwei Wochen konntest du das noch allein«, flüsterte sie genervt und schämte sich gleich darauf dafür.

»Wo ist deine Mutter?«, fragte ihr Vater und hielt Banu wie selbstverständlich den anderen Fuß hin. »Das habe ich dir doch alles erklärt, und Hatice hat es dir auch gesagt. Mama ist im Krankenhaus, und da wird sie noch eine Weile bleiben. Deshalb nehme ich dich heute mit zu uns nach Hause.« Im Stillen fragte Banu sich gerade, wie ihr Vater die vier Tage, seitdem seine Frau im Krankenhaus war, allein überstanden hatte. Sein Geisteszustand hatte sich tatsächlich in kürzester Zeit rapide verschlechtert.

Hüseyin Kurtoğlu verschränkte die Arme vor der Brust. »Aber ich möchte hier gar nicht weg.«

»Papa, jemand muss auf dich achten, wenn Mama nicht da ist. Sonst vergisst du zu essen und zu trinken.« Banu kam es so vor, als hätte sie diesen Satz heute schon mindestens zehnmal zu ihrem Vater gesagt. Außerdem war sie sauer auf ihre Schwester, die sich aus der Affäre gezogen hatte. Natürlich hätte Hatice ihr Ankleidezimmer für ihren Vater herrichten können, aber das wäre mit Aufwand verbunden gewesen.

»Kannst du denn nicht mittags kommen und mir hier etwas zu essen kochen?«, fragte Hüseyin Kurtoğlu.

»Nein, Papa, ich arbeite. Aber bei uns ist Tim meistens mittags zu Hause und achtet darauf, dass du nicht verhungerst.«

Ihr Vater schien noch nicht ganz überzeugt, gab seine abwehrende Haltung jedoch auf.

»Und jetzt muss ich noch ein paar Sachen für dich packen. Und Mama braucht neue Wäsche fürs Krankenhaus.« Banu ging in den Nebenraum zurück und hoffte, dass ihr Vater sich die Schuhe nicht wieder ausziehen würde, wenn sie ihm den Rücken kehrte. Für ihre Mutter hatte sie bereits zwei dickere Pullover eingepackt, da Gamze Kurtoğlu häufig fror, außerdem ihre heiß geliebten Bettschuhe und eine Stola. Auf dem Weg von der Arbeit hierher hatte sie zwei Jogginghosen gekauft, da ihre Mutter so etwas nicht besaß, und einen Bademantel aus Frottee. Es fehlte nur noch die Unterwäsche. Banu schaute in alle Fächer des Kleiderschranks, fand jedoch weder Slips noch BHs. Einer Eingebung folgend griff sie unter das Bett und zog eine Kiste heraus. Als Banu den Deckel aufmachte, war sie zunächst enttäuscht, denn auch in dem rechteckigen Karton war keine Wäsche. Dafür jede Menge Briefe. Den Briefmarken konnte Banu entnehmen, dass die Briefe in der Türkei aufgegeben worden waren. Die einzelnen Stapel waren mit Schleifenband in unterschiedlichen Farben umwickelt. Banu schätzte, dass es mehrere Hundert Schriftstücke waren. Sie haderte kurz mit ihrem Gewissen, denn natürlich wollte sie das Briefgeheimnis respektieren. Aber sie wusste, dass Hatice, wenn sie in der nächsten Woche Ersatzkleidung für ihre Mutter holen würde, auch auf diese Kiste stoßen würde. Und sie würde die Briefe garantiert lesen. Da war es doch besser, wenn Banu zumindest einen Stapel davon an sich nahm, um einmal zu checken, von wem die Korrespondenz war. Sie steckte das Bündel mit der blauen Schleife in ihre Handtasche und schob die Kiste wieder unters Bett.

»Falls du die Unterwäsche suchst«, sagte ihr Vater, der auf einmal hinter ihr stand, weil es ihm auf seinem Stuhl wohl zu langweilig geworden war. »Gamze bewahrt sie in der Kommode im Gästezimmer auf.«

Banu setzte sich einen Moment aufs Bett, um sich zu sortieren, stand dann auf und holte einen Koffer vom Kleiderschrank. »Alles klar, Papa. Erst mal packen wir jetzt deine Sachen.« Sie seufzte. Auch wenn ihr Vater tatsächlich selbstständig packen würde, würde die ganze Aktion wohl noch mindestens eine Stunde Zeit in Anspruch nehmen. Banu zog ihr Telefon aus der Tasche und informierte Tim, dass er mit der Zubereitung des Abendessens noch eine Weile warten konnte.

SONNTAG, DEN 02. APRIL 2017

Der kleine Hund zog wie wild an der Leine, weil er dringend sein Geschäft verrichten wollte. Lisa und Fellini waren gestern von ihrer Schnupperkur aus Swinemünde zurückgekommen. Und kaum wieder zu Hause, hatte sie der Alltag wieder. Und der bestand aus Schlafen, Essen, Spazierengehen und Alleinsein. Und sosehr Lisa zu ihrer eigenen Überraschung die Gespräche mit anderen Menschen, zumindest in den ersten Tagen ihres Aufenthalts, genossen hatte, desto mehr hatte sie sich vor allem gegen Ende des Urlaubs wieder auf die Zweisamkeit mit ihrem unsichtbaren Thomas in der eigenen Wohnung gefreut. Wie zu erwarten gewesen war, hatte Thomas die ganze Woche über geschwiegen. Und das hatte Lisa natürlich mal wieder ins Grübeln gebracht, was einen baldigen Umzug aus der Wohnung anging. Sie hatte überlegt, ob sie sich mit den anderen Mietern in dem Haus treffen wollte, um über einen Fahrstuhl zu diskutieren. Dass sie keinen Aufzug hatten, war ja eigentlich der einzige Grund, warum ein Umzug für sie auf lange Sicht unabdingbar war. Lisa zog ihre dicke Mütze in die Stirn, als sie die Haustür öffnete, denn der Wind fegte heute eiskalt um die Häuser. Sie hatte die Spaziergänge mit Fellini an der Ostsee genossen, aber Altona kurz vor der Morgendämmerung hatte auch seinen Reiz. Sie wusste, dass viele Menschen sie für verrückt hielten, weil sie gern um vier Uhr morgens mit ihrem Hund im Altonaer Volkspark spazieren ging. Aber wie viele ältere Menschen hatte sie ein geringeres Schlafbedürfnis oder besser gesagt das Bedürfnis, zu anderen Zeiten zu schlafen. Denn während sie oft nachts in der Zeit von ein bis fünf Uhr wach lag, schlief sie regelmäßig für zwei Stunden nach dem Mittagessen.

Lisa kannte den Park, seit sie nach Hamburg gezogen war. Sie hatte lange Zeit dort im Biergarten gearbeitet. Als es in den Achtzigerjahren anfing, chic zu werden, sich mit Fitness zu befassen, war sie dort jeden Abend gejoggt. Und auch Thomas hatte sie hier kennengelernt. Auf der Hundeauslaufwiese war ihr der große, dunkelhaarige Mann mit dem klitzekleinen Rehpinscher sofort aufgefallen.

Und es war auch nicht so, dass Lisa immer allein um diese Zeit im Park war. Gerade an Wochenenden begegneten ihr manchmal Nachtschwärmer, allerdings eher in den Sommermonaten. Und es gab noch ein paar andere Verrückte, die nachts mit ihren Hunden spazieren gingen. Im Vorübergehen grüßte man sich, kam jedoch nie ins Gespräch.

»Fellini, nicht so schnell«, rief sie, denn der kräftige Hund zerrte an seiner Leine. Vermutlich freute er sich, wieder in seinem Revier zu sein. Heute schnüffelte er besonders intensiv am Boden, und es sah aus, als hätte er ein Stückchen Fleisch oder Wurst gefunden. Er verschlang es, ohne zu kauen, und zog Lisa weiter. Nun war Fellini nicht besonders groß. Er ging ihr gerade bis zum Knie, aber er war ein Kraftpaket, und Lisa bestand fast nur aus Haut und Knochen.

»Aus«, sagte sie streng, aber Fellini hatte bereits das nächste Stück Fleisch gefunden. Immer schneller wurde der Hund, und Lisa taumelte ihm hinterher in ein großes Gebüsch. Als sie überlegte, ob sie Fellini loslassen sollte, stolperte sie über etwas und fiel. Dann wurde es schwarz vor ihren Augen.

Tim wischte sich den Mund mit einer Serviette ab und griff nach der Zeitung. Normalerweise genossen Banu und ihr Mann das gemeinsame Frühstück an den Sonntagen, an denen Banu nicht arbeiten musste. Can stand mal vormittags auf und mal nicht. Die Wahrscheinlichkeit, dass er bis zum Mittagessen schlief, war rein statistisch gesehen ziemlich hoch.

Banu war jedoch immer noch sauer auf ihren Mann wegen der Geheimniskrämerei mit Merve. Außerdem hatte sie nicht gut geschlafen, da ihr Vater nachts einige Male aufgestanden und orientierungslos durch die Wohnung gegangen war. Sie konnte es ihm nicht übel nehmen, denn ein alter Mensch war nun einmal schwer umzutopfen. Dennoch machte der Schlafentzug sie gereizt.

Dass ihr Vater, der ebenso übermüdet gerade am Tisch eingeschlafen, vornübergekippt und mit dem Kinn im Spiegelei gelandet war, trug auch nicht zu besserer Laune bei. Banu zog an Hüseyin Kurtoğlus rechter Schulter und versuchte, ihn wieder in Sitzposition zu bringen, aber sein Oberkörper war ziemlich schwer. Und er schien nun tief zu schlafen.

Banu warf Tim einen bösen Blick zu, aber der war so vertieft in den Sportteil der Zeitung, dass er sie komplett ignorierte.

»Wow, Opa! Du hast ja genau das Eigelb getroffen. Wenn du so gut zielen kannst, zeige ich dir mal, wie man Angry Birds spielt.« Can, der im Schlafanzug im Türrahmen stand, grinste seine Mutter an. »Ganz harmlos, Mum!« Dann setzte er sich schräg gegenüber seiner Mutter an den Tisch und griff nach dem Glas mit der Erdnussbutter. Auch Can zeigte nicht wirklich den Willen, ihr und seinem Opa zu helfen. In aller Ruhe bestrich er sich eine Scheibe Toast und schenkte sich ein Glas Orangensaft ein.

Banu zählte im Geiste einmal vorwärts und rückwärts bis zwanzig, etwas, was sie im Deeskalationstraining gelernt hatte, fand dann aber, dass es Zeit für eine richtig heftige Eskalation war. Sie stand auf und schlug mit der Faust auf den Tisch. »Verehrte Herren, ihr werdet es nicht glauben, aber es geht mir gerade absolut beschissen. Meine Mutter liegt im Krankenhaus, meine Tochter hat sich am Ende der Welt verlobt, und ich schaffe es gerade nicht, meinen dementen Vater aus dem Ei zu holen, in das er gefallen ist. Ist es zu viel verlangt, wenn mir mal jemand hilft?«, brüllte sie so laut, dass ihr Vater langsam zu sich kam und sich von selbst aufrichtete. Flüssiges Eigelb tropfte ihm vom Kinn auf seinen Schlafanzug. Banu nahm eine Serviette und begann, ihn sauber zu machen. »Ich hasse Ei«, sagte sie. Ihr kleiner verbaler Gedankenanstoß hatte ihre Mitbewohner munter gemacht. Tim hatte die Zeitung auf den Tisch gelegt und war aufgestanden, um seiner Frau zur Hilfe zu kommen, und auch Can stand auf einmal rechts neben ihr.

»Du hättest aber auch mal etwas sagen können«, maulte er. »Wir können ja nicht Gedanken lesen.«

Dieses Mal sparte Banu sich das Rückwärts- und

Vorwärtszählen, drehte sich auf dem Absatz um und schnappte sich ihren Mantel und ihre Tasche. »Es ist schon ein Armutszeugnis, wenn man lieber zur Arbeit geht, als mit seinen Lieben zu frühstücken«, sagte sie und verließ ihre Wohnung in Richtung Präsidium.

Stella freute sich über die gähnende Leere auf dem Parkplatz. Normalerweise musste sie ihr Auto immer in einer der Seitenstraßen abstellen, wenn sie gegen neun Uhr zur Arbeit kam. Natürlich arbeitete sie auch mal an Sonntagen, wenn eine Ermittlung dies erforderte, aber in diesen Fällen ließ ihr Chef sie dann meistens ausschlafen. Sonntags um neun Uhr die Räume der Mordbereitschaft 5 zu betreten, passierte ihr eher selten. Bereits als sie die Außentür aufschloss, bemerkte sie den lieblichen Kaffeeduft, der aus der Teeküche strömte.

»Gab es bei dir auch Frühstücksstress wegen Missachtung?«, fragte Banu, die mit einem Becher in der Hand in der Tür zum Besprechungsraum stand.

»Nein, wir haben uns nur über die Sitzordnung gestritten«, grinste Stella. »Jupiter will seine Schwestern mit Familien unbedingt an einem Einzeltisch unterbringen. Ich möchte, dass sie sich unters Volk mischen.« Sie ließ sich auf einen Stuhl fallen und streckte die Beine aus. »Ich wünschte, es gäbe auch mal andere Themen als diese Hochzeit. Gestern haben wir den ganzen Tag damit verbracht, von Juwelier zu Juwelier zu laufen, um Ringe auszusuchen. Aber es scheitert schon daran, dass Jupiter Rotgold haben möchte und ich Weißgold.«

Banu grinste. »Zumindest werden eure Meinungsverschiedenheiten das Eheleben nicht langweilig werden lassen.«

Stella klatschte in die Hände und ging zum Whiteboard. »Irgendwie ein komischer Zufall, dass wir uns an einem Sonntagmorgen hier treffen. Zumal die Ermittlungen ja eigentlich abgeschlossen sind.«

Banu holte ein Franzbrötchen aus ihrer Tasche und fing an, daran herumzuknabbern. »Der Täter ist gefasst, hat gestanden und ist in U-Haft. Wir haben unseren Job getan.«

Stella antwortete nicht, sondern tippte auf die Fotos der beiden toten Frauen. »Hilde und Franziska – beide wohlhabend, beide Mitte sechzig, und sie haben eine frappierende Ähnlichkeit miteinander. Bisher haben wir aber weiter nichts gefunden, was sie noch gemeinsam haben. Laut Aussagen der Familien kannten sie sich nicht.«

Banu runzelte die Stirn. »Du glaubst also Pascal Grande seine Engelsgeschichte nicht?«

»Du doch auch nicht, Banu. Sonst wärst du ja nicht hier«, stellte Stella trocken fest. Sie hatte ihr Gespräch mit dem Täter immer wieder Revue passieren lassen. Sie konnte gar nicht mal genau sagen, wann die Glaubwürdigkeit von Pascal Grande endgültig ins Wanken geraten war. Wahrscheinlich war es die Geschichte von der vergrabenen Waffe und der wie durch Zauberhand erlangten Treffsicherheit. »Fakt ist, dass es Menschen gibt, die sich einbilden, Stimmen zu hören. Aber das war es dann auch. Ein Wesen ohne physische Gestalt wird das Gewehr wohl tatsächlich nicht verbuddelt haben.«

»Vielleicht ist Pascal Grande hypnotisiert worden und wurde so instrumentalisiert. Ein Mensch aus Fleisch und Blut hat die Waffe vergraben und ihn durch Hypnose dazu gebracht, dort zu suchen.«

Stella war nicht überzeugt. »Das erklärt nicht, warum er auf einmal so gut schießen konnte. Natürlich könnte auch das gelogen und er tatsächlich ein geübter Schütze sein. In Hamburg und Umgebung gibt es niemanden, der Pascal Grande heißt und einen Jagdschein besitzt. Das hat Dario gecheckt.«

»Wir können aber davon ausgehen, dass das gar nicht sein richtiger Name ist.« Banu hatte sich die Gießkanne gegriffen und fing an, die Pflanzen zu gießen. Sie hatte Stella natürlich schon von ihrer Vermutung in Bezug auf Thorsten und die Psychologin erzählt.

»Ich werde Katharina Mayer-Paretzki einfach zur Hochzeit einladen. Unbekannterweise! In der nächsten Woche gehen die Karten raus. Ich bin so gespannt, wie Thorsten reagieren wird.«

»Dass wir jetzt vom Thema abschweifen, bedeutet natürlich, dass uns zu den Ermittlungen nicht viel Neues einfällt. Mich würde noch mal interessieren, wer das andere Mädchen auf dem Foto ist, das ich bei Hilde de Boer gefunden habe.«

»Ja, aber was mich fast noch mehr interessiert, ist das, was auf dem Foto fehlt. Oder wer.« Stella hatte das Foto fast vergessen, da sie diesem Hinweis nicht mehr nachgegangen waren, nachdem Axel Koviak ihnen Bilder von seiner Frau als Kind gezeigt hatte, die dem Mädchen auf dem Foto nicht unbedingt ähnlich sahen. Auf dem Whiteboard wurde es zum größten Teil von dem Phantombild des Täters verdeckt. Stella nahm es ab und legte es zwischen Banu, die die Gießkanne inzwischen wieder weggestellt hatte, und sie auf den Tisch. »Beide Mädchen lächeln in die Kamera. Sie sehen glücklich aus.«

»Schwestern oder Freundinnen?«

Stella erinnerte sich an Fotos, auf denen sie mit ihrer Schwester zu sehen war. Gerade wenn sie gemeinsam für ein Foto hatten posieren müssen, waren meist Bilder entstanden, auf denen beide auffallend künstlich lächelten. Dies wurde immer gravierender, je älter sie wurden. »Ich tippe auf Freundinnen«, sagte sie deshalb. Sie drehte das Foto um. Aber auch mit der Lupe betrachtet, die sie von Thorstens Schreibtisch geholt hatte, gab es absolut keine Spur von Schrift. »Okay, dann fangen wir mal mit der Hypothesenbildung an. Ich denke, dass ein Mensch weggerissen wurde, weil eine der Personen auf dem Foto, wahrscheinlich Hilde, sich nicht mehr an ihn erinnern wollte.«

»Da gehe ich mit«, sagte Banu. »Ich könnte mir vorstellen, dass sie sich zerstritten hatten.« Banu nahm Stella die Lupe aus der Hand. »Wenn man ganz genau hinsieht, kann man an dem Riss noch einen Teil des kleinen Fingers von der entfernten Person erkennen. Wenn man von der Größe der Finger auf das Alter schließt, ist die Person, die fehlt, im selben Alter wie die beiden anderen Mädchen.« Banu starrte noch einige Sekunden lang durch das Vergrößerungsglas. »Und da ist noch etwas: Auch ein bisschen Haar ist direkt am Riss zu erkennen. Ich lege mich mal fest: Abgerissen wurde hier ein Mädchen mit langen schwarzen Haaren.« Banu grinste triumphierend. »Die drei Mädchen waren Freundinnen. Die beiden Mädchen, die auf dem Foto sind, haben sich mit dem anderen Mädchen so verkracht, dass sie es aus ihrem Leben gestrichen haben.«

»Oder sie ist tatsächlich gestorben und deswegen weggerissen worden. Nicht mehr im Leben, nicht mehr im Bild oder so.«

»Aber dann ist es ganz offensichtlich so, dass Hilde

sich nicht mehr an sie erinnern wollte, ihr nicht gedenken wollte.«

Stella schloss die Augen und stellte sich drei spielende Mädchen vor, die alle in den Fünfzigerjahren Kinder gewesen sein mussten. »Hilde hatte also ursprünglich zwei beste Freundinnen. Eine von ihnen gibt es eventuell noch«, sagte Stella.

Banu schien nicht zufrieden zu sein. »Es heißt nicht, dass die andere nicht mehr da ist. Aber sie existierte für Hilde nicht mehr als Freundin.«

»Die Tatsache, dass aber eine beste Freundin noch da ist, war so wichtig für Hilde, dass sie das Foto gehütet hat wie einen Schatz.«

»Möglich. Falls Hilde noch eine beste Freundin außer Mathilde Drossel hatte, haben wir sie bisher nicht gefunden. Und Hilde hat nie von ihr gesprochen.« Banu ging zum Whiteboard und hängte das Foto wieder an seinen Platz. »Eine vielleicht noch existierende Freundin und Hilde umgibt ein Geheimnis, in das noch ein anderes Mädchen verwickelt ist.«

Stella schnalzte mit der Zunge. Eben noch hatte sie ein Gefühl, als wären sie ein Stück weiter, aber tatsächlich waren ihre Gedanken reine Spekulation. »In Wirklichkeit wissen wir gar nichts. Nicht mal, ob eines der beiden Mädchen tatsächlich Hilde ist. Es ist frustrierend.« Sie schaute auf die Uhr. »Weißt du, ob Fatih seinen Imbiss um elf Uhr schon geöffnet hat? Ich habe noch keine Lust, nach Hause zu fahren. Ein Dürüm Döner wäre jetzt genau das Richtige.« Stella sah Banu an, wie es in ihr arbeitete.

»Ich weiß nicht, ob es fair ist, wenn Tim und Can sich den ganzen Vormittag lang um meinen Vater kümmern müssen.«

»Can hat ihn doch bestimmt schon in die Geheimnisse von GTA eingeweiht. Wahrscheinlich haben sie zusammen schon diverse Banken überfallen.« Banu nickte und zog ihr Smartphone aus ihrer Tasche. »Ich schreibe nur kurz eine Nachricht an Tim.«

Die Luft war feucht und es roch muffig. Lisa Borgstedt legte die Arme um ihren Körper, um nicht das bisschen Wärme, das noch in ihrer Kleidung steckte, entweichen zu lassen. Sie hatte Kopfschmerzen und einen bitteren Geschmack im Mund. Ansonsten schien ihr jedoch nichts zu fehlen. Nach und nach gewöhnten ihre Augen sich an die Dunkelheit und sie nahm Konturen im Raum wahr: vorn links in der Ecke ein dreibeiniger Tisch, in der rechten Ecke ein Eimer. Sie war nicht besonders versiert, was Kriminalromane anging, aber sie konnte sich denken, dass das Gefäß als Toilette dienen sollte. Lisa stand schwankend auf und bewegte sich in kleinen Schritten zum Tisch. Dort sah sie eine Flasche mit einer durchsichtigen Flüssigkeit. Sie hatte zwar großen Durst, beherrschte sich jedoch, da sie nicht wusste, ob es nicht vielleicht eine giftige Substanz war. Denn es schien ihr relativ klar zu sein, dass die Person, die sie hierhergebracht hatte, es nicht unbedingt gut mit ihr meinte. Lisa drehte sich um, als sie ein Knarren hörte. Die Luke über der Treppe, die in den Raum hinunterführte, ging für einen Moment auf und Schritte kamen auf sie zu. Ganz automatisch setzte sie sich wieder hin, nahm eine Abwehrhaltung ein und hielt sich die Hände vor das Gesicht. Genau in diesem Moment traf sie ein Lichtstrahl. Lisa traute sich nicht, ihre Hände wegzunehmen, blinzelte jedoch durch ihre Finger hindurch. Was sie sah, verwirrte und ängstigte sie. Ihr gegenüber stand jemand, der eine Maske mit dem Antlitz des amerikanischen Präsidenten, Donald Trump, trug. Ein dünnes Kabel verlief unter der Maske hindurch zu einem Gerät, das die Person am Gürtel trug.

»Wie schön, dass du jetzt wach bist, Lisa«, sagte ihr Gegenüber.

Da die Stimme nicht klang, als wäre sie menschlich, nahm Lisa an, dass es sich bei dem Gerät um einen Stimmverzerrer handelte. »Warum bin ich hier?«, flüsterte sie mit brüchiger Stimme.

»Du weißt es tatsächlich nicht, oder?« Ihr Kidnapper durchschritt den Raum, bis er direkt vor ihr war. »Hast du dich gar nicht gefragt, warum Hilde sterben musste?«

Lisa hatte das Gefühl, als würde man ihr den Boden unter den Füßen wegziehen. Sie konnte sich nicht vorstellen, dass hier die Rede von Hilde de Boer war, aber sie kannte niemanden anderen dieses Namens. Sie geriet ins Wanken, ihr Entführer hielt sie jedoch an den Ellenbogen fest.

»Auch das wusstest du nicht, oder? Du bist so ahnungslos, Lisa!«

Lisa überlegte für Sekundenbruchteile, wann sie zum letzten Mal etwas von Hilde gehört hatte. Definitiv war es die Nachricht auf ihrem Anrufbeantworter vorletzten Dienstag. Warum hatte sie nicht zurückgerufen? Vielleicht war der Anruf ein Hilferuf gewesen. Sie konnte es nicht glauben, dass ihre Freundin tot war. Vielleicht log ihr Entführer sie an? Denn Hilde konnte nicht einfach tot sein. Andererseits war es genauso unwahrscheinlich, dass eine Frau Ende sechzig, die ein völlig normales Leben in einem dynamischen Stadtteil Hamburgs führte, einfach so gekidnappt wurde. Aber noch etwas anderes sehr Beunruhigendes fiel ihr gerade ein, denn die Erinnerung an ihren frühmorgendlichen Spaziergang im Park kam zurück. »Was haben Sie mit Fellini gemacht?«

Die maskierte Person machte ein Geräusch, als würde sie lachen. »Tja, für Futter tut er alles, oder? Ich habe ihn an einen Busch im Park gebunden. Bestimmt hat ihn schon jemand gefunden.«

Lisa war zwar nicht zu hundert Prozent beruhigt, konnte sich nun aber wieder gedanklich ihrer Freundin Hilde widmen. »Woher soll ich denn wissen, ob Sie mir in Bezug auf Hilde de Boer die Wahrheit sagen?«

Der Entführer griff in die Innentasche seiner Jacke. Lisa befürchtete, dass er eine Waffe ziehen würde. Aber er hielt ihr nur einen Zeitungsausschnitt hin mit der reißerischen Überschrift: »Blutbad vor der Apostelkirche: Helgoländer Hoteliersgattin nach der Trauung ihrer Tochter niedergeschossen«.

»Soll ich den Artikel vorlesen?«, schnarrte die Stimme des Kidnappers.

Lisa schüttelte den Kopf. Sie wollte nichts mehr hören. »Bin ich jetzt dran?« Sie hielt sich an der Tischkante fest, da sie auf keinen Fall wollte, dass ihr Gegenüber sie noch mal anfasste.

»Das liegt ganz an dir, Lisa.« Die maskierte Person zog sich einen Hocker heran, anscheinend die einzige Sitzgelegenheit in diesem Raum. »Du darfst mir jetzt eine Geschichte erzählen. Es muss aber eine wahre sein.«

Lisas Gedanken überschlugen sich. Sie ahnte jetzt ungefähr, worauf dies hier hinauslaufen könnte.

»Du kennst doch sicher Scheherazade aus tausendundeiner Nacht. Damit sie nicht von ihrem Mann umgebracht wurde, erzählte sie ihm jede Nacht eine Geschichte, deren Fortsetzung am nächsten Abend folgte. Der Ehemann war so gespannt, dass er Scheherazade nicht tötete, weil er ihre Geschichten zu Ende hören wollte.«

Obwohl eine sehr schwierige Aufgabe auf sie zukam, schöpfte Lisa Hoffnung.

»In der Geschichte von tausendundeiner Nacht ist es so, dass es am Ende gut für Scheherazade ausgeht. Ihr Ehemann ist beeindruckt von den Geschichten und lässt sie am Leben.« Der Kidnapper legte den Kopf schief. »Hier gibt es nur einen Unterschied, Lisa. Deine Geschichten sollen nicht beeindrucken und fantasievoll sein, sondern vor allem der Wahrheit entsprechen. Um es für den Zuhörer spannender zu machen, darfst du sie gern ein wenig ausschmücken. Ich weiß, dass du vor einigen Jahren in einer Schule die Schreibwerkstatt betreut hast. Du hast also Talent fürs Erzählen.« Er hob den Zeigefinger. »Aber: Ich erkenne sofort, wenn du lügst. Dann werde ich meine Maske abnehmen und du wirst sterben. Aber das muss ja nicht sein.«

Lisa atmete tief ein, während der falsche Donald Trump die Beine übereinanderschlug und eine Zuhörerposition einnahm. »Am besten, du fängst damit an, wie alles begann.«

LISAS GESCHICHTE 1958–1961

Ich kann mich noch daran erinnern, dass endlose Felder und Wälder an dem Zugfenster vorbeizogen. Keine Ahnung, warum ich das noch weiß. Vielleicht weil diese Eintönigkeit den Schritt in ein völlig neues Leben markierte.

Für mich als siebenjähriges Kind war es sehr langweilig, mit meiner stets schlecht gelaunten und, wie ich damals fand, schon ziemlich alten Tante allein so eine lange Fahrt zu unternehmen. Ich hatte auch nicht so recht verstanden, wohin es gehen sollte. Meine Eltern waren noch in Hamburg geblieben, da sie unser Haus und das schöne Grundstück, auf dem meine Schaukel gestanden hatte, verkaufen wollten. Ich wusste nicht, warum, hatte immer nur gehört, dass es »für die Sache« sei. Sie würden bald nachkommen, hatten sie gesagt. Tante Emilia hatte bereits eine Zeit lang dort gelebt, wo wir jetzt hinfuhren. Meine Mutter war immer ganz aufgeregt, wenn sie die seitenlangen Briefe von Tante Emilia gelesen hatte. Sie ist dann häufig mit meinem Vater in sein Arbeitszimmer gegangen, und manchmal hörte ich laute Stimmen. Sie waren nicht oft einer Meinung, aber wenn Mama mit Tante Emilias Ideen kam, waren sie es nie.

An diesem Tag im Zug hatte ich versucht, Tante Emilia zu überreden, mit mir »Mensch ärgere dich nicht« zu spielen, aber sie sah mich nur strafend an und schickte mich mit einem Wink in den Gang. Eine Weile stand ich dort und schaute aus dem Fenster auf die vielen Felder und Wälder, die zwischen Hamburg und sonst wo lagen. Als ich gerade überlegte, zurück zu Tante Emilia zu gehen, um sie doch zum Spielen zu überreden, stupste mich ein Mädchen an, das in meinem Alter war. Sie war kleiner als ich, hatte sehr dunkles, fast schwarzes Haar und eine Art Kittel an. Sie sah sehr ärmlich aus, aber ihre Stimme klang fröhlich. »Ist dir auch so langweilig?«, fragte sie und hüpfte dabei von einem Bein aufs andere, als ob sie mal müsste. Ich nickte. »Ich bin Martha«, sagte sie. »Willst du meine Freundin sein? Alle meine anderen Freundinnen wohnen in Lübeck. Und die werde ich wohl nicht wiedersehen.« Sie hauchte auf die Scheibe und schrieb vier Namen untereinander. Welche das waren, habe ich jedoch vergessen. Ich sagte ihr, dass es mir genauso ginge, da ich nun in einer Gemeinschaft in Siegburg leben würde. Das sei ganz weit weg von Hamburg. Das Wort »Gemeinschaft« war für mich komplett abstrakt damals, aber die Erwachsenen hatten es benutzt. Und irgendwie hatte ich das Gefühl, ich müsste Martha gegenüber so tun, als wäre ich erwachsener als sie.

Martha nickte langsam und griff nach meiner Hand. Sie war schon als Kind sehr körperlich gewesen. Während ich so erzogen worden war, dass ich meine Gefühle nicht jedermann zeigte, wollte sie immer, dass die ganze Welt wusste, wie sie empfand. Zumindest am Anfang unserer Freundschaft. »Ich glaube, da fahren wir auch hin. Meine Eltern haben alles verkauft, sogar die Kleidung von mir, Georg und Johann. Das sind meine Brüder, Zwillinge. Sie wollen das Geld einem Mann namens Paul Schäfer geben.« Der Name kam mir bekannt vor. Meine Mutter hatte ihn häufig erwähnt. Ich folgte Martha zu den Sitzplätzen ihrer Familie. An viel mehr erinnere ich mich nicht von der Fahrt nach Siegburg, außer dass es wahrscheinlich der letzte wirklich unbeschwerte Tag meiner Kindheit war.

Als wir in der Privaten Socialen Mission, der Gemeinschaft, ankamen, hatte sich das Wetter verändert. Es hatte angefangen zu regnen, und wir wurden ganz nass, als wir den Lastwagen, der uns vom Bahnhof abgeholt hatte, verließen. Ich fand es schon merkwürdig, mit so vielen Leuten auf der Pritsche des großen Wagens zusammenzusitzen, aber Tante Emilia sagte mir, dass ich jetzt lernen müsste, zu teilen. Ich wäre lange genug zu Hause verwöhnt worden. Wir müssten uns jetzt alle auf die Apokalypse vorbereiten. Da gäbe es kein Arm und Reich mehr. Natürlich konnte ich mit diesem schwierigen Wort nichts anfangen, aber dass es keinen Unterschied mehr zwischen Armen und Reichen geben sollte, fand ich doof.

Auf dem Grundstück standen zwei Häuser: das Waisenhaus und das Gemeinschaftshaus. Wir waren an diesem Tag sehr viele Familien, die aus Norddeutschland gekommen waren. Bestimmt waren es um die dreißig Menschen. Im Gemeinschaftshaus wurden wir von zwei Männern begrüßt. Tante Emilia hatte mir schon gesagt, dass dies die wichtigsten Menschen der Gemeinschaft seien. Sie hießen Hugo Baar und Paul Schäfer. Sie hatte mir nicht gesagt, dass Paul Schäfer ein Glasauge hatte. Ich sah ihn ungebührlich lange an, und Tante Emilia schubste mich weiter. Er hatte mich aber sowieso behandelt, als wäre ich Luft. Deutlich länger verweilte sein Blick auf

Marthas Brüdern Georg und Johann. Mir war das egal. Ich war müde und wollte schlafen. Zu meinem Erstaunen kam ich nicht in das Zimmer von Tante Emilia im Gemeinschaftshaus, sondern wurde mit den anderen Kindern im »Waisenhaus« einquartiert, wo es eine Frau gab, die wir Tante nennen sollten. Sie würde auf uns aufpassen.

Glücklicherweise konnte Martha das Bett neben mir beziehen, in einem Schlafsaal mit insgesamt zwölf Mädchen. Da ich ein Einzelkind bin, fiel es mir sehr schwer, in dieser Nacht einzuschlafen. Das Schnarchen, das laute Atmen um mich herum und das Knarren der sehr harten Betten beim Umdrehen ließen mich lange wach liegen. Martha, die schon eingeschlafen war, wachte mitten in der Nacht auf und nahm stumm meine Hand. Und auf einmal waren meine Augenlider wie Blei.

Der Tagesablauf in der Privaten Socialen Mission unterschied sich sehr von dem Alltag, wie ich ihn in Hamburg kannte. Wir standen immer alle früh auf, und es gab morgens nur Brot und Wasser. Dann ging es auf die Felder oder zum Gänsehüten. Wir mussten von früh bis spät arbeiten, denn Paul Schäfer sagte: »Arbeit ist Gottesdienst.« Und so war es mir sehr schnell egal, mit wie vielen Mädchen ich in einem Zimmer schlief, denn ich war abends so müde, dass mir ganz schnell die Augen zufielen.

Ein paar Frauen, auch Tante Emilia, fuhren täglich auf der Pritsche des Lastwagens in die nächste Stadt, wo die Gemeinschaft einen kleinen Tante-Emma-Laden betrieb. Martha und ich versuchten, möglichst viel gemeinsam für die Arbeit eingeteilt zu werden. Wir merkten schnell, dass Jungs in der Gemeinschaft einen anderen Stellenwert hatten als Mädchen. Es gab zum Beispiel Jungs, die manch-

mal einen ganzen Tag von körperlicher Arbeit befreit wurden. Sie durften sogar die Befehle von Paul Schäfer an die arbeitenden Erwachsenen weitergeben. Am Anfang habe ich sie beneidet, da ich noch nicht wusste, warum sie von Paul Schäfer ausgewählt wurden, für einen Tag seine »Sprinter«, Laufburschen, zu sein.

Alle in der Gemeinschaft mussten jeden Tag ihre Sünden aufschreiben. Bei uns kleineren Kindern war das so, dass wir der Tante sagten, was wir getan hatten, und sie es für uns aufschrieb. Selbst wenn man an einem Tag keine Sünde begangen hatte, war es besser, wenn man etwas beichtete. Ich habe mehrfach mitbekommen, wie es Kindern erging, die sagten, dass sie keine Sünde begangen hätten. Sie wurden sehr schlimm von der Tante verprügelt, oft so stark, dass sie bluteten. Ich glaube, dass sich in dieser Zeit meine Fantasie entwickelte, denn welche Sünde sollte ein siebenjähriges Mädchen schon begehen? Ich wurde also kreativ und dachte mir sogar für Martha ein paar Sünden aus, denn ihr fiel nicht immer etwas ein. Ich weinte viel und wollte nach Hause. Meine Eltern kamen nicht, und Tante Emilia sah ich nur selten. Martha war meine einzige Freundin, alle anderen Mädchen waren mir egal. Bis Hilde kam.

Es war ein kalter Tag irgendwann im März, als der Lastwagen eine neue Ladung Menschen vor Paul Schäfer auskippte. Hilde fiel gleich auf, denn sie überragte die anderen Kinder ihres Alters um mindestens einen halben Kopf. »Die kann ja aus der Regenrinne trinken«, staunte Martha, die noch immer sehr klein für ihr Alter war. Hilde zog in unseren Schlafsaal ein, da eins der Mädchen aus uns unbekannten Gründen auf einmal nicht mehr da war. Das Bett zu meiner linken Seite war frei.

Als Hilde eine Puppe und einen Teddy auspackte und auf ihr Kopfkissen setzte, sah ich sie mitleidig an. »Das wird die Tante dir gleich wegnehmen«, sagte ich ihr. »Auch das Buch kannst du wegschmeißen.« Ich blickte jedoch sehr interessiert über ihre Schulter und las den Titel des Buches, »Alice hinter den Spiegeln«. Ich hatte mir das Lesen selber beigebracht, denn hier gab es keinen richtigen Unterricht. Es wurde jeden Tag von der Tante aus der Bibel vorgelesen, und das war's. Und natürlich kam es genau so. Die Puppe, der Teddy und das Buch wurden Hilde weggenommen. Zusätzlich bekam sie noch ein paar heftige Ohrfeigen von der Tante, weil sie Widerworte gefunden hatte.

In dieser Nacht wurden wir alle von der Tante geweckt. »Heute Nacht sollt ihr etwas lernen«, sagte sie. Wir stellten uns auf dem Flur vor dem Schlafsaal auf. Die Tante nahm Martha an der Hand und zog sie nach vorn. Dann gingen wir im Gänsemarsch auf den Hof. Hilde und ich gingen ganz hinten, aber ich erkannte sofort Marthas Stimme, als sie anfing zu schreien. Fast alle waren vor dem Zaun versammelt, vor dem ein blutiger Klumpen Mensch lag. Es war Marthas Vater. Er wimmerte leise vor sich hin und zuckte nur noch. Paul Schäfer stellte sich vor ihm hin und sagte: »Dieser Sünder hat versucht, unsere Gemeinschaft auf heimtückische Art und Weise zu verlassen. Das ist ein Verrat an Gott, und wir können nicht zulassen, dass er lebt.« Er gab einem der Umstehenden ein Zeichen. »Lass die Hunde vollenden, was sie begonnen haben.« Der Mann ließ drei riesige, geifernde Hunde von der Leine. Diese stürzten sich auf Marthas Vater, rissen ihm den Bauch auf, dass die Eingeweide herausquollen, und bissen in seinen Kopf. Dies alles mussten Martha, ihre Mutter und ihre beiden Geschwister mitansehen. In dieser Nacht schlief in unserem Schlafsaal niemand mehr.

Seit dieser Nacht wurde Martha mindestens einmal pro Tag von der Tante gefragt, ob sie genauso sündig sei wie ihr Vater. Dabei gab es keine richtige Antwort. Martha wurde sowohl für ein Ja als auch für ein Nein geschlagen. Und zwar überallhin. Ihr sonst so schmales Gesicht war häufig von den Schlägen geschwollen, und die Lippen wollten nicht zuheilen, so oft waren sie aufgeplatzt. Anfangs verkrochen Hilde, Martha und ich uns nachts, wenn das Licht aus war, zu dritt in einem von unseren Betten. Leider wurden wir verpetzt, vermutlich von Mechthild, die neidisch auf unsere Freundschaft war, und wir wurden so verprügelt, dass wir mehrere Tage nicht sitzen konnten.

Im Frühjahr 1960 war zumindest mit den Schlägen ins Gesicht erst mal Schluss. Eines Morgens kam die Tante zu uns und sagte, wir sollten uns anziehen und mit ihr mitkommen, da Paul Schäfer uns erwartete. Paul Schäfer und Gott waren für uns so ungefähr auf einer Ebene. Mit der Zeit hatten wir aufgehört, an einen gütigen Gott zu glauben, sondern hatten nun einen grausamen Gott vor Augen, der alle Sünden aufs Härteste bestrafte und niemals vergab.

Wir sahen Paul Schäfer außerhalb der Predigten selten, da er sich fast nur mit den Jungs befasste. Da wir Angst vor ihm hatten, war uns dies allerdings sehr recht. Insgesamt waren wir zwölf Mädchen aus den unterschiedlichen Schlafsälen, die sich in dem großen Raum des Gemeinschaftshauses versammelt hatten. Paul Schäfer saß in seinem Sessel wie auf einem Thron. Es war sehr unheimlich, so dicht vor ihm zu stehen, denn dadurch, dass eins seiner Augen aus Glas war, wusste man nie, ob er einen ansah oder nicht.

»Ihr werdet ab heute in der Grundschule in Much unterrichtet. Benehmt euch dort und sprecht nicht mit anderen. Zügelt also eure Schwatzhaftigkeit, sonst werdet ihr bestraft. Gott sieht alles, das wisst ihr ja. Ihr dürft nur unter euresgleichen bleiben. Habt ihr das verstanden?« Ich blickte zu Boden und nickte stumm, aber in Wirklichkeit Schlug mein Herz Purzelbäume. Später habe ich erfahren, dass der Schein gewahrt werden musste. Auf keinen Fall wollte Paul Schäfer, dass in seiner Gemeinschaft herumgeschnüffelt wurde, weil Kinder nicht unterrichtet wurden. Und so pickte er sich wahllos einige der sowieso »unnützen« Mädchen heraus und schickte sie in die Schule.

Martha, Hilde und ich kamen in eine zweite Klasse mit fünfunddreißig anderen Kindern. Der Lehrer war sehr nett. Er fand schnell heraus, dass Hilde und ich schon gut lesen und rechnen konnten, und lobte uns dafür. Die anderen Kinder sahen uns neugierig an, sagten aber nichts. Für sie waren wir Exoten. Wir hatten abgetragene und zum Teil geflickte Sachen an und wurden morgens immer mit den anderen neun Mädchen von dem Laster vor der Schule abgeladen. Und auch wenn wir so taten, als würden die Blicke uns nichts ausmachen, waren wir doch neidisch auf das normale Leben unserer Klassenkameraden, die morgens immer ein reichliches Pausenbrot dabeihatten und mittags von ihren Müttern vor dem Schultor abgeholt wurden.

Für uns gab es keine Eltern mehr. Martha hatte ihre Mutter seit den schrecklichen Ereignissen in der Nacht, als ihr Vater versucht hatte zu fliehen, nie wieder gese-

hen. Und auch Hilde lebte wie alle anderen Kinder in der Privaten Socialen Mission von ihren Eltern getrennt. Sie hatte ihrer Mutter einmal zuwinken können, als sie ihr auf den Feldern begegnet war, musste dies jedoch abends als Sünde aufschreiben und wurde dafür bestraft. Und meine Eltern waren wohl gar nicht in die Gemeinschaft gekommen. Oder ich hatte sie noch nicht wahrgenommen. Als wir noch auf den Feldern gearbeitet hatten, waren wir abends zu müde, um uns viel über unsere Situation auszutauschen, aber nun hatten wir mehr Zeit und, außerhalb der Zäune der Privaten Socialen Mission, auch den Ort dafür.

»Ich vermisse mein Zuhause«, seufzte Hilde, als wir auf der Bank vor dem Klassengebäude in der Sonne saßen. »Dass du diesen Satz gesagt hast, kannst du dir heute Abend als Sünde aufschreiben«, sagte ich und knuffte Martha in die Seite, die heute wieder einen sehr schweigsamen Tag hatte. Es wunderte mich nicht, dass sie in Tränen ausbrach. »Ich würde so gern Johann und Georg wiedersehen«, jammerte sie, »und meine Mama!« Weil wir nun tatsächlich so viele Pausen hatten, überlegten wir uns etwas, obwohl wir wussten, dass es gefährlich sein würde.

Johann und Georg schliefen in einem Schlafsaal im Erdgeschoss. Martha hatte einmal kurz hineingeschaut, als sie vorbeiging, um in den zweiten Stock zu gelangen, und gesehen, dass beide die Betten am Fenster nebeneinander hatten. Was wir uns überlegt hatten, lief fast planmäßig. Wir aßen in verschiedenen Schichten zu Abend, damit Jungen und Mädchen sich nicht sahen, denn sie sollten nicht auf sündige Gedanken kommen. Recht naheliegend war es, dass das Erdgeschoss zuerst aß, dann der erste und zum Schluss der zweite Stock. Und obwohl

Hilde und ich wussten, dass wir einige Schläge dafür bekommen würde, sagten wir abends der Tante, dass wir gleich mehrere Sünden aufschreiben wollten, um sie von Martha abzulenken. Die Tante rief uns zu sich in das Gemeinschaftshaus, während Martha sich unbemerkt in den leeren Schlafsaal ihrer Brüder schlich und ihnen Nachrichten unter die Kissen legte, auf denen stand, dass sie sie um Mitternacht hinter dem Schuppen treffen wollte. Es war sehr riskant, das wussten wir, da hier selbst die Wände Ohren hatten, aber wir wollten Martha diesen Wunsch erfüllen, da sie ja nun schon ihren Vater verloren hatte, und wir fanden, dass sie noch deutlich einsamer war als wir. Außerdem waren wir immer brav und glaubten nicht, dass jemand von uns vermutete, dass wir etwas heimlich machen würden.

So weit klappte auch alles, und wir warteten voller Spannung auf Mitternacht. Jede von uns hatte eine Aufgabe übernommen. Hilde würde hinter der großen Eiche Schmiere stehen und ich neben dem Schuppen, von wo man einen guten Blick auf das Gemeinschaftshaus hatte. Glücklicherweise waren die anderen Mädchen in unserem Schlafsaal nicht so privilegiert und schliefen, da sie tagsüber auf den Feldern schuften mussten, immer sehr tief. Wir konnten uns unbemerkt rausschleichen. Aus der kleinen Kammer der Tante kamen laute Schnarchgeräusche. Momentan hatten wir also auch von ihr nichts zu befürchten.

Was wir nicht bedacht hatten, war, dass in dieser Nacht Vollmond war. Der Hof war fast taghell erleuchtet.

Um null Uhr fünfzehn waren wir sicher, dass Georg und Johann nicht kommen würden. Wir wollten gerade die enttäuschte Martha unterhaken und wieder zurück-

gehen, als wir einen Umriss sahen, der flink wie ein Wiesel von Schatten zu Schatten sprang. Als wir näher kamen, erkannte Martha ihren Bruder Johann. »Warum bist du allein?«, flüsterte sie. Johann sah zu Boden und stammelte. »Georg schämt sich so sehr. Er sagt, er kann dir nicht in die Augen sehen.« Martha runzelte die Stirn. »Er hat ganz schlimme Dinge mit uns gemacht, Martha. Schon mehrfach. Zum ersten Mal vor ungefähr einem Jahr. Georg und ich waren an diesem Tag seine Sprinter. Wir fanden das toll, da wir nicht schuften mussten, sondern auch mal Anweisungen geben durften. Abends hat Paul Schäfer uns dann aufgefordert, im Gemeinschaftshaus zu duschen. Nach kurzer Zeit ist er zu uns gekommen und hat uns abgeseift.« Ich traute meinen Ohren nicht, als Johann immer weiter von diesem Abend erzählte. Natürlich wusste ich noch nicht viel über Sex. Aber ich wusste ganz sicher, dass es nicht recht war, dass ein Mann sich zwei kleinen Jungs derart näherte. »Ist denn das keine Sünde?«, fragte ich. Aber Johann zuckte nur verzweifelt mit den Achseln. »Ich schäme mich so«, heulte er. Leider hatten weder Hilde noch ich unsere Posten bezogen, da wir beide so schockiert, aber auch fasziniert von der Geschichte waren, dass wir Johann nicht verlassen wollten. Und genau das war unser Fehler. Ich hörte das leise Knurren als Erste. Glücklicherweise war das riesige schwarze Hundemonster an der Leine. Und zunächst war ich erleichtert, denn am anderen Ende der Leine war meine Tante Emilia. Die Erleichterung hielt aber nur einige Sekunden an, denn meine Tante öffnete den Mund und brüllte »Verrat!«, und auf einmal waren viele Menschen da, die an uns zogen und zerrten. Wir verbrachten die Nacht stehend in so klei-

nen Einzelzellen, dass wir uns nicht hinlegen konnten. Und am nächsten Tag erwarteten uns Prügel, wie ich sie noch nie vorher erlebt hatte. Einen Moment lang dachte ich, dass man uns totschlagen würde. Unsere Gesichter wurden jedoch verschont. Ich nehme an, dass sie nicht wollten, dass wir mit sichtbaren Verletzungen in der Schule erschienen.

Niemand von uns hat Johann oder Georg je wiedergesehen. Tatsächlich hatten wir kurz darüber gesprochen, unserem Lehrer die Wahrheit zu sagen. Wir wussten jedoch, dass man uns dieses Mal umbringen würde, wenn etwas herauskam. Und wir waren nicht sicher, ob unser Lehrer uns glauben würde oder wegen Lügen mit unserer Tante oder, noch schlimmer, mit Paul Schäfer sprechen würde, denn unsere Eltern hatten der Privaten Socialen Mission das Sorgerecht übertragen. Nach der Prügel-Orgie wurden wir wieder so behandelt wie immer. Wir gingen zur Schule, machten unsere Hausaufgaben und hüteten nachmittags die Gänse oder machten Gartenarbeit. Abends halfen wir beim Bau eines weiteren Hauses, denn es kamen immer mehr Familien in der Privaten Socialen Mission an.

Im Herbst 1961 änderte sich alles. Es war ein strahlend schöner Tag und wir hatten in den ersten beiden Schulstunden gebastelt. Als es zur Pause klingelte, stand die Tante an der Tür des Klassenraumes. Sie sagte, dass wir heute nicht bis zum Schluss in der Schule bleiben würden. Bald würden die Russen kommen, aber Gott hätte ein anderes Schicksal für uns vorgesehen. Mit dem Laster, auf dem schon die anderen neun Schulkinder saßen, fuhren wir zu einem Flughafen, auf dem bereits ein Flugzeug auf uns wartete. Als wir wie in Trance an Bord tau-

melten, ahnten wir noch nicht, dass die schlimmste Zeit in unserem Leben erst beginnen würde.

*

Banu hatte ihrem Körper einen Fünf-Kilometer-Lauf durch die auch am Sonntag belebten Straßen von Eimsbüttel gegönnt. Merve hatte nicht wieder angerufen, und Banu war zu stolz, als Erste die Initiative zu ergreifen. Sie wusste momentan auch nicht, was sie ihrer Tochter sagen sollte, außer dass sie sich ihre Hirngespinste aus dem Kopf schlagen sollte.

Banu war an diversen Cafés vorbeigetrabt, vor denen junge Mütter mit ihren dick vermummten Kleinkindern saßen und Soja-Lattes tranken, während die kleinen Emmas und Fritz' dieser Welt unlustig auf Leinsamenkräckern herumkauten. Und als sie schon auf dem Rückweg war, wurde sie beinahe von einem Fahrradfahrer angefahren, der völlig rücksichtslos durch den Lindenpark heizte.

Nach den ersten zwei Wochen ihres neuen und gesunden Lebens war Banu sehr zufrieden mit den Resultaten. Nicht nur, dass sie eineinhalb Kilo abgenommen hatte. Sie hatte auch das Gefühl, dass ihr Gewebe insgesamt straffer wurde. Banu war zwar nie wirklich dick gewesen, aber an manchen Stellen hatten sich ein paar unschöne Fettpölsterchen angesammelt. Sie fand, dass dies bei von Natur aus zierlicheren Menschen noch ungünstiger aussah als bei kräftig gebauten. Tim und Can hatten ihren Vater mit auf einen kurzen Spaziergang genommen. Wahrscheinlich wollten sie einem erneuten emotionalen Ausbruch von ihr zuvorkommen. Und nun, nach dem Duschen, hatte sie Zeit, sich mit dem zu befassen, vor dem sie sich ein bisschen fürchtete. Ihre Blicke fielen immer wieder auf die Handtasche mit den Briefen, die sie bei ihrer Mutter gefunden hatte. Sie ging in die Küche, machte sich einen Tee und setzte sich mit dem in ein blaues Schleifenband eingewickelten Stapel Briefe auf das Sofa. Den ersten Brief las sie gleich dreimal, da sie nicht glauben konnte, was sie vor ihren Augen sah. Als sie alle Schriftstücke durchgearbeitet hatte, war der Tee kalt geworden und sie hörte den Schlüssel in der Haustür. Morgen war der Termin im Krankenhaus, an dem die Ergebnisse der Biopsie besprochen werden sollten. Es war wahrscheinlich unpassend, ihre Mutter auf die Briefe anzusprechen, aber Banu hatte auf jeden Fall Klärungsbedarf.

MONTAG, DEN 03. APRIL 2017

Stella stemmte die Hände in die Hüften. »Wenn der Chef sagt, es wird abgewrackt, dann wird abgewrackt.« Sie nahm eins der Flipchartpapiere, die an die Wand geklebt worden waren, und rollte es zusammen, nachdem Gunnar es fotografiert hatte.

»Bist du traurig, Stella, dass es nun doch nicht wirklich ein Serienkiller war?«, fragte Dario in seiner gewohnt flapsigen Art.

Stella fiel daraufhin ein, dass sie ihn zur Rede stellen wollte. Vielleicht sollte sie eine Erinnerung in ihren Outlook-Kalender setzen, damit sie es tatsächlich auch mal tat. Denn sie hatte das Gefühl, dass er immer dreister wurde. »Es geht grade noch so«, erwiderte sie betont gelassen. »Welche Polizistin kann schon von sich behaupten, je mit dem physischen Gefäß eines Engels gesprochen zu haben.«

Gerade als Banu das Foto der beiden Mädchen abräumte, kam Thorsten in den Besprechungsraum. Sonst ein eher hanseatisch unaufgeregtes Gemüt, schien er heute sehr unter Strom zu stehen. Stella hoffte, dass es keine Streitereien mit seiner Freundin gab, denn seit Thorsten verliebt war, hatte er meistens gute Laune. Ihr Chef klatschte in die Hände, um sich Gehör zu verschaffen, und forderte alle auf, sich hinzusetzen. »Ihr könnt das ganze Gedöns wieder aufhängen«, sagte er. »Pascal Grande hat zwar gestanden, die Morde begangen zu haben, aber der Fall ist wohl noch nicht beendet.«

Stella warf Banu einen Blick zu und konnte ihrer Mimik entnehmen, dass sie dasselbe dachte. Gestern hatten sie noch einige Fragezeichen im Fall Koviak/de Boer gesehen, die nicht ansatzweise beseitigt worden waren. Da kam die Aussage von Thorsten gar nicht so überraschend. Dario und Gunnar jedoch starrten ihren Chef völlig perplex an.

»Gestern gegen kurz nach vier Uhr morgens hat ein Zeuge einen Hund im Altonaer Volkspark an einen Baum gebunden gefunden.« Thorsten schwieg einen Moment und schien die Spannung in den Gesichtern seiner Mitarbeiter zu genießen. »Der Hund trug ein Halsband mit einer kleinen Kapsel, in der sich ein Zettel mit Namen und Adresse der Besitzerin befand. Die Dame heißt Lisa Borgstedt und wohnt nicht weit vom Park entfernt. Sie war jedoch nicht anzutreffen. Ein Nachbar hat einen Schlüssel und hat aufgesperrt.«

»Lass mich raten«, sagte Dario, »Lisa Borgstedt ist Mitte sechzig, schlank und hat lange graue Locken.«

Thorsten schüttelte den Kopf. »Das weiß ich tatsächlich nicht. Aber das Team, das gestern Bereitschaft hatte und sich in der Wohnung der Vermissten umgesehen hat, hat eine sehr interessante Nachricht auf dem Anrufbeantworter gefunden. Vom vorletzten Dienstag. Ratet mal, von wem?«

Stella lag die Antwort auf der Zunge, doch Banu war schneller. »War es Hilde de Boer?«

Nun nickte Thorsten. »Und da ja hier allgemein bekannt ist, dass wir uns mit den Doppelmorden beschäftigen, hat man mich natürlich gleich benachrichtigt.«

Dario sah nachdenklich auf seine Schreibunterlage. »Aber wir haben doch Hildes Handy gecheckt. Am besagten Dienstag war sie ja schon in Hamburg. Sie hat nur Annika angerufen.«

»Na ja«, sagte Stella und rollte innerlich mit den Augen. »Es gibt ja wohl nichts Einfacheres, als die getätigten Anrufe zu löschen. Und dies passt ja auch in das Bild, das wir von Hilde haben. Sie hat von sich selbst nie etwas preisgegeben. Es umgab sie stets ein großes Geheimnis.«

Thorsten nickte. »Ich kann mir jedoch vorstellen, dass sie gar nicht von ihrem Handy aus angerufen hat, aus Angst vor Nachverfolgung, sondern von einem Festnetztelefon in ihrem Hotel oder in einem Restaurant. Das kriegen wir ja schnell raus, wenn wir die Verbindung überprüfen.«

Banu stand auf und nahm ihr Lieblingswerkzeug, den Edding, in die Hand. »Hilde hat ihr Geheimnis mit ins Grab genommen, aber vielleicht kann Lisa es lüften.«

»Aber wahrscheinlich nur, wenn es uns gelingt, sie zu finden«, sagte Gunnar.

»Genau.« Thorsten nickte. »Und deshalb fahren Banu und Gunnar in die Wohnung von Lisa Borgstedt, um sich genauer umzusehen. Dario und Stella befragen den Zeugen, der den Hund gefunden hat. Und ich fahre mit Katharina Mayer-Paretzki ins Untersuchungsgefängnis und konfrontiere Pascal Grande mit dem Verschwinden von Lisa Borgstedt. Vielleicht äußert er ja etwas psychologisch Interessantes.«

Stella blinzelte Banu verschwörerisch zu. Sie wunderte sich, wie Thorsten es schaffte, selbst aus einem Verhör ein Date zu machen. Dann stand sie auf und holte ihre Handtasche von der Garderobe. Bei aller Genugtuung, richtiggelegen zu haben, dass der Fall noch nicht abgeschlossen war, wusste sie, dass nun Eile geboten war. Denn wahrscheinlich hing Lisa Borgstedts Leben an einem seidenen Faden, den der Entführer willkürlich jederzeit kappen konnte.

Banu bewunderte die ältere Dame dafür, wie sie es schaffte, jeden Tag die vier Stockwerke zu ihrer Altbauwohnung zu bewältigen. Denn mit einem Hund musste man ja jeden Tag mehrere Male raus. Banu hatte allerdings vor vielen Jahren eine Frau kennengelernt, deren Yorkshireterrier aufs Katzenklo gegangen war. Vielleicht war das in diesem Fall ja auch so.

»Geschafft«, sagte Gunnar und verschnaufte einige Sekunden, bevor er die Wohnungstür aufschloss. Banu beobachtete ihn mitleidig. Ihre Lungenkapazität war noch lange nicht erschöpft. Als Gunnars Frau Tanja schwanger geworden war, hatte er ziemlich an Kilos zugelegt. Nun war die gemeinsame Tochter fast fünf Jahre alt und der Speck war immer noch da.

Der kleine Flur der Wohnung war aufgeräumt und nur mit einer Hängegarderobe und einem schmalen Sekretär, auf dem das Telefon stand, möbliert.

»Ich schlage vor, dass wir uns den Anruf anhören, nachdem wir uns umgesehen haben.«

Gunnar nickte und öffnete die Tür, die in die Küche führte. Auch hier konnte Banu nichts Ungewöhnliches erkennen. An den Wänden hingen gerahmte Weisheiten, wie man sie häufig bei älteren Leuten fand.

»Immer wenn du glaubst, es geht nicht mehr, kommt von irgendwo ein Lichtlein her«, las Gunnar vor.

Banu fuhr herum, als sich hinter ihr jemand räusperte. Im Türrahmen stand ein korpulenter, kahlköpfiger Mann in Hausschuhen. »Sie sind wahrscheinlich Enno Franzke, der Nachbar von Lisa Borgstedt. Sie haben uns ganz schön erschreckt.«

Der kleine Mann hob die Hände. »Das tut mir leid. Man kann sich gar nicht vorstellen, dass so ein dicker Mann wie ich so leise sein kann, oder?« Er kicherte. »Ich hatte nur gesehen, dass Lisas Tür offen steht, und wollte nach dem Rechten sehen. Es ist sehr schlimm, dass sie verschwunden ist. Ihren Hund habe ich zu mir genommen.«

Banu nickte. Zur offiziellen Vernehmung würden sie Enno Franzke sowieso noch aufs Revier bestellen. Aber einige Fragen konnten sie auch jetzt klären. »Wie gut kannten Sie Lisa Borgstedt?«

»Nicht so gut. Ich wohne erst seit einem halben Jahr hier. Ich habe manchmal ihre Taschen nach oben getragen, wenn ich gesehen habe, dass sie nicht mehr konnte. Sie ist eine nette Dame. Und so süß mit ihrem Hund.«

»Hm«, machte Gunnar. »Und warum hatten Sie einen Schlüssel für die Wohnung?«

»Frau Borgstedt hatte mich überraschenderweise auserkoren, während ihres Urlaubs nach dem Rechten zu sehen. Sie ist erst am Samstag spätnachmittags von der Ostsee zurückgekommen, und da war noch keine Zeit, ihr den Schlüssel zurückzugeben.«

»Vielen Dank«, sagte Banu. »Sie werden von uns noch eine Einladung zu einem Gespräch im Polizeipräsidium bekommen. Es ist ganz wichtig, dass Sie dort erscheinen.«

»Eine Frage noch, bevor Sie gehen. Hatte Lisa Borgstedt viele Freundinnen? Hat Sie Ihnen gegenüber mal von einer Hilde de Boer gesprochen?«

Der kleine Mann zuckte mit den Achseln. »Ich habe sie immer nur allein gesehen. Von einer Freundin weiß ich nichts.«

Gunnar nickte Enno Franzke zu, woraufhin sich dieser entfernte. »Okay, dann lass uns mal das Wohnzimmer inspizieren.«

Auch hier fiel Banu nicht sofort etwas Außergewöhnliches ins Auge. Auf einer Anrichte in hellem Holz standen einige gerahmte Fotografien. Auf vielen Bildern war ein großer dunkelhaariger Mann mit einer blonden Frau zu sehen. Da eins der Bilder ganz offensichtlich ein Hochzeitsbild war, schloss Banu, dass es sich bei den beiden Personen um Lisa Borgstedt und ihren Ehemann handeln musste. Sie nahm das Foto in die Hand und drehte den Rahmen um. Auf der Rückseite stand »Lisa und Thomas, April 1990«.

»Lisa Borgstedt scheint eine echte Fotoliebhaberin zu sein.« Gunnar zeigte auf ein Bücherregal mit diversen Alben, auf deren Rücken Jahreszahlen notiert waren.

Banu griff nach dem Album mit der Zahl »1948–1961« und blätterte es wahllos durch. Als sie die vorletzte Seite aufschlug, begann sich ihr Herzschlag zu beschleunigen. Auf dem Schwarz-Weiß-Foto waren drei Mädchen zu sehen. Sie lächelten fröhlich in die Kamera. Zwei Mädchen hatten helle Locken und eines schwarze lange Haare. Banu stieß Gunnar an. »Nun wissen wir, wie das Mädchen ausgesehen hat, das von Hilde de Boer aus dem Foto gerissen wurde.«

Die Frau, die Stella im Vernehmungsraum gegenübersaß, war definitiv ein Mann. Die Perücke mit den roten langen Haaren war schlampig aufgesetzt. Einige graue Haare an den Schläfen waren nicht bedeckt und das Haarteil saß nicht gerade. Die blauen Augen waren stark geschminkt und die Lippen mit einer dicken Schicht rotem Lippenstift bedeckt. Es sah fast aus wie gespachtelt. Der Mann musste sich mindestens zwei Tage lang nicht rasiert haben, denn am Kinn sprossen unregelmäßig graue Bartstoppeln. Nun waren für Stella als Bewohnerin einer pulsierenden Großstadt Transsexuelle natürlich kein besonders ungewöhnlicher Anblick. Irritierend war allerdings, dass der Zeuge Dario die ganze Zeit anstarrte, Stella aber irgendwie gar nicht wahrnahm. Dario schien das Interesse an seiner Person eher peinlich zu sein. Er blickte auf die Tischoberfläche und vermied offensichtlich den Blickkontakt.

»Sind Sie Paul Hartwig?«, fragte Stella.

Der Angesprochene legte ein Bein über das andere. »Ja, aber es wäre mir lieber, wenn Sie mich Paula nennen würden.«

Stella nickte. »Generell sprechen wir hier aber keine Zeugen mit Vornamen an.« Sie blickte zu ihrem Kollegen, ob dieser mit der Befragung starten würde. Dario schien jedoch sein Interesse an der Tischplatte noch nicht verloren zu haben. »Sie waren am Sonntag in den frühen Morgenstunden im Altonaer Volkspark spazieren und haben etwas gesehen. Was haben Sie denn zu dieser ungewöhnlichen Tageszeit dort gemacht?«

Paula Hartwig räusperte sich. »Also, ich hatte ein Date auf der anderen Seite des Parks, und da es nach Hause zu mir schneller geht, wenn man den Weg durch den

Park nimmt, war ich dann quasi auf dem Rückweg.« Der Zeuge machte eine Pause und wandte seinen Blick kurz von Dario ab, um Stella anzusehen. »Ich war ziemlich niedergeschlagen, da ich Stress mit meinem Freund hatte. Ursprünglich wollte ich das ganze Wochenende bei ihm verbringen, aber wir haben völlig unterschiedliche Ansichten, wie eine Beziehung laufen sollte. Er ist so spießig monogam eingestellt«, Paula Hartwig machte eine verächtliche Handbewegung, »und ich liebe die Abwechslung.« Wieder wurde Dario ein interessierter Blick zugeworfen.

»Kommen wir nun zum Kern unseres Gesprächs. Was haben Sie gesehen?«

»Da war eine alte Frau mit einem weißen Hund. So ein ganz wolliger. Er sah eher aus wie ein Schaf. Ich habe mich zunächst ein wenig gewundert, aber man hört ja viel von seniler Bettflucht bei alten Menschen. Also bevor man dann zu Hause die Decke anstarrt, weil man nicht schlafen kann, kann man ja genauso was Sinnvolles machen.«

Da Dario noch immer ein Totalausfall war, fuhr Stella fort. »Haben Sie noch jemanden gesehen?«

»Nein, keinen Menschen. Aber kurz bevor ich um die Kurve ging und die Frau gesehen habe, ist mir ein großes Auto so wie ein VW-Bus oder Ford Transit oder so etwas aufgefallen. Ich habe mich gefragt, ob man im Park überhaupt parken darf.«

»Sind Sie an der Frau vorbeigegangen?«

»Ja, aber weiter war da nichts Ungewöhnliches. Komisch war nur, dass ich mich ungefähr zwei Minuten, nachdem ich der Frau begegnet bin, umgedreht habe und sie dann auf einmal weg war.«

»Haben Sie etwas gehört?«

Paula Hartwig zeigte auf den großen Kopfhörer, der um seinen Hals hing. »Nein. Bis ich der Frau begegnet bin, habe ich Musik gehört. Kurz nachdem sie an mir vorbeiging, war aber der Akku alle.«

Stella fand, dass es nun an der Zeit war, ihren Kollegen zur Arbeit zu motivieren. »Hast du noch Fragen an den Zeugen, Dario?«

»Nein«, sagte Dario ziemlich leise, hob kurz den Kopf und sah Paula Hartwig an. Dieser eine Blick genügte, um bei dem Zeugen einen Funken der Erkenntnis zu entzünden. Paula Hartwig schlug mit der flachen Hand auf den Tisch und lachte. »Du bist Lotta Love. Ich wusste gleich, dass ich dich kenne.« Er zwinkerte kokett. »Und tatsächlich kenne ich dich ja ganz gut.«

Stella bemerkte, wie Darios Gesicht dunkelrot anlief.

»Ich weiß nicht, was Sie meinen«, sagte er und stand auf. »Ich denke, wir haben keine weiteren Fragen. Wenn Ihnen noch etwas einfällt, kontaktieren Sie uns bitte.«

Paula Hartwig lachte. »Ich wollte dich nicht in Verlegenheit bringen. Ist bestimmt nicht einfach als Polizist mit solch einem Hobby.« Beim Vorbeigehen berührte Paula Dario kurz am Arm. »Wenn du reden möchtest: Du weißt ja, wo ich wohne.«

Stella schloss die Tür, als Paula Hartwig das Zimmer verlassen hatte. »Ich brauche jetzt eine Pause. Möchtest du einen Tee?«

Dario nickte stumm, und Stella verließ den Raum Richtung Teeküche. Sie war reichlich verwirrt über die neuen Informationen. Unkommentiert konnten sie nicht zwischen ihr und ihrem Kollegen stehen bleiben. Deshalb hoffte sie, dass Dario sich auf ein ehrliches Gespräch mit ihr einließ und nicht sofort wieder in sein typisch flapsiges Rollenverhalten fiel. Sie stellte den dampfenden Becher mit grünem Tee vor ihm ab und nahm einen Schluck von ihrem Kaffee.

»Stella, bitte schwöre, dass du keinem verrätst, was gerade passiert ist.«

Stella hob ihre Hand und machte das Schwurzeichen. »Ehrlich gesagt war mir schon am Anfang des Gesprächs klar, dass hier etwas seltsam ist. Du hast Paula Hartwig wahrscheinlich gleich erkannt.«

»Ja«, sagte Dario, »ich habe vor ungefähr zwei Wochen mit ihm geschlafen. Nur ein One-Night-Stand, nichts Spektakuläres.« Er pustete in seinen heißen Tee.

»Also du musst nicht denken, dass es mir irgendetwas ausmacht, dass du schwul bist. Aber was hat es mit dem Namen Lotta Love auf sich?«

»Ich bin bi«, sagte Dario, »nicht schwul. Aber das Komplizierte ist, dass ich mich gern aufstyle. Also künstliche Fingernägel, High Heels, Perücke mit Bienenkorbfrisur. Das ganze Programm eben. Ich gehe in die passenden Etablissements auf dem Kiez und feiere dort so. Lotta Love ist sozusagen mein Alias.«

»Du bist eine Dragqueen. Ein zugegebenermaßen ungewöhnliches Hobby.«

»Aber eben in Hamburg nicht so ungewöhnlich wie in einem Dreihundert-Seelen-Dorf.«

Stella ging gerade ein Licht auf. »Deswegen wolltest du unbedingt nach Hamburg.«

Dario nahm sein Handy aus der Jackentasche und zeigte Stella ein Foto. »Das bin ich in voller Montur als Lotta Love.«

Sie stieß einen bewundernden Pfiff aus.

Dario reagierte mit einem eher traurigen Lächeln. »In meiner Heimat habe ich mich nur in meiner Wohnung so angezogen, aber mein Verlangen, als Lotta Love unter Leute zu gehen, wurde immer größer. An den Wochenenden bin ich dann häufig nach Hamburg gefahren, war auch mehrfach beim Christopher Street Day. Ich bin immer als Dario nach Hamburg gefahren und die Transformation zu Lotta fand dann bei einer Freundin statt. Leider war diese beim letzten CSD nicht in Hamburg. Ich hatte zunächst überlegt, ein Hotelzimmer zu nehmen. Aber irgendwie war ich zu geizig. Deshalb habe ich mich zu Hause geschminkt, bin allerdings mit einer dezenten Langhaarperücke direkt von meiner Wohnung in die Tiefgarage gefahren und ins Auto gestiegen. Das hat auch alles funktioniert. Als ich nach der Veranstaltung dann nach Hause kam und gerade dabei war, mich abzuschminken, sah mich ein Kollege dabei. Er hatte an meiner Wohnungstür geklingelt und war, da ich nicht aufgemacht hatte, um das Haus herumgegangen. Leider hatte ich die Vorhänge nicht zugezogen, und er muss wohl etwas länger am Fenster gestanden haben. Am nächsten Tag sagte er mir, dass ich mich aus dem Dorf verpissen solle, da es dort für Perverse keinen Platz gäbe. Er würde es für kurze Zeit für sich behalten, es dann aber unserem Chef erzählen müssen. Und der hätte für Arschficker noch weniger übrig als er. In Hamburg war gerade eine Stelle freigeworden.«

»Und dann hast du dir tatsächlich jede Folge von Großstadtrevier reingezogen.« Stellas Bewunderung für ihren Kollegen wuchs ins Unermessliche.

Nun grinste Dario. »Ja, Tag und Nacht. Meine Recherchen hatten ja ergeben, dass Thorsten ein glühender Fan von Jan Fedder ist.«

»Wenn ich dir jetzt sage, dass du dir den ganzen Aufwand hättest sparen können, da du der einzige Bewerber warst?«

Dario zuckte mit den Achseln. »Trotzdem nicht verkehrt. Es ist schon eine tolle Serie.«

»Ich werde natürlich zu niemandem etwas sagen.«

Dario blickte Stella streng an, wobei er eine Augenbraue hob.

»Nein, auch nicht zu Banu. Aber tust du mir den Gefallen und nimmst mich mal in einen deiner Clubs mit?«

Dario legte ihr die Hand auf den Arm. »Mit dem größten Vergnügen«, sagte er.

Banu war froh, dass ihre Schwester sich ebenfalls freigenommen hatte, um bei der Besprechung der Ergebnisse der Biopsie dabei zu sein. Hatice trug heute ein pinkfarbenes Kopftuch, passend zu einem rosa-grau-gestreiften Hemdblusenkleid. Für Banu war das Kopftuch immer Teil einer veralteten und frauenfeindlichen Tradition. Sie musste aber zugeben, dass Hatice die Fähigkeit besaß, es als äußerst modisches Accessoire in ihren Look einzubauen.

Die Ärztin bat sie, Platz zu nehmen und für ihre Mutter zu übersetzen. »Leider ist der Tumor am Gebärmutterhals bösartig.« Sie machte einen Moment Pause, damit Gamze Kurtoğlu, Banu und Hatice sich nach dieser Nachricht kurz sammeln konnten. Natürlich hatten alle diesen Befund bereits erwartet, sich jedoch, wie es absolut menschlich war, an den letzten Strohhalm geklammert und gehofft, dass es sich um einen gutartigen Tumor handelte.

Banu sah ihre Mutter an. Diese nahm die Nachricht mit versteinertem Gesicht auf. Hatice setzte an, die Worte der Ärztin ins Türkische zu übersetzen, da sie aufgrund der Regungslosigkeit ihrer Mutter angenommen hatte, sie hätte es nicht verstanden. Aber ihre Mutter hob die Hand als Zeichen, dass eine Übersetzung nicht nötig war, und nickte.

»Was sind denn jetzt die nächsten Schritte?«, fragte Banu.

Die Ärztin schaltete ihren Computer an und eine große Aufnahme des Bauchraums ihrer Mutter erschien auf einem an der Wand montierten Bildschirm. »Wie Sie erkennen können, ist der Tumor schon sehr raumfordernd. Er hat sich zur Beckenwand ausgebreitet und wächst ein großes Stück in die Scheide hinein. Auf jeden Fall müssen wir ein CT des Brustraums und des Bauches machen, um zu sehen, wie weit der Tumor schon metastasiert hat.« Die Ärztin blickte Hatice an, und diese übersetzte. »Die Ergebnisse nehmen wir mit in die Tumorkonferenz und werden dann entscheiden, wie wir weiter vorgehen. Eine Operation in Kombination mit Chemotherapie ist sehr wahrscheinlich.«

»Dann können Sie momentan ja wahrscheinlich noch nichts dazu sagen, wie«, Hatice hatte offensichtlich Schwierigkeiten bei der Formulierung, »die Chancen stehen, dass meine Mutter das nächste halbe Jahr überlebt.«

»Nein, das wäre zum momentanen Zeitpunkt sehr unprofessionell. Ende dieser Woche wissen wir mehr.« Die Ärztin machte ein strenges Gesicht. »Aber ich kann nur sagen, so weit hätte es nicht kommen müssen. Bei solchen massiven Gewebeveränderungen müssen Symptome wie vermehrte Blutungen, rötlicher Ausfluss,

Unterleibsschmerzen und auch Schmerzen beim Wasserlassen aufgetreten sein.«

Banu blickte ihre Mutter an. Sie wusste, dass sie mit Sicherheit alle diese Symptome gehabt hatte, bevor sie überhaupt den Weg zum Frauenarzt angetreten war. Die Ärztin stand auf zum Zeichen, dass das Gespräch für sie beendet war. »Ich denke, dass Sie sich auf einen längeren Krankenhausaufenthalt einstellen müssen«, sagte sie zum Abschied.

»Was haben wir?«, fragte Thorsten und blickte in die Runde seiner Mitarbeiter, die versammelt um den Tisch im Besprechungszimmer saßen.

Banu hatte sich vorgenommen, die dunklen Szenarien, die sich nach dem Gespräch mit der Ärztin in ihrem Kopf festgesetzt hatten, erst einmal wegzuschieben, um sich wieder mit voller Aufmerksamkeit dem Fall widmen zu können. Sie stand auf, ging zum Whiteboard und hängte das Bild der drei Mädchen ins Zentrum. »Links auf dem Bild ist auf jeden Fall Lisa. Es gibt in diesem Album viele Fotos von ihr. Das in der Mitte könnte Hilde sein. Wir wissen es jedoch nicht ganz genau, da keine Fotos von ihr aus Kindertagen existieren. Das Mädchen rechts ist uns völlig unbekannt.«

»Ich schlage vor, dass wir das Foto veröffentlichen und um Mithilfe bitten. Es ist zwar nicht unbedingt wahrscheinlich, dass es noch Leute gibt, die sich an sie erinnern können, aber andererseits werden die Leute immer älter und somit auch die Anzahl der möglichen Zeugen.«

»Dann würde ich das Foto verstärkt in die Tageszeitungen bringen«, sagte Gunnar. »Meine Großeltern lesen gern die Hamburger Zeitungen, sind aber nicht in den sozialen Netzwerken aktiv.«

Thorsten nickte und machte sich eine Notiz.

»Zumindest von Lisa wissen wir, dass sie in Hamburg geboren ist. Die ersten zwei Drittel der Fotos in dem Album ›1948–1961‹ sind definitiv in Hamburg aufgenommen. Die kleine Lisa ist mehrfach in Hagenbecks Tierpark zu sehen, auf dem Michel und beim Spielen in Planten un Blomen. Dann ändert sich das Szenario. Es gibt eigentlich keine Fotos, die im Zeitraum von 1958 bis 1961 eingeklebt wurden. Nur dieses eine.« Banu legte das Album in die Mitte des Tisches, Stella nahm es in die Hand und blätterte darin. Dann schob sie es Dario zu, der links neben ihr saß. Banu war wegen des Termins beim Arzt ein wenig später in die Runde gekommen und hatte mit Erstaunen bemerkt, dass Stella und Dario einträchtig nebeneinandersaßen.

»Sehr auffällig ist, dass es kein Album für die Jahre von 1962 bis 1986 gibt. Nicht mal ein Foto aus dieser Zeit haben wir gefunden.«

»Interessant«, sagte Stella. »Ich würde sagen, dies deutet auf jeden Fall daraufhin, dass sie in diesem Zeitraum nicht in Hamburg war. Dass es gar keine Aufnahmen von dieser Zeit gibt, könnte bedeuten, dass sie sich nicht daran erinnern möchte.«

»Oder dass in dieser Zeit gar keine gemacht wurden.« Thorsten reichte den Edding an Banu weiter und sie übernahm wie selbstverständlich die Aufgabe der Protokollantin. Natürlich hatte niemand von den anderen bisher etwas zu Papier gebracht.

»Bei uns war es auch interessant«, sagte ihr Chef. »Die Erklärung von Pascal Grande für Lisa Borgstedts Entführung war, dass der Engel nun jemand anderen als Gefäß benutzt.«

»Hatte er denn auch eine Erklärung dafür, dass Lisa Borgstedt nicht gleich getötet, sondern entführt wurde?«, fragte Stella, die sich erneut das Fotoalbum gegriffen hatte.

»Er war sich nicht sicher, sagte dann aber, dass Uriel für Lisa wohl ein anderes Schicksal vorgesehen hätte. Er selbst hätte jedoch nur Aufträge für Hilde und Franziska bekommen.«

»Hat er denn irgendeine Regung gezeigt, als ihr ihm mitgeteilt habt, dass Lisa Borgstedt entführt wurde?«

Thorsten wiegte seinen Kopf von links nach rechts. »Ich habe eigentlich nichts bemerkt, aber Katharina Mayer-Paretzki meinte nach dem Gespräch, dass sie den Eindruck hatte, Pascal Grande hätte sich gefreut.«

Banu sah zu Dario und Stella, die miteinander flüsterten, und mutmaßte, dass es nach der Zeugenvernehmung wohl zu dem von Stella schon mehrfach angekündigten klärenden Gespräch gekommen war. Wenn dabei eine freundschaftliche Einigung erzielt worden war, konnte es ihr nur recht sein, da dies die Atmosphäre in den Räumen der M5 enorm erhellen würde.

»Die wichtigsten Aspekte aus der Vernehmung mit Paul Hartwig sind folgende: Er hat einen VW-Bus oder ein ähnliches Modell ziemlich dicht an der Stelle gesehen, an der Lisa Borgstedt verschwunden ist. Und sie und ihr Hund sind innerhalb kürzester Zeit auf einmal weg gewesen.«

Banu wusste, dass Gunnar sich in der letzten Zeit viel mit Hundehaltung beschäftigt hatte, da er überlegte, sich einen Labrador anzuschaffen. Deshalb überraschte sie es keineswegs, als er fragte: »Hat der Hund gebellt?«

»Nein«, sagte Stella. »Das hätte der Zeuge in diesem Moment gehört.«

»Komisch. Man sollte doch annehmen, dass ein Hund, der schon viele Jahre mit seinem Frauchen zusammenlebt, bellt, wenn sie in eine Kampfhandlung verwickelt wird.« Banu nickte und schrieb mit Edding auf das Flipchartpapier: »Kannte Lisa Borgstedt ihren Entführer?«

In dem dunklen Keller hatte Lisa Borgstedt schon lange ihr Zeitgefühl verloren. Sie schämte sich zwar, für ihre Notdurft den Eimer zu benutzen, sah jedoch keine andere Möglichkeit. Sie hatte bereits Schlimmeres erlebt, als den Geruch ihrer Exkremente über mehrere Stunden zu ertragen. Es war lange nicht so schrecklich wie der Geruch von verwesenden Leichen in der Sonne, den sie, noch lange nachdem sie wieder in Hamburg lebte, nicht losgeworden war. Es war eigenartig, jemandem von den Erlebnissen ihrer Kindheit und Jugend zu erzählen, da bis auf Thomas nie jemand etwas davon erfahren hatte. Und die ersten Jahre, die sie ihrem Entführer geschildert hatte, waren ja auch noch sehr unverfänglich. Es ging lediglich um drei Mädchen, die sich in den Fünfzigerjahren kennengelernt hatten und zu unzertrennbaren Freundinnen geworden waren. Es war erstaunlich, an wie viele Momente sie sich aus dieser längst vergangenen Zeit noch erinnern konnte.

Nach einer halben Stunde hatte die maskierte Person sie unterbrochen und eine Packung Toastbrot auf den Tisch gestellt. Dann war sie verschwunden. Natürlich überlegte Lisa, was passierte, wenn ihr Entführer gefasst würde. Würde er ihr Versteck preisgeben oder würde sie hier sterben? Sie dachte an Fellini und konnte fast sein lockiges Fell zwischen ihren Fingern spüren. Sie hoffte inständig, dass ihm nichts passiert war und sie ihn trotz allem wiedersehen würde. Die Kellerluke hob sich mit einem leisen Knarren und sie war nicht mehr allein.

»Weil du gestern die ganze Wahrheit erzählt hast, habe ich dir heute einen Apfel mitgebracht.« Der Entführer legte die rote Frucht auf den Tisch. »Und hier ist auch ein neuer Eimer.« Wie beim letzten Mal setzte er sich und zeigte auf den Boden. »Wenn du möchtest, kannst du dich auch hinsetzen und an die Wand anlehnen.«

»Ich stehe lieber«, sagte Lisa.

»Wie du meinst. Nun erzähl weiter. Und denke daran, wenn ich merke, dass du lügst, bist du tot.« Um seine Worte zu unterstreichen, legte ihr Entführer ein riesiges Messer auf den Boden zwischen ihnen ab.

Vereinzelnd zeigten sich die Knospen der Krokusse und wirkten wie buntes Konfetti auf der spätwinterlichen noch schmuddeligen Rasenfläche. Spätnachmittags Anfang April war der Friedhof in Ohlsdorf wie ausgestorben. Nur ganz wenige Besucher huschten, die Winterjacken bis oben zugeknöpft, über die gepflasterten Wege, die die riesige parkähnliche Fläche durchzogen. Nach den Ereignissen der letzten Wochen und den ständigen Streitereien mit Jupiter über höchst belanglose Elemente der bevorstehenden Hochzeit musste Stella unbedingt über ihre Zukunft nachdenken. Sie schob zu viele Entscheidung schon lange vor sich her. Es war auch Jupiter gegenüber nur fair, wenn sie sich endlich festlegen würde.

Meistens wandte sie sich, wenn sie Sorgen hatte, an ihre besten Freundinnen, Olivia und Bounty. Gerade war ihr jedoch nicht nach dem Thematisieren verschiedener Sichtweisen. Was sie brauchte, war das beratende Schweigen, das sie nur hier finden konnte, und die Stille und spirituelle Energie dieses Ortes, um in Ruhe ihre Gedanken zu sortieren. Heutzutage war sie selten auf dem Ohlsdorfer Friedhof, aber es hatte eine Zeit gegeben, da war er wie eine Art unbetreute Kita für sie gewesen. Stellas Eltern hatten immer viel arbeiten müssen, um ihre Familie über Wasser zu halten. Als ihr Vater an einer Blutvergiftung gestorben war, waren ihre Mutter, Stella und ihre Schwester Susanne von dem kleinen Haus am südlichen Rand von Hamburg in eine Dreizimmerwohnung in die Hochhaussiedlung Steilshoop gezogen. Während ihre Mutter meist bis Ladenschluss an der Kasse eines großen Supermarkts gestanden hatte, waren die Kinder nach der Schule oft sich selbst überlassen gewesen. Susanne, die fünf Jahre älter war als Stella, hatte sich schnell einer Gruppe von Jugendlichen angeschlossen, die nach und manchmal auch vor Schulschluss den nahe gelegenen Ohlsdorfer Friedhof zur Chill-out-Area erklärt hatten. In den Achtzigerjahren war es für Susannes Identität äußerst wichtig gewesen, Teil einer Jugendbewegung zu sein. Es gab die Punker, die Popper, die Waver und die Gruftis. Susanne hatte sich und ihre Freunde zu Letzteren gezählt. Ihre Kleidung war ausschließlich schwarz gewesen, ihre musikalischen Helden The Cure, Sisters of Mercy und Joy Division. Sie hatten jeden Pfennig gespart, um sich bei Easy Rider auf der Reeperbahn die absolut kultigen spitzen schwarzen Stiefel mit den großen Schnallen zu kaufen. Und sie hatten eben gern auf Friedhöfen rumgehangen. Grablichter waren damals wichtige Accessoires, die Susanne ständig in ihrer Tasche mitgeschleppt hatte.

Einziger störender Faktor dieser Freizeitgestaltung für Susanne war der »ständig nervende Klotz am Bein« gewesen, wie sie ihre kleine Schwester genannt hatte, denn nach der Schule hatte sie auf Stella aufpassen müssen. Aber auch dafür hatte es eine Lösung gegeben: Bestochen durch eine Tüte Chips, eine Flasche der eigentlich verbotenen Cola und mit Susannes Allerheiligstem, dem Walkman, auf den Ohren war Stella an einem der markantesten Orte des Friedhofs, dem verfallenen Mausoleum des Baron von Schröder, abgesetzt worden. Natürlich mit der Maßgabe, so lange zu warten, bis Susanne sie wieder abholen würde, mit keinem Fremden mitzugehen und ihrer Mutter keinen Ton davon zu sagen. Und so hatte Stella viele Stunden im Schatten des unheimlichen, pompösen Totenhauses verbracht. Manchmal hatte sie einfach in der Sonne auf der Rasenfläche gesessen, manchmal war sie im Gebüsch rund um das Gebäude herumgestrolcht und hatte so manche Schätze gefunden wie benutzte Kondome, Heroinspritzen oder Knochen von toten Vögeln, die gegen die bunten Glasfenster des Mausoleums geflogen waren und sich dabei das Genick gebrochen hatten. Am liebsten jedoch hatte sie sich mit der muskulösen, halb nackten Frau unterhalten, die bei Wind und Wetter vor dem Gebäude ausharrte, links und rechts zwei arme Sünder an den Haaren hinter sich herziehend. Es hatte sie nicht gestört, dass die Frau nicht antwortete, denn sie war ja eine Statue oder, wie sie später erfuhr, eine Plastik. Aber sie widersprach nicht oder schlief ein, während Stella ihr etwas erzählte – so wie ihre Mutter manchmal. Stella hatte den Namen der Statue anfangs nicht gekannt, aber da sie sie an ihre Großtante erinnerte, die Susanne und sie bei Widerworten auch an den Haaren zog, hatte sie sie »Großtante Gertrud« genannt. Sehr viel später hatte sie erfahren, dass diese Plastik mit Namen »Das Schicksal« im Volksmund »die Grausame Gräfin« hieß. Das klang dem Namen, den sie der Frau damals gegeben hatte, nicht unähnlich. In den vielen Jahren, die seitdem vergangen waren, hatte sie dem »Schicksal« so einiges erzählt. Angefangen von ihrem ersten Liebesaus bis hin zu der Abwägung, ob sie sich von Mirko scheiden lassen sollte, die Grausame Gräfin wusste über alles Bescheid. Für das heutige Gespräch hatte Stella sich ein Kniekissen aus Plastik mitgebracht, das sie sich im letzten Jahr gekauft hatte, um ohne Schäden an ihren Hosen das Unkraut aus den Minibeeten vor ihrem Häuschen ziehen zu können. Vor dem ersten Einsatz des Kissens hatte sie jedoch erkannt, dass Gartenarbeit nichts war, womit sie ihre Freizeit verbringen wollte. Und so war es noch originalverpackt. Stella riss die Folie ab, setzte sich im Schneidersitz vor die Furcht einflößende Figur und wickelte sich in die mitgebrachte Wolldecke ein. Und dann erzählte sie. Als sie nach knapp einer Stunde wieder aufstand, waren ihre Füße eingeschlafen und ihre Kniegelenke steif. Aber sie hatte eine Entscheidung getroffen.

DIENSTAG, DEN 04. APRIL 2017

Justus freute sich über die Einladung des alten Mannes und setzte sich an den gedeckten Frühstückstisch. Albert Maaß war ein angenehmer Gesprächspartner. Am Donnerstag hatte er das Angebot von Justus, ihn in die Welt des Gamings einzuführen, angenommen. Justus hatte für ihn daraufhin zunächst das Spiel »Gehirn-Jogging« sehr günstig bei Ebay ersteigert und ihn mit seinem alten Nintendo DS versorgt. Zum Anfixen schien ihm dies genau das Richtige zu sein.

Er registrierte, dass der Nintendo auf dem Nachtschränkchen des alten Mannes lag, und grinste. Er stellte sich vor, dass Albert Maaß wahrscheinlich Tag und Nacht gezockt hatte.

Dieser deutete seinen Blick richtig. »Das macht süchtig«, sagte er. »Aber da es hier ansonsten nur wenig Abwechslung gibt, habe ich kein schlechtes Gewissen.«

Justus streckte den Daumen hoch.

»Möchtest du ein Körnerbrötchen oder eins ohne alles?«, fragte sein Gastgeber ihn.

»Ich nehme gern das mit den Kürbiskernen«, sagte Justus. »Und es wäre super, wenn Sie mir den Orangensaft reichen könnten.«

Albert Maaß lächelte und legte die Tageszeitung vor Justus ab. »Wenn du das Brötchen gegessen hast, würde ich mich freuen, wenn du mir aus der Zeitung vorlesen könntest. Heute ist es für dich ja nicht zu stressig.« Justus nickte. Die Augen des alten Mannes waren zwar noch ganz gut, aber das Zocken hatten sie vielleicht etwas zu sehr angestrengt. Da die halbe dritte Etage der Seniorenwohnanlage heute bei einer Ausfahrt auf die Elbinsel Krautsand war, hatte er mehr Zeit für jeden einzelnen seiner daheimgebliebenen Klienten.

Justus' Opa war vor einem Jahr gestorben, und er genoss die Unterhaltung mit Albert Maaß während des Frühstücks, obwohl es um eher triviale Themen wie das Hamburger Wetter oder das Fernsehprogramm der öffentlich-rechtlichen Sender ging. Wie versprochen griff Justus nach der Zeitung, nachdem er dem alten Mann geholfen hatte, den Tisch abzuräumen.

»Gern erst mal die Hamburg Nachrichten.«

Justus schlug die gewünschte Seite auf und legte sie zwischen sich und seinen Zuhörer. Während er die Bildunterschrift vorlas, die unter dem großen Schwarz-Weiß-Foto in der Mitte der Seite stand, merkte er, wie sich die Atmung von Alfred Maaß beschleunigte. Er drehte sich blitzschnell um, weil er befürchtete, der alte Mann würde einen Herzanfall bekommen.

»Das ist mein Foto«, keuchte Alfred Maaß, »das habe ich gemacht.«

Stella warf einen langen Blick aus dem Fenster des dritten Stocks im Polizeipräsidium. Jupiter würde am Wochenende nach Hause kommen, und sie hatte vor, ihm dann ihre Entscheidung mitzuteilen. Aber bis Freitag war noch eine lange Zeit. Eigentlich war Stella nicht der Typ, der unangenehme Gespräche aufschob, aber so ein brisantes Thema wollte sie auf keinen Fall am Telefon anschneiden. Vielleicht würde sie Olivia und Bounty schon mal einweihen und sich Tipps für ihre Aussprache mit Jupiter holen. Stella war übermüdet, da sie stundenlang wach gelegen und schon mal Gesprächsfragmente vorformuliert hatte. Und zu allem Überfluss hatte sie sich wohl beim Sitzen vor der Grausamen Gräfin auf dem kalten Rasen, nur getrennt durch eine dünne Schicht Plastik, die Blase verkühlt. Damit daraus keine Entzündung würde, hatte sie heute Morgen heldenhaft auf Kaffee verzichtet und bereits einen Liter Blasen- und Nierentee getrunken. Dieses Heißgetränk hatte leider nicht die Macht, sie aus dem Tal der Müdigkeit hinaufzuholen. Als Dario durch die Tür in den Besprechungsraum kam, drehte sich Stella, die in Gedanken versunken war, erschrocken um und riss den Gummibaum von der Fensterbank. »Oh nein«, rief sie, als sie sah, dass das neue Blatt, das gerade dabei war, sich zu entfalten, abgebrochen war.

»Shit«, sagte Dario. »Thorsten ist so stolz darauf, dass der Gummibaum sich aufgerappelt hat, dass er nach eurer Vernachlässigung wieder ein neues Blatt bekommt.«

Stella sah sich im Zimmer um und ihr Blick fiel auf den Tesafilm-Abroller. Sie riss ein Stück ab und wickelte es um das abgebrochene Blatt und den Stamm. Leider dauerte diese Prozedur länger als gedacht, und als Stella sich das nächste Mal umdrehte, stand ihr Chef hinter ihr. Innerlich wappnete sie sich bereits für das stimmliche Gewitter, das gleich auf sie niedergehen würde, aber Thorsten nahm ihr lediglich vorsichtig das Blatt aus der Hand. »Wie gut, dass ich hinzugekommen bin. Durch deinen Dilettantismus hättest du enormen Schaden anrichten können.« Er zeigte auf Dario. »Bringst du bitte ein Glas mit Wasser?«

Dario beeilte sich, der Aufforderung seines Chefs nachzukommen. Mit dem Blatt in der Hand stellte Thorsten sich in Dozentenpose vor der Übeltäterin und ihrem Komplizen auf. »Glücklicherweise ist es möglich, Gummibäume dadurch zu vermehren, dass man einfach ein Blatt ins Wasser stellt. In kürzester Zeit wird es Wurzeln bilden.«

Stella fiel ein Stein vom Herzen, dass Thorsten momentan auf Wolke sieben schwebte.

»Wahrscheinlich fragt ihr euch, warum ich so tolerant bin«, sagte er. »Gerade hat ein junger Mann angerufen. Er arbeitet als FSJler in einem Altenheim. Einer der Bewohner hat das veröffentlichte Foto erkannt.«

»Sollen wir beide hinfahren und ihn befragen?« Stella hatte ihre Müdigkeit vergessen und war Feuer und Flamme.

Thorsten schüttelte den Kopf. »Tatsächlich besteht der alte Mann darauf, in Begleitung des FSJlers hierherzukommen. Ich weiß, dass ihr alle darauf brennt, den Fall zu lösen und wichtige Zeugen zu befragen. Ich habe auch schon hin- und herüberlegt, wer die Befragung durchführen darf. Aber nun habt ihr mir die Entscheidung abgenommen, denn Strafe muss sein.« Er zeigte auf Darios und Stellas Schreibtisch. »Die Gespräche von gestern und unsere Schlüsse daraus müssen noch veraktet werden. Viel Spaß dabei, ihr beiden.«

Stella wollte den Mund öffnen, um zu protestieren, wusste jedoch, dass dies wohl zwecklos sein würde. Banu war diejenige gewesen, die dem Foto von Anfang an große Bedeutung beigemessen hatte. Sie hoffte, dass sie es schaffte, dem alten Herrn weiterführende Hinweise zu entlocken.

Auf Banu machte Alfred Maaß einen ziemlich rüstigen Eindruck. Er hatte unbedingt zum Präsidium kommen wollen, um mal etwas anderes zu sehen als die vier Wände seines Apartments in der Seniorenwohnanlage Abendrot. Begleitet wurde er von einem schlaksigen jungen Mann, der einen Hoodie trug, auf dem vier pixelige geisterhafte Comic-Figuren mit den Unterschriften »Blinky«, »Pinky«, »Inky« und »Clyde« sowie dem Slogan »8 Pics rules« aufgedruckt waren. Er stellte sich als Justus Bernhard vor. Banu bat den FSJler, vor dem Befragungsraum zu warten. Er blickte zu Alfred Maaß, und dieser wiederum nickte.

»Das scheint hier so Usus zu sein«, sagte er. »Ich komm schon allein klar.«

Gunnar schloss die Tür hinter Justus Bernhard und setzte sich an den Tisch. Banu war äußerst gespannt auf das, was der alte Mann zu erzählen hatte. Sie hoffte natürlich, dass sich ihre und Stellas Theorie bewahrheiten würde und das Foto tatsächlich Hilde und ihre Freundinnen abbildete. Es könnte aber auch ganz anders sein.

»Sie haben uns etwas über das Foto zu erzählen?« Banu legte das Schwarz-Weiß-Bild auf den Tisch vor den alten Mann.

»Ja, das ist von mir. Ich habe Lisa, Hildegard und Martha auf dem Schulgelände fotografiert. Es war einer der letzten schönen Herbsttage. Ich hatte mit den Kindern Drachen gebastelt.

Alle drei Mädchen waren vorbildliche Schülerinnen. Eine hohe Auffassungsgabe verknüpft mit sozialer Kompetenz. Es war eine Freude, sie zu unterrichten.«

»Fangen wir doch einfach von vorn an«, sagte Gunnar. »Sie waren also Lehrer.«

Alfred Maaß nickte. »Ich bin zwar gebürtiger Hamburger, aber die Liebe verschlug mich im Jahr 1955 nach Siegburg bei Bonn. Ich unterrichtete an der Grundschule in Much. Und zwar insgesamt fünfundzwanzig Jahre. Nachdem meine Frau gestorben war, zog es mich wieder in meine Heimatstadt. Es waren schöne Jahre in Siegburg. Die Grundschule war klein. Natürlich hatten wir viel damit zu tun, die Wunden, die auch die Kinder der Nachkriegsgeneration vom Zweiten Weltkrieg zurückbehalten hatten, zu heilen.«

Banu zeigte auf das Mädchen in der Mitte des Fotos. »Ist das Hildegard?«

»Ja. Sie und ihre beiden Freundinnen lebten in der Privaten Socialen Mission in Siegburg.«

Banu wurde hellhörig. Sie hatte vor kurzer Zeit eine Dokumentation im Fernsehen über eine deutsche Sekte gesehen, die nach Chile ausgewandert war. Da sie dabei schon ziemlich müde gewesen war, hatte sie sich nicht allzu viele Details gemerkt. Nur dass es innerhalb der Sekte zu vielen schrecklichen Vorfällen wie Kindesmissbrauch und Folter gekommen war. »War das nicht der Vorgänger der Colonia Dignidad?«, fragte sie.

»Ja, genau. Die Private Sociale Mission wurde von dem baptistischen Prediger Hugo Baar und dem aus der Kirche ausgestoßenen Laienprediger Paul Schäfer gegründet. Einige der Kinder der Gemeinschaft gingen auf unsere Grundschule.« Alfred Maaß tippte auf das Mädchen auf der linken Seite des Fotos. »Das ist Lisa Borgstedt.«

»Sie hat also nach der Heirat ihren Namen behalten«,

sagte Gunnar. »Das ist ungewöhnlich für die Zeit, in der sie geheiratet hat.«

»Lisa war ein sonniges Gemüt. Sie hat viel gelacht. Auch im Unterricht hat sie manchmal Unsinn gemacht. Aber man konnte ihr nie böse sein.«

»Und die anderen beiden?«

»Hildegard Mechalik war die sensibelste, aber auch klügste innerhalb der Dreiergruppe. Manchmal war sie sehr grüblerisch, aber das ist ja auch kein Wunder, wenn man bedenkt, unter welchen Bedingungen die Kinder damals gelebt haben. Ich habe das auch erst sehr viel später erfahren.« Alfred Maaß machte eine kurze Pause und schien nachzudenken. »Tja, über Martha kann ich gar nicht so viel erzählen. Ich habe sogar ihren Nachnamen vergessen. Verzeihen Sie bitte einem alten Mann. Martha war die unauffälligste. Auch etwas schwächer als die anderen beiden in der Schule. Aber auch ein liebes Mädchen.«

Banu, die froh war, wenn sie sich die Vornamen der Freundinnen und Freunde ihrer Kinder merken konnte, bewunderte den alten Mann für sein Erinnerungsvermögen. Denn die Schulzeit der Mädchen war ja mittlerweile mehr als fünfundfünfzig Jahre her. »Können Sie sich an jeden Schüler, den Sie unterrichtet haben, noch so gut erinnern?«, fragte sie.

Sehr bestimmt schüttelte Alfred Maaß den Kopf. »Nein, überhaupt nicht. Ich mache im Seniorenheim zwar Gedächtnistraining, und Justus hat mir ein Spiel mit dem Namen Gehirn-Jogging besorgt, aber die Vergangenheit verblasst doch zusehends. Diese drei Mädchen jedoch«, er zog das Foto zu sich hin, »waren ganz besonders. Sie waren die Einzigen in dieser Klasse aus der Mission in Siegburg. Trotz der zum Teil sehr harten Erziehung dort, zumindest was wir mitbekommen haben, haben sie sich gut integriert. Natürlich hatten sie weiter keine Kontakte außerhalb der Schule zu ihren Mitschülern, denn in der Mission durften sie keinen Besuch empfangen. Und zum anderen ist da noch das erschütternde Schicksal, das sie teilten und das sie von anderen unterschied.«

Gunnar, der anscheinend noch nichts von der Colonia Dignidad gehört hatte, hob fragend eine Augenbraue.

»Dieses Foto war wahrscheinlich das letzte, das in Deutschland von ihnen aufgenommen wurde. Denn am nächsten Tag kamen sie nicht mehr zur Schule. Nie wieder.« Die Miene des alten Mannes verdüsterte sich. »Sie wurden in einer Nacht- und Nebelaktion nach Chile geflogen, um dort die neue Kolonie aufzubauen. Ich habe sie nie wiedergesehen.«

»Ich möchte Sie nicht aufregen, Herr Maaß. Aber Lisa Borgstedt wurde vermutlich am frühen Sonntagmorgen entführt. Hildegard starb durch Schüsse vor der Apostelkirche bei der Hochzeit ihrer Tochter. Wissen Sie, was aus Martha geworden ist?« Banu konnte sehen, wie es in dem alten Mann arbeitete. Sie nickte Gunnar zu, und dieser stand auf, um Justus Bernhard hereinzubitten.

»Das ist schrecklich. Hoffentlich können Sie Lisa retten. Leider kann ich Ihnen bei Martha nicht weiterhelfen. Ich habe häufig an sie gedacht, mich gefragt, was aus ihnen wohl geworden ist. Warum es jemand auf die Mädchen abgesehen haben könnte, kann ich leider nicht beantworten. Ich wünschte, ich könnte helfen.«

Banu bedankte sich bei Alfred Maaß für seine Unterstützung. Sie hoffte, dass der Besuch im Präsidium und die Nachricht über die Verbrechen an Hildegard Mechalik und Lisa Borgstedt ihn nicht zu sehr aufgeregt hatten.

LISAS GESCHICHTE 1961–1973

In Chile hausten wir auf einem riesigen Areal mit verfallenen Farmgebäuden. Unsere tägliche Arbeit bestand darin, die Häuser wiederaufzubauen und so wie in der Gemeinschaft in Deutschland auch auf den Feldern zu arbeiten. Zur Schule gingen wir gar nicht mehr. Das Klima in Chile ist ein ganz anderes als in Deutschland. Tagsüber ist es häufig sehr warm, während die Nächte stark abkühlen. Wir hatten nicht genügend Decken für so viele Menschen, denn es waren ungefähr hundertfünfzig Anhänger der Gemeinschaft aus Deutschland mitgekommen. Wir waren die Ersten, die auf dem Gelände in Chile ankamen, denn alle anderen kamen mit dem Schiff und brauchten lange. In den meisten Nächten froren wir und waren morgens so steif, dass es lange Zeit brauchte, bis der Körper funktionierte. Der Impuls, zu Hilde oder Martha unter die Decke zu krabbeln und sich gegenseitig zu wärmen, war groß. Jeglicher Körperkontakt unter den Menschen war jedoch untersagt, es wurde immer eine sexuelle Handlung unterstellt, wenn man sich gegenseitig berührte. Und Sex jeglicher Art war verboten. Dies galt jedoch nicht für den Gründer der Sekte, Paul Schäfer. Seine Gier nach Sex schien unstillbar zu sein. Jeden Abend holte er sich mehrere Jungs in sein Haus und verging sich an ihnen. Natürlich bekamen wir dies nur am Rande mit, denn Mädchen und Jungs, Männer und Frauen lebten streng getrennt in der Colonia Dignidad, der Kolonie der Würde. Paul Schäfer nannte sich von nun an »Tio permanente«, also »der ewige Onkel«, oder »Pius«. Wir waren froh, dass wir Mädchen kaum Berührungspunkte mit ihm hatten. Die Frauen nannte er »blöde Ziegen« und sagte, wir würden nach Mist stinken. Mit der Zeit hatten viele Frauen sich einen gebückten Gang angewöhnt, um ihre Brüste zu verbergen, denn man fing an, sich selbst unwürdig zu fühlen, weil man weiblich war. Außerdem hatten einige Angst, nur deshalb geschlagen zu werden, weil sie Frauen waren.

Viel schlimmer als Hitze, Kälte und das Schuften, bis einem die Hände bluteten, waren die Schläge, wenn man von Mädchen der eigenen Gruppe denunziert wurde. Denn unsere Hauptaufgabe bestand darin, die anderen zu bespitzeln. Und wir drei waren darin gar nicht gut. Wie auch in der Privaten Socialen Mission hatte jedes Haus eine Tante, der wir abends beichten mussten. Sehr viel mehr Wert wurde allerdings hier daraufgelegt, andere zu verraten. Viele der Erlebnisse sind mir noch sehr gegenwärtig, zum Beispiel der Vorfall, als ich gerade zwölf Jahre alt geworden war. Zumindest glaubte ich das, denn wir haben natürlich keine Geburtstage gefeiert. Auch Kalender kannten wir nicht mehr.

Wenn man sich meinen kleinen Finger anschaut, sieht man, dass er schief ist. Und das hat folgenden Grund: Eines Abends nach der Arbeit wurde ich zu Tante Gunda gerufen, die die Betreuerin unseres Hauses war. Natürlich wusste ich, dass dies nichts Gutes bedeutete, denn ich hatte meine Beichte für den heutigen Tag schon abgelegt. Mir war tatsächlich an diesem Tag nichts eingefallen, was ich getan haben könnte, also hatte ich mir irgendetwas Banales ausgedacht. Umso verängstigter war ich, als ich Gundas wütendes Gesicht sah. »Du hast einen Apfel vom Baum gestohlen und ihn heimlich hinter dem Schuppen gegessen.« »Nein«, stammelte ich. Und viel mehr fiel mir auch nicht ein, denn Gunda keifte: »Und du hattest nicht mal den Anstand, es mir zu beichten.« Sie befahl mir, die flache Hand auf den Tisch zu legen. »Ich werde dafür sorgen, dass diese sündige Hand erst mal keine Äpfel pflücken kann.« Sie zog einen ihrer Holzschuhe aus und schlug darauf ein. Natürlich schrie ich und versuchte, sie wegzuziehen, aber Gunda packte sie und hielt sie fest. Sie schlug so lange weiter, bis sie ein blutiger Klumpen war. Ich muss dann wohl ohnmächtig geworden sein, denn als ich mit starken Schmerzen aufwachte, lag ich auf meinem Strohsack zwischen meinen schlafenden Mitbewohnerinnen. Hilde und Martha schliefen jedoch nicht. Aber wir trauten nicht zu flüstern. So versuchten sie mich mit ihren Blicken zu trösten. Natürlich musste ich am nächsten Tag arbeiten wie sonst auch. Die Verletzung wurde nie medizinisch behandelt.

Mit den Jahren wurde aus dem Gelände mit der verfallenen Farm ein richtiges Dorf mit einem großen modernen Krankenhaus. Wir errichteten auch eine Schule, in der hauptsächlich chilenische Kinder kostenlos beschult wurden. Wir, die als Kinder aus Deutschland nach Chile gekommen waren, wurden erwachsen. Der Tio permanente hatte jedoch kein Interesse an Jugendlichen. Es musste frischer Nachschub an Jungs her. Und so lud er die chilenischen Kinder in sein Internat ein. Da es keine Ehen innerhalb der Kolonie gab und sexuelle Handlungen unter schwerster Strafe standen, wurden auch keine

Kinder geboren. Hilde, die im Krankenhaus zur Pflegerin ausgebildet wurde, wusste, woher der Nachwuchs in der Kolonie kam. Die ärztliche Versorgung im Krankenhaus war für die Bevölkerung kostenlos. Die Klinik hatte einen guten Ruf. Viele brachten ihre Babys oder Kleinkinder dorthin zur Behandlung. Und manches Mal war es dann eben so, dass den Eltern erzählt wurde, ihr Kind wäre gestorben. Dies war es jedoch nicht, sondern es wurde von der Kolonie gestohlen und wuchs dort auf. Die Kinder wurden sogar offiziell adoptiert, ohne dass die Behörden kritisch nachfragten. Denn Pius hatte gute Kontakte überallhin. Auch zu Politikern nach Deutschland, vor allem zu bayerischen. Manchmal kamen auch welche zu Besuch. Dann mussten wir Dirndl anziehen und uns urdeutsch zeigen. Bei einer dieser Gelegenheiten wurde in unserem Haus ein Mädchen, Bettina, beschuldigt, sie wolle während der Vorführungen herausschreien, wie es uns hier erging, dass wir gefoltert und missbraucht wurden. Am Morgen, kurz bevor wir uns fertig machen sollten, bekamen wir zur Feier des Tages Milch zu trinken. In Bettinas Milch hatte unsere Tante wohl Gift getan, denn nach einem Schluck griff sie sich an den Hals, spuckte Schaum und fiel dann mit ihrem Stuhl hintenüber. Obwohl wir alle sahen, dass sie tot war, benahmen wir uns ganz normal und tranken weiter brav unsere Milch. Hilde hatte uns erzählt, dass sie wusste, wo die Leichen verscharrt wurden. Und am nächsten Tag stahlen Martha und ich uns, wie wir hofften, unbemerkt von der Feldarbeit davon und legten eine Blume auf der Fläche ab. Natürlich wurden wir verraten und bekamen dafür nicht nur Prügel, sondern zum ersten Mal auch Elektroschocks.

Wir dachten manchmal an Flucht, aber es schien unmöglich, dieser Hölle zu entkommen. Es gab viel höhere elektrische Zäune als in der Privaten Socialen Mission, die Häuser waren gut bewacht und später wurden Lichtschranken und Mikrofone installiert. In unserer Jugend erfuhren wir von einigen Fluchtversuchen anderer verzweifelter Bewohner. Manche wurden auf dem Gelände erschossen, andere eingefangen und gefoltert. In einem Fall war es so, dass der Junge, der noch nicht volljährig war, es bis zur deutschen Botschaft in Chile geschafft hatte. Da die Sekte ihn jedoch adoptiert hatte und somit sorgeberechtigt war, brachte man ihn wieder in die Kolonie zurück. Hilde erzählte, dass sie an dem Tag Dienst gehabt hatte, als er in einer geheimen Kammer im Krankenhaus mit Elektroschocks gefoltert wurde. Und zwar so lange, bis ihm die Augen aus den Höhlen traten.

In der Kolonie begingen viele Menschen Selbstmord. Ich weiß, dass auch Hilde, die noch mehr Elend sah als Martha und ich, einige Male daran dachte. Aber wir redeten es ihr aus. Das war die Phase, in der wir noch miteinander redeten. Später wurden auch in den Häusern überall Mikrofone und Kameras installiert. Mit Martha konnte ich noch bei der Arbeit auf den Feldern reden, aber mit Hilde wurde es immer schwieriger, denn sie musste aus unserer Hütte in einen Trakt im Krankenhaus ziehen, in dem das Personal lebte.

»Immer wenn du glaubst, es geht nicht mehr, kommt von irgendwo ein Lichtlein her.« Ich hatte in der Grundschule Verse von Lothar Drilling auswendig gelernt, und manchmal sagte ich sie leise vor mich hin, um überhaupt eine tröstliche Stimme zu hören. Denn auch Martha und

ich mussten vorsichtig sein. Oft dachte ich an den Abend, an dem meine Hand verstümmelt wurde.

Natürlich kamen wir in die Pubertät, wir wurden jedoch nie aufgeklärt. Als wir unsere erste Menstruation bekamen, dachten wir, wir müssten sterben. Hilde hatte jedoch, wenn auch nur im Geheimen, begrenzten Zugang zu medizinischen Büchern im Krankenhaus. Und so gab sie Martha und mir so gut sie konnte Aufklärungsunterricht. Da wir uns kaum noch unterhalten konnten, schrieben wir uns manchmal auf der Toilette Briefe, denn das war der einzige Ort, an dem wir ungestört und unbeobachtet waren. Das taten wir aber nur an besonders mutigen Tagen, denn Kommunikation untereinander sollte nicht stattfinden und wurde hart bestraft.

Einen Wendepunkt in der Geschichte der Kolonie und unserer Freundschaftsbiografie markierte das Jahr 1973, als in Chile der Diktator Augusto Pinochet an die Macht kam. Aber nun bin ich müde, und wenn ich müde bin, lässt die Erinnerung nach. Morgen fällt mir sicher wieder mehr ein.

*

Gegen fünfzehn Uhr waren die Aktenvermerke geschrieben, und die gesamte M5 traf sich zur Lagebesprechung. Lisa Borgstedt war nun seit mehr als zwei Tagen verschwunden. Es gab nach wie vor so gut wie keine Hinweise, wo sie sich befand.

»Die Ergebnisse der Spurensicherung sind da«, sagte Thorsten. »Auf dem Grasstreifen zwischen dem Weg, auf dem Lisa Borgstedt mit Fellini ging, und dem Gebüsch, wo sie verschwand, wurden drei Stücke rohes Lammfleisch gefunden. Sie waren nicht präpariert, also ohne Gift oder andere Zusatzstoffe.«

»Der Täter wollte dem Hund also nichts tun.« Banu, die gemeinsam mit Gunnar nach der Befragung von Alfred Maaß noch einmal die Nachbarschaft der Entführten abgeklappert hatte, meldete sich zu Wort. »Ich kenne mich mit Hunden nicht so gut aus, aber es ist doch sicher nicht so, dass jeder Hund jedes Fleisch mag, oder?«

Stella blickte sich im Kreis ihrer Kollegen um und sah allgemeines Schulterzucken.

»Tatsache ist, dass Fellini nicht gebellt hat, als sein Frauchen überwältigt wurde. Außerdem wusste der Entführer wohl, dass Lisa Borgstedt gern in den frühen Morgenstunden im Altonaer Volkspark spazieren ging. Und nun kommt noch hinzu, dass er das Fleisch als Köder benutzt hat, das Fellini gern mochte. Das deutet alles darauf hin, dass der Täter Lisa Borgstedt kennt.« Banu war zur Flipchart gegangen und untermalte ihren Monolog damit, dass sie auf die einzelnen niedergeschriebenen Stichpunkte zeigte. »Leider haben ihre Nachbarn sie fast nie in Begleitung gesehen. Übereinstimmend hatten Anna Born aus der dritten Etage und das Ehepaar Mahler aus dem ersten Stock berichtet, dass eine junge Frau mit blondem Pagenkopf den Hund immer mal zum Spaziergang abgeholt hat.«

»Wir haben uns Lisas Telefon vorgenommen, und sie hat insgesamt fünf Nummern eingespeichert. Taste eins ist ihr Friseur, Taste zwei die Fußpflege, Taste drei ihr Orthopäde, Taste vier der Tierarzt von Fellini und Taste fünf eine Lara«, ergänzte Gunnar. »Natürlich haben wir versucht, Lara anzurufen. Es ging allerdings nur die Mailbox ran.«

»Der Anrufliste konnte man entnehmen, dass Lisa Borgstedt die geheimnisvolle Lara zum letzten Mal am Dienstag, den einundzwanzigsten März angerufen hat. Das war auch der Tag, an dem Hilde de Boer ihr auf das Band gesprochen hatte.«

»Lara, die sich wohl einige Male um den Hund gekümmert hat, könnte also etwas mit der Entführung zu tun haben. Sehr schade, dass wir weder ihren Nachnamen wissen noch irgendeine Ahnung haben, wo sie wohnt. Zumindest müssen wir versuchen, sie weiterhin zu erreichen.«

»Die Geschichte, die Albert Maaß uns erzählt hat, war zwar sehr interessant, aber ich wüsste gerade nicht, wie sie uns im Fall Lisa Borgstedt helfen könnte«, sagte Banu. »Nach der dritten im Bunde, nämlich Martha, zu fahnden, wäre wie die Nadel im Heuhaufen zu suchen.« Thorsten blickte auf seinen aufgeklappten Laptop und scrollte auf der Seite nach unten. »An der Stelle, die Paul Hartwig genannt hat, hat die Kriminaltechnik Reifenspuren gefunden. Die Reifen könnten durchaus zu einem VW-Bus oder einem anderen Kleinbus passen.«

»Okay, dann fangen wir mal mit dem kleinsten gemeinsamen Nenner an. Dario, du checkst bitte alle Kleinbusse, die in Hamburg zugelassen sind, nach Halterin mit dem Vornamen Lara.«

»Alles klar, Chef«, sagte Dario.

Stella konnte ihm ansehen, dass er eigentlich der Meinung war, heute schon genug Papierkram erledigt zu haben. Nach dem Desaster mit dem Gummibaum wollte Dario sich jedoch wahrscheinlich so unsichtbar wie möglich machen.

»Stella, Banu und Gunnar, ihr werdet euch den Rest

des Tages an den Rechner setzen und alles über diese Sekte …«

»Colonia Dignidad«, fiel Banu ihm ins Wort.

»Recherchieren. Möglicherweise gibt es Hamburger, die ebenfalls Teil der Gemeinschaft in Chile waren und sich an Hildegard, Lisa und Martha erinnern.« Thorsten erhob sich und beendete die Besprechung. »Und ich habe einen Termin beim Präsidenten und werde ihm erklären müssen, warum die Ermittlungslage noch immer so dürftig ist.«

Heute Abend hatte Banu sich ein Herz gefasst und war mit der Vornahme ins Krankenhaus gefahren, ihre Mutter zu den Briefen zu befragen. Auf der Fahrt überlegte sie, wie sie ihrer Mutter gegenüber begründen konnte, gegen das Briefgeheimnis verstoßen zu haben. Sie entschied sich für die ihrer Meinung nach unverfänglichste Aussage. »Als ich nach deiner Wäsche gesucht habe, habe ich unter deinem Bett eine Kiste mit Briefen gefunden«, sagte sie. An dieser Stelle musste sie noch nicht unbedingt erwähnen, dass sie einige Briefe gelesen hatte. Vielleicht würde ihre Mutter ihr mit einer Erklärung zuvorkommen. Aber die kleine schmale Person, in deren rechter Hand ein Infusionsschlauch steckte, setzte sich blitzschnell auf und schlug ihrer Tochter mit der flachen Hand ins Gesicht. Banu konnte fühlen, wie ihr Gesicht rot wurde. Einerseits weil der Schlag ziemlich kräftig gewesen war, anderseits weil sie sich auch in Anwesenheit der Patientin im Nebenbett ihrer Mutter schämte, dass sie wie ein kleines Kind gezüchtigt wurde. Diese schlief jedoch glücklicherweise fest und hatte von der Ohrfeige nichts mitbekommen.

»Wie kommst du darauf, in meinen Sachen herumzuschnüffeln?«, zischte Gamze Kurtoğlu.

Banu hatte ihre Mutter noch nie so emotional gesehen. Aber nun gab es kein Zurück mehr. Sie musste auf Angriff setzen. »Du hast doch gewusst, dass du ins Krankenhaus gehst. Vorsorglich hättest du schon mal Kleidung und Wäsche für einen längeren Aufenthalt heraussuchen können. Dann wäre ich sicherlich nicht auf die Idee gekommen, unter deinem Bett zu gucken.«

Ihre Mutter runzelte die Stirn, was sie, unter der dicken Bettdecke eingepackt und neben sich verschiedene medizinische Apparaturen, aussehen ließ wie ein kleiner schlecht gelaunter Troll. »Ich bin mir sicher, dass du als Polizistin auch nicht anders konntest, als sie zu lesen«, schimpfte sie.

»Ich habe es mir schon sehr lange überlegt«, sagte Banu. »Aber dann habe ich einen Stapel mit nach Hause genommen und ein paar Briefe gelesen.« Als ihre Mutter sie böse anfunkelte, fügte sie hinzu: »Du weißt, wie neugierig Hatice ist. Ende dieser Woche ist sie dran, dir neue Sachen zu bringen. Entweder ich hätte die Briefe also alle irgendwo anders hin räumen müssen oder sie hätte sie gefunden. Und sei dir sicher: Spätestens dann wären sie gelesen worden.«

Ihre Mutter schien einen Tick milder gestimmt zu sein.

»Du musst mir nicht sagen, von wem sie sind, Mama. Aber du kannst mir vertrauen. Ich werde niemandem davon erzählen. Und ich verstecke sie gern woanders, wenn du das möchtest.«

Gamze Kurtoğlu seufzte. »Ja, bitte nimm die Briefe mit zu dir. Ich möchte es Hüseyin nicht antun, dass er erfährt, dass ich immer seinen Cousin geliebt habe.« Sie klopfte auf ihre Bettkante und Banu setzte sich. »Die Familie von deinem Vater und meine Familie sind in demselben kleinen Dorf aufgewachsen. Jeder kannte dort jeden. Als ich fünfzehn war, verliebte ich mich in den Cousin deines Vaters, Cem Celik. Er war gut aussehend, stammte aber aus sehr armen Verhältnissen und war ein Träumer. Er versprach mir das Blaue vom Himmel, ging aber sehr früh von der Schule ab und konnte nicht einmal für sich selbst sorgen. Als ich ins heiratsfähige Alter kam, entschied ich mich rein aus Vernunftsgründen für deinen Vater, der immer bodenständig und verlässlich gewesen war. Ich lernte ihn irgendwann auch lieben, aber auf eine andere Weise.«

Banu begann, ihre Mutter in einem ganz neuen Licht zu sehen.

»Ich habe nie aufgehört, Cem zu lieben. Am Anfang meiner Ehe mit Hüseyin war ich sehr unglücklich und habe mehrere Male überlegt, ihn zu verlassen und mit Cem wegzugehen. Aber das hätte auch Schande für dich und später dann auch für Hatice bedeutet.« Gamze Kurtoğlu lächelte und ihre Züge entspannten sich. Banu hatte ihre Mutter so gut wie nie lächeln sehen. In diesem Moment konnte sie sich vorstellen, dass sie einmal eine sehr gut aussehende Frau gewesen sein musste. »Cem und ich haben uns jahrzehntelang regelmäßig und heimlich Briefe an ein Postfach geschrieben. Natürlich war es weltfremd, zu glauben, dass er irgendwann mal nach Deutschland ziehen würde. Und Hüseyin hat uns hier eine Existenz geschaffen.«

»Aber du bist hier nie glücklich gewesen.«

Ihre Mutter schüttelte den Kopf. »Es gab immer wieder glückliche Momente, vor allem dank euch. Aber ich wollte mich nie integrieren, da ich dachte oder besser mir wünschte, dass ich wieder zurückgehen würde.«

Banu war während des Gesprächs auf eine nun nicht mehr ganz abwegige Idee gekommen und fasste ihren ganzen Mut zusammen, um ihrer Mutter diese Frage zu stellen. »Bin ich das Kind von Cem?«

Gamze Kurtoğlu legte ihr die bandagierte Hand auf den Arm. »Nein, auch wenn ich mir immer vorgestellt habe, du seist von ihm. Dein Vater ist Hüseyin Kurtoğlu«, sagte sie.

Wie durch Geisterhand öffnete sich die gusseiserne und mit Spitzen versehene Pforte. Natürlich hatte Stella ihre Ankunft angekündigt, und Olivia stand mit der Fernbedienung in der Hand auf der gepflasterten Auffahrt, die über das parkähnliche Grundstück zu ihrem Anwesen führte. Stella war immer wieder überwältigt davon, was Olivia sich aufgebaut hatte. In der Schule für ihre mollige Figur gehänselt, hatte sie vor ungefähr zwanzig Jahren eine kometenhafte Karriere als Plus-Size-Model hingelegt. Und die Zicken, unter deren Häme Olivia damals so gelitten hatte, hatten auf einmal mit ihr befreundet sein wollen. Denn sie lief für die bekanntesten Designer über die Laufstege Europas. Vor ungefähr fünf Jahren hatte sie den Job als Model endgültig an den Nagel gehängt, einen Maskenbildner geheiratet und kurz hintereinander zwei Kinder bekommen. Ursprünglich hatte sie angekündigt, eine ganze Fußballmannschaft an Kindern haben und nie wieder arbeiten gehen zu wollen, aber die Geburten waren schwierig gewesen und die anschließende Zeit als Hausfrau und Mutter zu langweilig für die quirlige Olivia. Location

Scout und Wedding Planner war nun ihre neue Berufung, der sie sich mit viel Engagement widmete.

Stella stieg vor dem beeindruckenden Eingangsportal aus dem Auto und winkte Bounty zu, die ihr mit einem Glas Sekt in der Hand die Tür öffnete.

»Ich bin ja sehr gespannt, warum du uns so kurzfristig zusammengerufen hast«, sagte sie. »Obwohl ich schon etwas ahne und denke, dass es besser ist, wenn ich bei der Verkündigung angeheitert bin.«

»Ich habe im Wintergarten gedeckt«, rief Olivia, die nach dem Fußweg durch ihren Park nun auch angekommen war.

Stella war auf der Fahrt nach Seevetal vor den Toren Hamburgs ziemlich beklommen zumute gewesen, denn Bounty und vor allem Olivia würden wahnsinnig enttäuscht sein, wenn sie von ihrem Entschluss erfuhren. Aber da mussten sie durch.

Der Wintergarten war gut geheizt, denn ein munteres Feuer prasselte im Kamin. »Setzt euch und nehmt ein paar Häppchen. In Krisen geht man am besten gestärkt.«

Stella war mal wieder überwältigt von Olivias ästhetischen und Gastgeberqualitäten. In ihrem letzten Dänemarkurlaub hatte sie alles Mögliche an Treibholz gesammelt und sehr geschmackvolle Kerzenhalter hergestellt, die perfekt mit der natürlich-eleganten Einrichtung des Wintergartens harmonierten. Auf dem Tisch, der aus einer verwitterten australischen Stalltür gezimmert worden war, standen allerlei Leckereien und Snacks von süß bis salzig, die Olivia mit Sicherheit selbst zubereitet hatte. Stella lud sich drei Scheiben Vitello tonnato und vier Kanapees mit Lachs und Ei auf den zierlichen Teller, bevor sie ihren Freundinnen einen bedeutungsschwangeren Blick zuwarf. »Ihr seid meine besten Freundinnen, und ich weiß, dass es euch hart treffen wird, aber es wird keine Hochzeit geben.«

Bounty und Olivia schwiegen und gaben Stella so die Gelegenheit, ihre Entscheidung zu begründen.

»Ich liebe Jupiter. Das steht außer Frage. Und ich bin mir absolut im Klaren darüber, dass er nicht wie mein Ex ist. Ich will auch den Rest meines Lebens mit ihm verbringen. Aber was mir im Laufe der letzten Wochen immer klarer geworden ist: Ich möchte keine bürokratische Bindung. Jupiter und ich sind jetzt seit über vier Jahren ein Paar. Seit eineinhalb Jahren leben wir zusammen. Ich habe das Gefühl, dass wir über den Zeitpunkt hinaus sind zu heiraten. Was sollte an unserer Beziehung noch besser werden?« Nach dieser langen Rede hielt sie inne und biss in ein Kanapee.

Olivia war die Erste, die sich äußerte. »Es ist ja nicht so, dass wir nicht schon lange gemerkt haben, dass du eigentlich nicht heiraten möchtest. Bounty und ich haben schon so oft darüber gesprochen, dass deine Laune immer schlechter wurde, je weiter die Vorbereitungen voranschritten.« Sie nahm einen Schluck aus ihrem Saftglas, und Bounty sprang ein. »Ich kann das gut verstehen. Ich bin jetzt schon so lange glücklich mit Tammo. Und das ganz ohne Trauschein. Stella, du und ich, wir haben beide bereits je eine gescheiterte Ehe hinter uns. Und vor den Hochzeiten dachten wir, dass das die Männer fürs Leben sind. Warum sollten wir das Risiko eingehen und so ein Fiasko noch mal mitmachen?«

Stella blickte zu Olivia, die sich noch nicht dazu geäußert hatte, ob sie Verständnis für ihre Entscheidung hatte oder nicht. Immerhin hatte sie bisher die meiste Arbeit in das Projekt »Hochzeit von Jupiter und Stella« gesteckt.

»Du weißt, dass ich absolut hinter dem Sakrileg der Ehe stehe«, sagte Olivia. »Ich hätte mich gefreut, wenn ihr euch gegenseitig in der Kirche oder wenigstens auf dem Standesamt das Ja-Wort gegeben hättet. Aber«, sie blinzelte Stella an, »du bist eine meiner besten Freundinnen und ich liebe dich. Ich werde deine Entscheidung niemals infrage stellen und stehe voll hinter dir.«

Stella stand auf und umarmte ihre beiden Freundinnen gleichzeitig. Sie hatte Tränen der Rührung in den Augen, da sie wusste, dass sie beide sich sehr auf die Hochzeit gefreut hatten, ihre Entscheidung aber ohne Wenn und Aber akzeptierten.

»Ein Gutes hat die ganze Sache jedoch«, sagte Olivia. »Der Endspurt für die Hochzeitsfeier wäre ziemlich hektisch geworden, denn du hast ja so vieles auf die letzte Minute aufgeschoben.« Sie legte eine Hand auf ihren Bauch. »Und eigentlich brauche ich gerade Ruhe, denn Levi und Evianne bekommen zwei Geschwister.«

»Waasss! Du bekommst Zwillinge? Meinen herzlichsten Glückwunsch«, kicherte Bounty, die offensichtlich vor Stellas Ankunft auch schon den einen oder anderen Sekt getrunken hatte. Stella konnte kaum fassen, was Olivia gerade erzählt hatte. Sie hatte nach den beiden komplizierten und sogar gefährlichen Geburten nicht damit gerechnet, dass Olivia und Paul noch mal nachlegen wollten, sah ihrer Freundin ihr Glück jedoch an. Diese Schwangerschaft war sicherlich kein Zufall. Sie drückte sie und gab ihr einen Kuss auf die Wange. »Wann kommen denn die beiden?«, fragte sie.

»Im Oktober. Wenn alles planmäßig läuft, werden es zwei kleine Halloween-Geister.«

»Aber pst«, Olivia legte ihren Finger auf die Lippen. »Sagt bitte Levi und Evianne noch nichts. Bisher ist zwar alles okay, aber die Frauenärztin hat schon mehrfach betont, dass eine Zwillings-Schwangerschaft mit einundvierzig Jahren nicht mehr ganz risikolos ist.«

Wie aufs Stichwort wurde die Tür zum Wintergarten aufgerissen. Der knapp vierjährige Levi und die dreijährige Evianne, gefolgt von zwei ungestüm herumspringenden Hunden, kamen hereingestürzt.

»Mama, Friedrich hätte fast einen Hasen gefangen«, kreischte Levi. Ungefähr eine Minute später betrat Paul den Anbau.

Stella kombinierte, dass die drei einen Spaziergang gemacht hatten. »Ich wusste gar nicht, dass ihr jetzt zwei Hunde habt«, sagte sie.

Olivia winkte ab. »Friedrich ist nur für ein paar Tage bei uns. Er versteht sich perfekt mit Pauli, und deshalb ist es fast weniger anstrengend, als Pauli allein hier zu haben.«

Der kleine Border Terrier wedelte mit dem Schwanz, als er seinen Namen hörte, und ließ sich von Stella den Kopf kraulen. Sie hatte zwar für Hunde nicht viel übrig, genauso wenig wie für Kinder, aber der Nachwuchs und die Haustiere ihrer Freundinnen bildeten da natürlich eine Ausnahme.

Olivia wandte sich an ihren Sohn. »Ein Wunder, dass er den Hasen nicht gefangen hat, denn Friedrich ist ein Jagdhund. Und nicht so ein nutzloses Kuscheltier wie Pauli.«

»Ist er richtig ausgebildet?«, fragte Bounty.

Olivia nickte. »Er gehört einem befreundeten Jäger, der für eine Woche in die USA reisen musste. Eigentlich heißt er Herzog Friedrich von den Brandbergen. Er ist ein reinrassiger Schweißhund. Der Züchter verkauft seine Tiere ausschließlich an Jäger.« Sie streichelte Friedrichs seidige Ohren und er himmelte sie dafür an. »In Wirklichkeit willst du auch nur kuscheln, oder?«

»Man muss also einen Jagdschein vorweisen, wenn man so ein Tier kaufen will?«, fragte Stella.

Olivia nickte. »Auf jeden Fall von dem Zwinger Brandbergen. Andere Züchter verkaufen auch an Normalos.« Stella grübelte. Der Name des Zwingers kam ihr bekannt vor. Ihr Exmann Mirko, mit Nachnamen Hambergen, und sie hatten ihre Namen behalten. Vor der Hochzeit hatten sie jedoch Witze darüber gemacht, dass sie, wenn sie von jedem ihrer Nachnamen einen Teil zusammenfügen würden, Brandbergen heißen würden. Aber diese Erinnerung war es nicht allein. In ihrem Kopf brachte sie tatsächlich den Namen Brandbergen mit einem großen braunen Hund wie Friedrich zusammen. Sie zwang sich, nicht länger darüber nachzudenken. Meistens war es so, dass ihr die Verbindung am ehesten einfiel, wenn sie nicht weiter daran dachte.

Das Kleid hing wie ein Sack an Annika. Sie drehte sich vor dem Spiegel hin und her, fand jedoch keine Pose, in der das türkisfarbene Baumwollkleid an ihr passabel aussah. Ihre Mutter war nun seit fast zwei Wochen tot. Eine Tatsache, die nicht rückgängig gemacht werden konnte, Annika musste lernen, damit zu leben. Sie war einerseits froh darüber, dass das Verbrechen aufgeklärt war. Nun richtete sich ihr Hass jedoch zentriert und ungefiltert auf die Person von Pascal Grande. Und zwar so sehr, dass es wehtat. Er hatte ihre Mutter nicht mal gekannt und sie trotzdem ermordet. Hilde de Boer hatte also keine Leichen im Keller gehabt, die der Grund für die Tat hätten sein können. Annika wusste, dass ihren Vater diese Möglichkeit belastet hatte, denn über das Vorleben ihrer Mutter war nichts bekannt.

»Du siehst gut aus, Schatz.« Sebastian trat hinzu und küsste sie auf die Schulter.

»Na ja, ich weiß nicht recht«, sagte Annika. »Ich habe in den letzten zwei Wochen drei Kilo abgenommen. Nichts passt mir mehr.« Heute Abend wollten Sebastian und sie bei dem kleinen Italiener, der zwei Straßen weiter war, essen gehen und so tun, als wäre alles wie immer.

»Du musst nicht zu hundert Prozent perfekt aussehen. Wir gehen heute nicht ins Fontanello.«

Annika wurde nachdenklich, als der Name ihres absoluten Lieblingsrestaurants fiel. Sie hatte gerade erfahren, dass Franziska Koviak, die auch von Pascal Grande getötet worden war, vor diesem Restaurant erschossen wurde. Und natürlich hatten die Polizisten es ihr bei den Gesprächen nach dem Tod ihrer Mutter wohl gesagt. Aber sie war mental einfach so benebelt von Trauer und Psychopharmaka gewesen, dass dieses Detail sie nicht erreicht hatte. Als sie heute den Bericht über die Morde in der Zeitung gelesen hatte, war ihr eine Sache eingefallen, die wahrscheinlich nicht wichtig war, aber dennoch erwähnenswert.

»Meinst du, ich sollte noch mal bei der Polizei anrufen und sagen, dass wir am Montag, den zwanzigsten März eigentlich auch im Fontanello essen gehen wollten?«

»Ich weiß nicht, wozu das gut sein soll«, sagte Sebastian, der sich gerade die Schuhe zuband. »Der Täter ist gefasst. Er hat gestanden, und wir sollten versuchen, so gut wie möglich zur Normalität zurückzukehren.« Er räusperte sich. »Auch wenn nichts wieder so sein wird, wie es mal war.«

Annika überlegte. Wahrscheinlich spielte diese Anmerkung keine Rolle mehr, aber sie würde dennoch morgen bei Thorsten Fock anrufen und ihn darüber unterrichten. »Ich bin fertig. Lass uns gehen«, sagte sie.

1973-1985

Sehr viel von der Landespolitik bekamen wir in der Kolonie natürlich nicht mit. Denn wir konnten kein Spanisch und die Chilenen kein Deutsch. Selbst wenn es also eine Gelegenheit zum Austausch gegeben hätte, hätte uns niemand informieren können.

Im Jahr 1973 erlebten wir aber erstmalig verstärkte Militärpräsenz auf dem Grundstück der Kolonie. Pius bekam oft Besuch von chilenischen Männern in Uniform, die mit Autos vorfuhren, die aussahen wie Geländewagen. Häufig hatten diese Männer fast lässig Gewehre über der Schulter hängen. Wenn wir sie sahen, hielten wir unseren Blick gesenkt und sie sprachen nie mit uns. Oder sagen wir mal, fast nie. Ich erinnere mich an einen Vorfall, als Martha eine gerade geschlachtete Gans zum großen Haus brachte. Ich ging hinterher, einen Korb mit Kartoffeln im Arm. Das Blut aus dem offenen Hals der Gans tropfte auf den hellen Sand und hinterließ eine Spur wie bei einer Schnitzeljagd. Pius wollte an diesem Abend wieder chilenische Gäste empfangen. Gerade als wir die Hintertür, die zur Küche führte, erreicht hatten, sahen wir einen Mann, der zum Rauchen vor die Tür gegangen war. Der Mann war groß, hatte dunkle Augen und schwarze Haare, die mit grauen Strähnen durchzogen waren. Er hatte eine prächtige Militäruniform an. Er baute sich vor

Martha auf und verstellte ihr so den Weg. Dann sagte er etwas auf Spanisch zu ihr und lachte. Martha traute sich jedoch nicht, aufzusehen, und seine Stimme wurde lauter. Als Martha sich noch immer nicht rührte, griff er ihr mit der Hand unters Kinn und zog ihren Kopf mit einem Ruck nach oben. Martha gab einen Schmerzenslaut von sich, und er schlug ihr mit aller Wucht ins Gesicht. Sie ließ die Gans fallen und bückte sich, um sie aufzuheben. Der Mann war jedoch schneller, griff sich das Tier und verschwand im Haus. Schnell schlich ich hinterher und stellte den Korb mit den Kartoffeln, so leise wie ich konnte, auf den Küchentresen.

»Tut es sehr weh?«, fragte ich Martha, deren Blut von ihrer aufgesprungenen Lippe tropfte und sich im Sand mit dem Blut der Gans vermischte. Sie schüttelte den Kopf. »Den Schlag habe ich kaum gespürt, aber es war schrecklich, von einem Mann angefasst zu werden.« Ich nickte, denn es war tatsächlich das erste Mal, dass ein Mann einer von uns überhaupt Aufmerksamkeit geschenkt hatte.

Wir hatten nie viel über Sexualität gesprochen. Aber mir war schon aufgefallen, dass Martha die Mädchen verdächtig lange anblickte, wenn sie sich ihr Nachthemd anzogen. Dabei durften wir eigentlich gar nicht zusehen.

Nun waren wir ja alle sehr schamvoll aufgewachsen und wurden häufig auf die Probe gestellt, was unsere Sexualität anging. An manchen Abenden mussten wir uns alle nackt ausziehen und uns nebeneinanderlegen. Wenn unsere Körper auch nur eine Reaktion zeigten, wurden wir verprügelt. Fast regelmäßig wurden bei solchen Aktionen die Brustwarzen mancher Mädchen hart, was aber wohl vor allem der Kälte im Raum zuzuschreiben war. Passierte dies, schlugen die Tanten mehrerer Häuser, die sich an solchen Abenden zusammentaten, mit Holzstäben auf die Brüste der jeweiligen Mädchen ein, bis sie blau und grün waren. Besonders viel Freude hatten die Tanten an Abenden, an denen ein nackter Junge zwischen uns Mädchen platziert wurde. Oft zeigte sich bei diesen armen Jungen eine Regung. Geschah dies, wurde ein elektrischer Viehtreiber an seine Hoden gelegt und es wurden ihm Stromstöße verabreicht. Und zwar so lange, bis er nicht mehr schrie, sondern wimmerte oder ohnmächtig wurde.

So kannten wir Mädchen in der Kolonie nur weibliche Körper, und manchmal begehrt man das am stärksten, was man am häufigsten sieht, aber dennoch nicht berühren darf. Ich hatte das Gefühl, dass Marthas Interesse an Körperlichkeit wuchs. Wenn wir zu unserer täglichen Arbeit auf die Obstplantagen oder die Felder gingen, hatten wir uns in unbemerkten Momenten häufig an den Händen gehalten, um uns Mut zu machen. In den letzten Wochen war es jedoch so, dass Martha nicht nur nach meiner Hand griff, sondern auch anfing, die Innenseite meines Handgelenks zu streicheln. Natürlich waren dies stets kurze Augenblicke, denn wir wollten keine Prügel riskieren. Marthas Berührungen wurden mir jedoch zunehmend unangenehm, und oft entzog ich mich ihr. Mir tat es jedoch jedes Mal leid, so schroff zu ihr zu sein, denn wie wir alle sehnte sie sich nach ein wenig Zuneigung. Oft denke ich, dass alles anders gekommen wäre, wenn ich mit ihr darüber gesprochen hätte, dass ich nur Freundschaft für sie empfand, aber geredet haben wir ja kaum noch. Und dabei abgehört zu werden, wie man über Sex und Liebe sprach, konnte sehr schmerzhaft enden.

Es war an einem Sommertag im August 1980. Martha, ich und drei andere Mädchen unseres Hauses wurden zur Traubenernte geschickt. Es war zwar beschwerlich, den ganzen Tag in der Sommerhitze zu arbeiten, aber nach neunzehn Jahren in Chile waren wir dies gewöhnt. Die Arbeit selbst war körperlich nicht so anstrengend wie vieles andere, was wir bereits getan hatten. Als wir bereits mehrere Körbe voll gepflückt hatten und mir der Rücken wehzutun begann, sagte Martha ziemlich laut: »Ich muss mal. Ich gehe nur kurz hinter den Busch.« Sie zwinkerte mir zu. Ich weiß heute nicht mehr genau, warum ich mitgegangen bin, aber kaum als wir hinter dem Gebüsch waren, zog sie mich an sich und gab mir einen langen Kuss auf den Mund. Ich dachte, ich hätte mich gewehrt, aber wir müssen wohl ein paar Sekunden so dagestanden haben, bevor ich »Lass mich!« oder etwas Ähnliches gerufen haben musste. Es war laut genug, dass Tanja und Erna auf einmal vor uns standen und dann blitzschnell Richtung Farmgebäude verschwanden. Ich konnte mir richtig vorstellen, wie sie geiferten, wer der Tante zuerst davon berichten würde, dass Martha und Lisa sich unsittlich angefasst hatten. Den ganzen Tag sprach ich nicht mehr ein Wort mit Martha. Ich malte mir in den schillerndsten Farben aus, was uns am heutigen Abend wohl erwarten würde, denn natürlich ließ man uns erst mal weiterarbeiten, bis wir unser tägliches Soll geleistet hatten.

Als wir gegen Abend in das Haus zurückkamen, wollten wir uns wie die anderen an den Tisch setzen, um unsere spärliche Ration an Abendbrot zu uns zu nehmen, aber die Tante schüttelte den Kopf. »Ihr habt noch etwas vor«, sagte sie und lächelte böse. »Pius veranstaltet heute einen Herrenabend und ihr sollt dort für eure Verfeh-

lung bestraft werden.« Ich hatte schon einiges von den Herrenabenden gehört. Das besondere Highlight dieser Abendgesellschaften, denen natürlich nur Männer beiwohnten, war, dass Frauen, die von anderen verraten worden waren, an den Tischen der Männer vorbeigehen mussten und dort gedemütigt und verprügelt wurden. Dieses Ritual wurde von Pius und seinem Führungskreis verniedlichend »Schinkenklopfen« genannt. Frauen, die an diesen Herrenabenden vorgeführt wurden, konnten danach tagelang nicht sitzen. Ich dachte aber damals, dass alles besser sei, als wieder Elektroschocks zu bekommen.

Als Martha und ich in den Saal kamen, spürten wir bereits die aggressive Stimmung, in der sich die Männer befanden. Pius schilderte unser Vergehen, und wir mussten sagen, dass wir uns schämten und diese Tat bereuen würden. Kurze Zeit später gab er uns zur Züchtigung frei. Gerade als wir unsere ersten Schläge mit Holzstäben bekommen hatten, stand einer der Männer auf. Ich erkannte ihn als denjenigen, der Martha geschlagen hatte, als wir vor einiger Zeit die Zutaten für das Essen in die Küche gebracht hatten. Pius machte eine kurze Handbewegung und die Prügelei pausierte einen Moment. Der Mann musste also eine hohe Position innerhalb der Gruppe innehaben. Er sprach mit Pius auf Spanisch, was wir natürlich nicht verstanden. Pius überlegte einen Moment und nickte. Dann ging er zu Martha und legte ihr den Arm um die Schulter. »Oberst Rojas hat eine Idee für dich, Kind. Vielleicht kann dich das von deiner sündigen fleischlichen Krankheit heilen.« Und er führte Martha zu dem Mann, der gerade gesprochen hatte. Gemeinsam verließen sie den Saal und die Wut der Männer konzentrierte sich nun ganz auf mich. Tat-

sächlich blieb es nicht bei Schlägen mit dem Stock. Auch wurde der Kanon aus Schimpfwörtern wie »Hure« und »Drecksau« immer lauter.

Kaum hatten Martha und Oberst Rojas den Raum verlassen, traf mich ein Schlag ins Gesicht mit so voller Wucht, dass meine Nase brach und ich sofort mein eigenes Blut schmeckte, bevor ich ohnmächtig wurde.

Nach diesem Abend sah ich Martha nicht wieder. Natürlich hatte ich großes Interesse daran zu erfahren, was mit ihr geschehen war. Das erfuhr ich dann auch durch einen merkwürdigen Zufall.

Bereits vor ein oder zwei Jahren erkannte Hilde in einer der Tanten, die eins der Häuser führten, ihre Mutter, die sie seit der Zeit in der Privaten Socialen Mission nicht mehr gesehen hatte. Sowohl Hilde als auch ihre Mutter taten natürlich so, als würden sie sich nicht kennen. Aber bis sie zur Gemeinschaft kamen, hatten sie eine innige Beziehung gehabt, denn Hilde war das einzige Kind von Hannah und Ernst gewesen. Und so traten sie nach einer gewissen Zeit und unter strengster Geheimhaltung miteinander in Kontakt. Alle Tanten holten in gewissen Abständen Psychopharmaka für die in ihren Hütten lebenden Frauen und Mädchen ab. Denn selbst die Prügel sorgten nicht immer dafür, dass keine aufsässig wurde. Hilde, die ja im Krankenhaus arbeitete, händigte diese Medikamente aus. Ihre Mutter steckte ihr manchmal Briefe zu, wenn sie ins Krankenhaus ging, um die Pillen abzuholen, und andersherum gab auch Hilde bei dieser Gelegenheit Nachrichten an ihre Mutter weiter. Alle wussten, wie riskant das war. Und so erfuhren wir, dass Martha nun in Hannahs Haus lebte. Und Hannah wusste auch über die Abmachung mit dem Oberst

Bescheid. Immer wenn er in der Kolonie war, durfte er mit Martha machen, was er wollte. Dies schloss meist nicht einvernehmlichen Sex mit ein. Da dies in der Kolonie eigentlich verboten war, versprach er, das Sorgerecht für die Kinder, die Martha vielleicht von ihm bekommen würde, an Paul Schäfer zu geben. Diese Kinder hätten zumindest von väterlicher Seite die stärksten Gene und wären sicher geeignet, den Gedanken der Kolonie bestens zu vertreten. Und Hannah wusste auch zu berichten, dass Martha schwanger war, der Oberst sie aber weiter abholte und misshandelte. Hannah schrieb, dass Martha aus irgendwelchen Gründen mir die Schuld an ihrer Lage geben würde. Das habe ich überhaupt nicht verstanden, denn es war ja Martha gewesen, die mich geküsst hatte. Beschuldigte sie mich, weil ich nach dem Kuss geschrien hatte? Oder hatte sie von mir erwartet, dass ich sie bei dem Herrenabend beschützen würde? Aber dazu wäre ich ja in keiner Sekunde in der Lage gewesen. Heute kann ich mir vorstellen, dass sie in all ihrem Leid nicht mehr klar denken konnte. Martha, die sich deutlich mehr zu Frauen hingezogen fühlte, wurde wöchentlich mehrfach von einem Mann vergewaltigt und geschlagen. Er hielt sie als seine persönliche Sklavin.

Natürlich überlegten Hilde und ich damals, wie wir ihr helfen konnten, doch wir konnten uns ja nicht mal selbst helfen.

Im Mai 1981 kam Santiago zur Welt. Ein knappes Jahr später Gabriella und dann Dana. In all ihrem Elend genoss Martha jedoch ein Privileg: Ihr wurden die Kinder nicht weggenommen, sondern sie durften bei ihr in der Hütte wohnen. Martha selbst war derart misshandelt worden, dass sie kaum noch schwerer körperlicher

Arbeit nachgehen konnte. Sie hatte lediglich im Hauptbaus zu putzen. Hildes Mutter konnte sie jedoch nicht schützen, das wäre aufgefallen.

Meine Tage verliefen seit Jahren relativ gleichförmig. Ich stand morgens auf, ging zur Arbeit und kam meist erst am späten Abend wieder in unsere Hütte. Dann beichtete ich und bekam manchmal Prügel, entweder weil ich von anderen denunziert worden war, oder weil ich selbst niemanden denunziert hatte. Hilde war mittlerweile eine gut ausgebildete Schwester im Krankenhaus. Aber auch sie musste sich nach wie vor den strengen Regeln in der Kolonie unterwerfen.

Es war Oktober 1984, als ich in der Nacht brutal geweckt wurde. Tante Gunda zerrte mich an meinen Haaren aus dem Bett, und einige andere traten nach mir und schlugen mich. Ich wurde einige Hundert Meter über das Grundstück geschliffen, und dann schmiss man mich buchstäblich in eine Öffnung im Boden, die ich nie zuvor wahrgenommen hatte. Bei dem Sturz musste ich mir den Kopf angeschlagen haben, denn ich war einige Zeit nicht bei mir. Als ich erwachte, lief mir Blut an der Seite des Kopfes herunter und ich befand mich in einem sehr kleinen Raum, einer Zelle, mit einem kleinen Gitterfenster. Ich habe mehrere Stunden einfach nur dagesessen und geweint. Wenn man so viel erlebt hat wie wir, denkt man, dass man emotional abgehärtet sein muss, aber ich hatte so große Angst. Nach einer sehr langen Zeit wurde meine Zelle geöffnet, und ich sah, dass es viele Zellen in diesem Raum gab. Sehr viel später erfuhr ich, dass hier die Gegner des Regimes Pinochet vom chilenischen Geheimdienst gefoltert wurden. Zwei Männer packten mich und schnallten mich auf einem Stuhl an. »Gestehst du, dass du einen Plan geschmiedet hast, um Pius umzubringen?«, fragte einer der beiden. Obwohl ich heftig mit dem Kopf schüttelte, fuhr er fort. »Wer sind deine Komplizen?« Ich wusste, dass von mir erwartet wurde, nun mehrere Menschen zu denunzieren. Ich sagte aber nichts. »Ich verehre Pius«, stammelte ich. »Er ist unser Hirte und Führer.« Aber es war wohl nicht glaubhaft genug, denn der erste Stromstoß traf mich hart und schleuderte mich gegen die Lehne des Stuhls. Schmerz explodierte in meinem Körper und mir wurde schlecht. Immer wenn ich wegdämmerte, da mein Körper so den Qualen zu entrinnen versuchte, wurde ich mit kaltem Wasser bespritzt, sodass ich wieder wach war. Dann folgten erneut die Fragen und weitere Stromstöße. Tatsache ist, dass ich durch die Stromschläge in dieser Nacht und am folgenden Tag unfruchtbar geworden bin. Ein Arzt in Deutschland hat dies bestätigt. Außerdem platzte mein Trommelfell, sodass ich heute auf einem Ohr taub bin. Jedenfalls war ich mir sicher, dass ich in diesem unterirdischen Raum sterben würde. Und ich weiß noch immer nicht, warum man nach zwei Tagen Folter von mir abließ und mich nicht tötete. Ich dachte, dass es vielleicht doch einen Gott geben müsse. Und zum ersten Mal seit langer Zeit betete ich wieder und meinte das, was ich sagte, ernst. Man schaffte meinen verletzten Köper zurück in die Hütte, und am nächsten Tag musste ich aufstehen und arbeiten gehen wie immer, was mir natürlich nicht gelang. Ich erhielt jedoch keine Schläge und Tritte, obwohl ich mehrfach zusammenbrach. Von ihrer Mutter erfuhr Hilde, dass Martha dem Oberst erzählt hatte, sie hätte gehört, wie ich mit dem Plan geprahlt hatte, Pius umzubringen. Hannah selbst hatte gehört, dass Martha mich beschuldigt hatte.

Meine liebe Freundin Martha, Leidensgenossin der ersten Stunde, hatte mich verraten. Und so wie ich sie vorher geliebt hatte, hasste ich sie jetzt.

Nachts holte ich das Schwarz-Weiß-Foto, das unser Lehrer in Much von Hilde, Martha und mir gemacht hatte, heraus und betrachtete es. Wir alle drei hatten das Foto als Zeichen unserer Freundschaft immer bei uns getragen und in der Kleidung versteckt. Damals waren wir in der vierten Klasse und dachten, wir würden immer zusammenhalten. Ich wollte das Foto zerreißen, überlegte es mir dann aber doch. Selbst wenn ich Martha nicht mehr wiedersehen würde, wollte ich das Foto behalten, um meinen Hass wenigstens auf das Bild von ihr projizieren zu können. Ich versuchte, nicht an den dunklen Kellerraum zu denken, und weinte mich in den Schlaf.

Einige ereignislose Tage vergingen. Ich wurde wieder kräftiger, träumte jedoch jede Nacht von dem, was man mir angetan hatte. Und mein Hass auf Martha wuchs, die nun im großen Haus einfache Putztätigkeiten verrichtete, während ich Tag für Tag nach wie vor Knochenarbeit leisten musste. Natürlich sagte mir mein Gewissen, dass Martha schweren Misshandlungen ausgesetzt war. Aber ich konnte doch nichts für ihr Schicksal. Und sie hatte mich quasi in den Tod geschickt. Da ich für schwere körperliche Arbeit kaum noch zu gebrauchen war, wurde es zugelassen, dass ich mir zwischendrin Pausen gönnte. Seit einigen Wochen hatte unser Haus eine neue Tante. Ella war eines der Mädchen, die mit uns aus Deutschland gekommen waren. Sie war in derselben Hütte groß geworden, und es war eine ihrer liebsten Tätigkeiten gewesen, andere zu verraten. Und irgendwann war Gunda weg, und Ella, die mein Alter hatte, passte nun auf uns auf.

Wahrscheinlich wurde es für Ella zu anstrengend, jedes Mal nach mir zu treten, wenn ich hinfiel. Und so nickte sie nur verächtlich, wenn ich unter den großen Busch, der abgeschirmt hinter einer Mauer stand, humpelte und mich ein wenig ausruhte. Sie wusste nicht, dass auch Hilde mehrfach am Tag diesen Platz aufsuchte, um fernab vom Trubel die Auflistung der Medikamentenausgabe zu überprüfen. Im Krankenhaus vertraute man ihr, da sie sich nie hatte etwas zuschulden kommen lassen und schnell lernte. Und so tolerierte man ihre Marotte, so oft wie möglich an der frischen Luft arbeiten zu wollen. Unsere Treffen waren natürlich vor allem für sie ein großes Risiko, denn ich hatte ja schon fast alles verloren.

Ungefähr zehn Tage nach meinem Aufenthalt im Keller erfuhr ich von ihr eine Nachricht, die mir die Sprache verschlug. »Martha war bei mir im Krankenhaus. Ihr Sohn ist wohl krank, und da Pius ihn sehr in sein Herz geschlossen hat, durfte sie Medikamente für ihn holen. Sie sah nicht gut aus. Ein Auge war geschwollen und sie hatte Striemen am Hals. Sie ist aber ziemlich rund. Vielleicht ist sie wieder schwanger. Sie hat nichts gesagt, mir aber einen Brief zugesteckt. Ich denke, sie weiß irgendwoher, dass wir beide noch Kontakt haben.« Hilde reichte mir das Papier und ich überflog es. Auf einmal hatte ich so einen bitteren Geschmack im Mund, dass ich ausspucken musste. »Sie entschuldigt sich für alles, was sie mir angetan hat, und bittet um Vergebung.« Ich zerknüllte den Brief. »Ich kann es kaum fassen«, zischte ich. Ich sah Hilde an, dass sie genauso wütend war wie ich. Sie steckte eine Hand in ihre Bluse und zog unser Foto aus dem BH. Dann warf sie einen langen Blick darauf und riss Martha heraus. »Für mich ist sie gestorben«, sagte Hilde und zerfetzte das abgerissene Stück Foto. »Wegen ihr bist du ein Krüppel.« Ich lächelte traurig. Zwar hatte mich bisher noch niemand so genannt, aber Hilde hatte recht.

Martha tauchte in den nächsten Tagen noch dreimal bei Hilde auf, sie beantwortete ihre Briefe jedoch nicht.

Und dann bekam Hilde eine Information von ihrer Mutter, die unser Leben wirklich verändern sollte. Ich saß hinter der Mauer und massierte meine schmerzenden Beine, als Hilde sich mit hochrotem Gesicht neben mir niederließ. »Du sollst sterben«, sagte sie knapp und schonungslos. Meine Kehle wurde auf einmal so trocken, dass ich nichts erwidern konnte. Also fuhr sie fort: »In sieben Tagen soll es einen ganz besonderen Herrenabend im großen Haus geben. Es sind nur Gäste von höchstem Rang geladen. An diesem Abend sollen zehn Frauen gezüchtigt werden. Anders als sonst ist aber geplant, dass diese Frauen das Haus nicht mehr lebend verlassen.« Sie machte eine Pause. »Und du sollst eine davon sein. Hannah war dabei, wie Ella Anweisungen bekommen hat, darauf zu achten, dass du nicht vorher stirbst. Auch aus Hannahs Haus ist eine von den zehn, deshalb war sie bei der Besprechung dabei.« Einen kurzen Moment wunderte ich mich über mich selbst, da ich Ellas Gleichgültigkeit mir gegenüber als Mitleid gedeutet hatte. Dies war jetzt jedoch nicht mehr wichtig. Da meine Schockstarre noch anhielt, sprach Hilde weiter. »Wir müssen fliehen«, sagte sie bestimmt. »Ich arbeite schon lange an einem Fluchtplan. Zwar geht es mir hier deutlich besser als anderen, aber ich möchte nicht bis an mein Lebensende unter absoluter Kontrolle leben. Ich möchte heiraten und Kinder bekommen. Ich möchte endlich einmal glücklich sein. Das wünsche ich mir mehr als alles andere.

Und ich möchte nie wieder Tote und gefolterte Menschen sehen.« Und sie erzählte mir ihren Fluchtplan. Für mich hörten sich ihre Ideen stimmig an. Und ich hatte ja nun tatsächlich nichts zu verlieren. Es gab nur einen Knackpunkt: Wir brauchten etwas, das an diesem Tag von uns ablenkte. Und obwohl es böse war und wir beide es wussten, war uns schnell klar, dass Martha diese Ablenkung sein würde.

Hilde wollte ihre Mutter auf keinen Fall einweihen oder hineinziehen, indem sie ihr einen Brief für Martha mitgab. Also hofften wir darauf, dass Martha noch mal zu Hilde ins Krankenhaus kommen würde. Und so geschah es glücklicherweise auch. Und zwar drei Tage bevor der Herrenabend stattfinden sollte. Hilde hatte einige Zeit an dem Brief gefeilt, aber letztlich bestand er nur aus wenigen Sätzen: »Liebe Martha, Lisa hat dir verziehen und ich somit auch. Lisas Leben ist jedoch in Gefahr. Darum werden wir fliehen. Wir haben einen sicheren Plan und nehmen dich mit. Sei morgen um dreiundzwanzig Uhr bei dem großen Dornenbusch, hinter dem wir uns früher immer versteckt haben. In Liebe, Hilde und Lisa.« Wir wussten natürlich nicht, wie viel Leidensdruck Martha hatte. Vielleicht verriet sie uns auch, und dann könnte es bei dem Herrenabend eine elfte Frau geben, die sterben musste. Ich war dankbar für Hildes Freundschaft. Sie nahm dies alles in Kauf, um mich zu retten. Sie setzte ihr Leben für mich aufs Spiel, obwohl sie immer wieder betonte, dass sie auch aus anderen Gründen fliehen wollte.

Auch Aufseherinnen aus den anderen Hütten holten bei Hilde Medikamente ab, und so war es nicht schwierig, einer der Tanten anonym die Nachricht zuzustecken, dass Martha am einunddreißigsten März fliehen wolle und sich vielleicht noch drei Frauen aus ihrer Hütte anschließen würden. Das dachten wir uns aus, weil wir ja wollten, dass Martha nicht schon vorher in Gewahrsam genommen wurde. Wir dachten, wenn es mehrere wären, die fliehen wollten, würde man sie bestimmt in flagranti erwischen wollen. Hilde steckte die Nachricht ganz bewusst einer anderen Tante zu als ihrer Mutter, denn diese wusste, dass Martha und wir einmal beste Freundinnen gewesen waren. Das hätte sie vielleicht misstrauisch gemacht.

*

Lisas Blick ging zu der Flasche mit Wasser auf dem Tisch. Ihr Kidnapper stand auf und reichte sie ihr. »Nun will ich aber auch den Schluss hören«, sagte er. »Es ist gerade so spannend.«

Lisa erschrak. Sie hoffte, dass das Ende der Geschichte nicht auch ihr Ende bedeutete. Sie hatte sich Mühe gegeben, so viele Details zu erwähnen, um die Berichte zu strecken. Aber irgendwann war eine Geschichte nun mal auserzählt. Aber noch hatte sie Hoffnung, dass ihr Entführer sie gehen lassen würde, denn er hatte sich noch nicht zu erkennen gegeben. Lisa wollte glauben, dass er bestimmt seine Maske abgenommen hätte, die nicht sonderlich bequem aussah, wenn er sie von vornherein hätte umbringen wollen. Und so nickte sie, da ihr ja auch nichts übrig blieb, und erzählte das Ende ihrer Geschichte.

LISAS GESCHICHTE
31. MÄRZ 1985

Natürlich hatte ich in der Nacht nicht geschlafen und war froh, als ich das erste Licht der Morgendämmerung sah. Ich überlegte, dass dies wahrscheinlich so oder so mein letzter Tagesanbruch in der Colonia Dignidad sein würde. Die Stunden zogen sich dahin wie Kaugummi. Ich gab mir heute besonders viel Mühe bei der Arbeit und nahm ganz bewusst den Schmerz wahr, als ich Disteln auf dem Maisfeld mit bloßen Händen ausreißen musste. Ich sagte mir immer wieder, dass es das letzte Mal sein würde. Und das erzeugte in mir eine innere Ruhe. Am schwierigsten würde es sein, um zweiundzwanzig Uhr dreißig aus der Hütte zu kommen. Aber Hilde hatte aus der Krankenhausapotheke ein Schlafmittel gestohlen, das ich tatsächlich allen in den Brei mischen konnte, den wir abends aßen. Auch Ella. Denn ich hatte mich für den Küchendienst eingetragen. Und so schlich ich mich dieses Mal nicht zu dem großen Busch, sondern zum Schafstall. Das Gelände war menschenleer. Natürlich patrouillierten nachts immer Männer mit Hunden vor den Zäunen, aber im Inneren der Kolonie war es meist ruhig. Im Schafstall wartete Hilde mit einer Schwesterntracht, die ich anzog. Hilde wies mich strikt an, auf dem Weg in die Leichen-

kammer nahe dem Seiteneingang des Krankenhauses zu Boden zu blicken.

Für den Fall, dass jemand Fragen stellen würde, hatte sie einen Elektroschocker dabei, der zwar niemanden töten würde, aber stark genug war, um Menschen für kurze Zeit unschädlich zu machen. Wir fassten uns an den Händen und rannten über den dunklen Platz Richtung Krankenhaus, als wir drei Schüsse hörten. Natürlich dachten wir beide dasselbe, blickten aber nicht zurück.

Hilde musste den Elektroschocker nicht einsetzen, denn wir erreichten den Raum, in dem die Leichen in Planen gewickelt auf einem Stapel lagen, ohne dass uns jemand entgegenkam. In diesem Raum wurden die Menschen gelagert, die im Krankenhaus gestorben waren, aber auch die, die man zu Tode gefoltert hatte.

In dem ungelüfteten fensterlosen Raum stank es bestialisch, denn die Leichen wurden nur einmal pro Woche abgeholt. Wir wickelten uns in Planen und legten uns zwischen die Toten. Ich war froh, dass ich den ganzen Tag nichts gegessen hatte, denn es wäre mir sicherlich alles hochgekommen.

Nach einigen Stunden, die wir schweigend mit den Toten verbracht hatten, wurde die große Tür nach außen geöffnet und wir wurden gemeinsam mit den Leichen auf den Anhänger eines Treckers geladen. Da es auf dem Gelände der Kolonie keinen Platz mehr gab, um die Leichen zu verscharren, wurden sie seit einiger Zeit in den Bergen, circa zwanzig Kilometer von der Kolonie entfernt, abgeladen und verwesten dort, ohne begraben zu werden.

Nachdem der Motor des Treckers nicht mehr zu hören war, streiften wir die Plane von uns ab und waren frei.

Hilde hatte im Krankenhaus vielen Kindern geholfen,

und es gab eine Menge Eltern, die ihr dankbar waren. Sie hatte die Adressen von einigen Familien in der nächstgrößeren Stadt Chillan mitgenommen, und wir hofften, dass wir dort Hilfe bekommen würden. Die siebzig Kilometer nach Chillan gingen wir zu Fuß, meist nachts. Durch die Arbeit auf den Feldern und Obstplantagen der Kolonie kannten wir uns gut aus, welche Beeren essbar waren. Kleine Flussläufe, aus denen wir trinken konnten, durchzogen das Land. Wir brauchten fast sechs Tage bis nach Chillan, denn vor allem ich war sehr geschwächt.

Die Chilenen sind herzliche Menschen, die ihre Kinder sehr lieben. Schon die erste Familie erkannte Hilde und empfing uns mit offenen Armen. Natürlich erzählten wir nicht alles, was in der Kolonie passiert war. Das hätte uns sowieso niemand geglaubt. Aber wir erzählten genug, dass die Familie uns half, unterzutauchen. Und so lebten wir eine lange Zeit auf einer abgelegenen Farm, die von dem Bruder der Familie Perez betrieben wurde. Wir molken die Kühe, machten sauber und versorgten die Hühner und Gänse. Die Arbeit war ein Zuckerschlecken im Vergleich zu dem, was wir in der Kolonie hatten leisten müssen.

Nachdem zwei Jahre verstrichen waren, waren wir mutig genug, zur deutschen Botschaft zu gehen und zu behaupten, wir wären Touristinnen, denen die Pässe gestohlen worden waren. Und tatsächlich konnten wir ohne weitere Zwischenfälle ausreisen. Ziemlich schnell hatten wir beschlossen, dass unsere Wege sich erst mal trennen sollten. Zum einen war es Hildes Paranoia, dass wir verfolgt und wieder eingefangen werden könnten, denn auch in Deutschland existierte die Keimzelle der Colonia Dignidad, die Private Sociale Mission, weiterhin. Und sie vermutete überall Anhänger. Da sie bei unse-

rer Flucht ziemlich viel Geld aus der Kasse der Kolonie gestohlen hatte, damit wir uns über Wasser halten konnten, glaubte sie, dass man weiterhin nach ihr suchen würde. Deshalb wollte sie untertauchen. Diese Ängste hatte ich nicht. Wieder zurück in Hamburg entdeckte ich, dass die Nachbarn und besten Freunde meiner Eltern nach wie vor im selben Haus wohnten. Sie nahmen mich herzlich auf. Ich durfte, obwohl ich ja nun auch schon sechsunddreißig Jahre alt war, in dem Zimmer ihrer verstorbenen Tochter wohnen. Sie hatten viele Fotos von mir und ihrer Tochter, als wir Kinder waren, und versuchten so, mir ein Stück Kindheit zurückzugeben. Meine Eltern hatten sie seit dem Jahr, in dem sie das Haus verkauft hatten, nicht wiedergesehen. Ich erzählte ihnen nicht alles, aber genug, um ihnen das Gefühl zu geben, mich schützen zu müssen. Und so fühlte ich mich, im Gegensatz zu Hilde, sicher.

Kurz nach unserer Rückkehr nach Deutschland merkten Hilde und ich beide, dass wir ein neues Leben ohne Altlasten brauchten. Und auch wenn ich Hilde liebte, würde sie mich doch immer an mein Leben in der Kolonie erinnern. Also blieb ich in Hamburg und Hilde inszenierte auf Helgoland ihre Ankunft als Frau mit Amnesie. Ich wunderte mich zunächst, dass sie sich keinen neuen Vornamen gegeben hatte, aber irgendeine Verbindung zu ihrem alten Leben wollte sie wohl behalten.

Wir verabredeten, einmal im Jahr zu telefonieren, und zwar an unserem gemeinsamen Geburtstag, wie Hilde ihn nannte. Am einunddreißigsten März. Und nun ist sie tot. Und ich habe nicht mehr mit ihr gesprochen.

*

Als sie zum Ende der Geschichte kam, war Lisa erleichtert. Sie hatte, seitdem sie wieder in Hamburg lebte, nur mit Thomas ausführlich über ihr Leben in der Colonia Dignidad gesprochen. Und das war einige Jahrzehnte her. Und selbst ihm hatte sie nicht alles erzählt. Zwar hatte Thomas gewusst, was mit ihr passiert war. Aber ihr Verhältnis zu Martha und speziell den Umstand, dass Marthas Tod ihre Flucht ermöglicht hatte, hatte sie verschwiegen. Nicht weil sie zu hundert Prozent schuldig war, dieser Frau bewusst ihr Leben genommen zu haben. Sondern weil sie es nie bereut hatte. Denn wegen Martha war sie gefoltert worden und fast gestorben. Und weil Martha sie denunziert hatte, hatte sie bei dem besonderen Herrenabend sterben sollen.

Lisas Entführer stand auf. »Wissen Sie, was aus Martha geworden ist?«

»Zunächst nicht. Denn wir hatten ja keine Verbindung zur Kolonie mehr. Erst als die Menschen die Colonia Dignidad so um 2005 freiwillig verlassen durften und es im Internet viele Augenzeugenberichte gab, lasen wir von einigen Fluchtversuchen. Unter anderem sagten zwei Frauen aus, dass sie gesehen hatten, wie eine schwangere Frau mit drei Kindern fliehen wollte. Ein Mädchen sei dabei erschossen worden, die Mutter festgenommen und zu Tode gefoltert worden. Vom Schicksal der beiden anderen Kinder war ihnen nichts bekannt.«

Einige Sekunden herrschte Schweigen.

»Was denken Sie heute darüber, dass Sie Martha ausgeliefert haben?«

Lisa überlegte einen kurzen Moment und kam zu dem Schluss, dass es in ihrer Position wahrscheinlich keine große Rolle spielte, ob sie die Wahrheit sagte oder log.

»Martha wollte, dass ich sterbe. Dabei war das Einzige, was ich mir habe zuschulden kommen lassen, die Abwehr ihres Kusses. Ich war nicht schuld daran, dass sie vergewaltigt und anderweitig misshandelt wurde.«

»Sind Sie nicht zumindest schuld am Tod des kleinen Mädchens?«

»Die Schuld trägt die Kolonie. Sie hat uns zu dem gemacht, was wir sind. Sowohl Martha als auch Hilde oder ich.« Diese Antwort schien Lisas Entführer nicht ganz zufriedenzustellen, denn er blieb vor dem Hocker stehen. »Was dachte Hilde darüber?«

»Sie war ganz anderer Meinung als ich. Je älter sie wurde, desto mehr plagten sie Schuldgefühle. Denn im Grunde genommen hatte Martha ihr nichts angetan, sondern sie hatte mich und nur mich verraten. Hilde musste sich damals entscheiden. Und sie hat sich für mich entschieden. Sie hat den Tod von Martha bereut. In den Telefonaten hat sie es explizit angesprochen, aber ich wollte davon nichts mehr hören.«

Der Entführer schaute auf seine Armbanduhr. »Wir haben so lange geplaudert und jetzt werde ich mich verspäten. Morgen komme ich wieder, und dann möchte ich, dass Sie mir alles erzählen, was Sie über Marthas Persönlichkeit wissen. Was sie mochte, was sie hasste und solche Sachen.«

Da der Kidnapper die Taschenlampe bereits ausgeschaltet hatte, konnte er Lisas Nicken nicht mehr sehen. Lisa hatte schon lange eine Vermutung, wer die Person sein könnte, die sie hier festhielt. Aber nach den letzten Worten des Entführers war ihr klar, um wen es sich handeln musste.

MITTWOCH, DEN 05. APRIL 2017

Stella humpelte zur Kaffeemaschine, steckte eine Kapsel hinein und drückte die Lungo-Taste. Sie war heute Morgen deutlich vor Sonnenaufgang aufgestanden und hatte einen langen Lauf am Elbstrand hinter sich gebracht, bei dem sie die Achillessehne leicht überlastet hatte. Gerade weil sie sich vorgenommen hatte, nicht an den Namen des Hundezüchters Brandbergen mit dem Bild eines Schweißhundes zu denken, kam ihr nichts anderes in den Sinn, und darüber ärgerte sie sich. Auch der Dauerlauf hatte in dieser Hinsicht nicht genützt.

Auf das gemeinsame Frühstück hatten Banu und sie heute verzichtet, da bei den Ermittlungen höchste Eile geboten war. Bereits um halb neun war die komplette Mordbereitschaft 5 im Besprechungsraum versammelt, um die Ergebnisse der gestrigen Arbeit auszutauschen.

Banu meldete sich als Erste zu Wort. »Wir hatten zunächst gedacht, dass wir einen Treffer hätten, da es tatsächlich einen Hamburger gibt, der Mitglied der Colonia Dignidad war und vorher bei der Private Sociale Mission in Siegburg. Sein Name ist Volker Kablinski. Er kannte Lisa, Hildegard und Martha auch, ist jedoch Mitte der Sechzigerjahre beim zweiten Fluchtversuch der Sekte erfolgreich entkommen und kann daher nichts über das Leben der drei Mädchen in der Sekte nach 1965 sagen. Er hat uns einige Details erzählt, wie die Menschen dort behandelt wurden, und es war fast noch grausamer als das, was wir vorher bereits recherchiert hatten.«

»Es gibt im Netz viele ehemalige Mitglieder der Sekte, die über ihr Leben dort berichten«, fügte Gunnar hinzu. »Die meisten waren jedoch telefonisch nicht erreichbar oder konnten sich nicht an Hilde, Martha oder Lisa erinnern. Ist ja auch kein Wunder, denn es lebten Hunderte Menschen in der Colonia Dignidad.«

»Was die Autos angeht, war ich ähnlich erfolgreich«, sagte Dario. »Tatsächlich gibt es einen VW-Bus, der auf eine Lara Falck zugelassen ist, und einen Mercedes Sprinter, der einer Lara von Bergen gehört. Lara Falck ist vor drei Wochen mit ihrem Bus nach Wales gefahren. Und der Wagen von Lara von Bergen ist seit Mitte letzter Woche in der Werkstatt. Wurde alles bestätigt.«

»Ich hatte allerdings hier auch nicht wirklich mit Treffern gerechnet«, seufzte Thorsten. Einige Minuten herrschte deprimiertes Schweigen, das durch das Klingeln des Telefons beendet wurde. Thorsten schlurfte zur Ladestation und nahm das Gespräch an. Von Sekunde zu Sekunde erhellte sich seine Miene. Nachdem er das Telefon zurück auf die Ladestation gestellt hatte, zeigte er seinen erhobenen Daumen. »Es war Tina vom Empfang. Annika de Boer Hagemann steht unten. Sie sagte, dass ihr noch etwas eingefallen ist, das uns eventuell weiterhelfen könnte. Ich finde, das klingt verheißungsvoll.«

»Jedenfalls besser, als wenn wir uns den ganzen Vormittag über anschweigen«, sagte Banu.

Ihr Chef nickte. »Stella und ich werden mit ihr sprechen.« Stella stand auf und ging Richtung Fahrstuhl, um Annika abzuholen.

Stella hatte Annika seit dem Mord an ihrer Mutter nicht mehr gesehen und war erschrocken, wie dünn sie geworden war.

»Eigentlich wollte ich anrufen«, sagte sie fast entschuldigend. »Aber ich dachte, wenn Sie noch weiterführende Fragen haben, ist es besser, wenn ich direkt herkomme.«

Stella bedankte sich für ihr Erscheinen und lotste sie zum Aufzug.

Thorsten saß bereits im Vernehmungsraum und hatte eine Tasse Kaffee für Annika auf den Tisch gestellt. »Von unserem letzten Besuch weiß ich, dass Sie gern Kaffee trinken. Mit Milch und ohne Zucker.«

Annika lächelte und setzte sich. »Es ist mir so furchtbar peinlich«, sagte sie. »Aber als Sie mich nach dem Tod meiner Mutter befragt haben, war ich in einem erbärmlichen Zustand. Ich habe funktioniert wie in Trance, nicht geschlafen und Beruhigungstabletten genommen.«

»Das ist Ihnen mit Sicherheit nicht zu verübeln.«

Stella hatte schon bei der letzten Vernehmung gemutmaßt, dass Annika Vatergefühle in Thorsten weckte. Natürlich hatten sie sie nach dem Tod ihrer Mutter alle mit Samthandschuhen angefasst, aber Thorsten war besonders zuvorkommend gewesen. Gerade gab er Milch in ihren Kaffee und reichte ihr einen Teelöffel. Sicher hatte er sich gefreut, dass Annika am Empfang explizit nach ihm verlangt hatte.

»Ich wollte einkaufen gehen und habe das Altpapier mitgenommen. Sebastian hat die ganze Zeit über jegliche Berichte über den Tod meiner Mutter von mir ferngehalten. Ganz oben auf dem Altpapierstapel lag jedoch eine Zeitung mit einem reißerischen Titel über die Tat. Und obwohl ich es eigentlich nicht lesen wollte, habe ich die Zeitung in die Hand genommen und den Artikel überflogen.« Annika machte eine Pause und rührte in ihrem Kaffee, was Stella leicht ungeduldig werden ließ.

»Und dann haben Sie bemerkt, dass Sie uns etwas verschwiegen haben?«, fragte sie auf gut Glück, in der Hoffnung, endlich auf den Zweck von Annikas Besuch zu stoßen.

»So wie Sie das sagen, hört sich das an, als hätte ich das willentlich getan. Aber so ist es nicht.«

»Das glauben wir Ihnen natürlich«, beeilte Thorsten sich zu sagen. »Aber wir müssen jetzt trotzdem wissen, worum es sich handelt.«

»Also, ich habe gelesen, dass Franziska Koviak vor dem Fontanello erschossen wurde. Das hatte ich bisher nicht registriert oder es ist erst später in mein Bewusstsein gekommen. Sebastian und ich hatten auch zunächst vor, am Montag, den zwanzigsten März mit meinen Eltern dort essen zu gehen. Sie waren am Sonntag von Helgoland gekommen. Mama wollte nicht in einem Hotel in Hamburg übernachten. Sie haben sich in Jork im Alten Land eingemietet.«

Stella reflektierte das Gesagte schnell und fand, dass dies eine ziemlich relevante Information war. »Warum haben Sie sich anders entschieden?«

»Da Jork ja doch recht weit von Rotherbaum entfernt ist, hatten wir dann beschlossen, in Harburg essen zu gehen. Tatsächlich ging es meiner Mutter auf einmal nicht gut und wir haben abgesagt.«

Stella dachte an Hellen Jones und ihr plötzlich aufgetretenes Eintagesfieber und fragte: »Sie hatten also gar nicht erst im Fontanello reserviert?«

Annika de Boer Hagemann schüttelte den Kopf. »Nein, dazu kam es nicht.«

In Stella setzte sich gerade ein ziemlich unschönes Puzzle zusammen. »Hatten Sie jemandem erzählt, dass Sie ins Fontanello gehen würden?«

Annika überlegte und runzelte die Stirn. »Ich weiß nicht mehr.«

Nun wurde auch der Ton von Thorsten etwas fordernder. »Bitte konzentrieren Sie sich. Das ist jetzt ganz wichtig.«

Etwa eine halbe Minute verging, bevor Annika sagte: »Ich bin mir ziemlich sicher, dass ich es den Ciderellas gesagt habe. Ja, das weiß ich ganz bestimmt.« Sie nickte mit Nachdruck. »Vielleicht habe ich es auch einigen Kommilitonen erzählt, mit Sicherheit Patricia, aber an die anderen erinnere ich nicht mehr genau.«

»Allen Ciderellas?«, fragte Stella.

»Ja, das war zwei Wochen bevor wir ins Fontanello wollten. Wir saßen im Reitstübchen alle zusammen und haben natürlich über die Hochzeit gesprochen. Ich hatte schon vor längerer Zeit erzählt, dass meine Eltern am Wochenende davor kommen würden. Irgendeine hatte mich an diesem Abend gefragt, was ich denn in den Tagen vor der Trauung mit meinen Eltern unternehmen würde. Und da habe ich gesagt, dass wir am Montag um achtzehn Uhr ins Fontanello gehen wollen. Sebastian und ich sind dort Stammgäste. Sie hätten sicherlich auch noch kurzfristig ein Plätzchen für uns.«

Thorsten und Stella wechselten einen langen Blick. Möglicherweise hatte diese Bemerkung Franziska Koviak das Leben gekostet.

»Habe ich etwas falsch gemacht?«, fragte Annika und lächelte Thorsten verunsichert an.

»Nein«, sagte er. »Wir freuen uns, dass Sie sich noch erinnern konnten.«

Stella ging im Kopf die Möglichkeiten durch, die sich nun ergaben. Sie bat Thorsten kurz vor die Tür. »Also, ich denke, dass wir uns die Ciderellas auf jeden Fall noch mal vornehmen sollten. Auch die angesprochene Patricia sollten wir vernehmen. Vielleicht kann die sich erinnern, ob noch andere Kommilitonen bei dem Gespräch dabei waren.«

»Okay, dann übernehmen Dario und du die Ciderellas. Mir ist aufgefallen, dass ihr beide euch in den letzten Tagen wesentlich besser versteht.«

»Ja, wir haben uns ausgesprochen«, sagte Stella.

»Außerdem kann er noch einiges von dir lernen. Banu und Gunnar können mit Patricia und eventuell noch anderen Mitstudierenden sprechen.«

Stella hob den Daumen zum Zeichen ihres Einverständnisses, öffnete die Tür und setzte sich wieder auf den Platz gegenüber von Annika. »Können Sie erreichen, dass heute Abend gegen achtzehn Uhr alle Ciderellas im Stall sein können? Wir möchten gern noch mal mit allen sprechen.«

Annika wirkte verunsichert, nickte jedoch. »Ich denke, das ist machbar. Umso mehr, da wir mittwochs sowieso immer zusammen reiten.«

»Prima«, sagte Stella. »Und ganz wichtig: kein Wort davon, dass mein Kollege und ich zur Befragung kommen werden.«

Annika de Boer Hagemann nickte.

Den ganzen Weg vom Präsidium nach Hause hatte Annika überlegt, was sie den Ciderellas sagen würde. Zwar trafen sie sich mittwochs immer zum Schnacken, Cider trinken und auch manchmal zum Reiten. Aber sie trudelten dann meist nach und nach im Stall ein. Eine feste Uhrzeit machten sie nur ab, wenn zum Beispiel Geburtstage begossen wurden oder sie gemeinsam ausreiten wollten, was jedoch an einem Abend Anfang April nicht unbedingt angesagt war. Also hatte sie sich ausgedacht, ein freudiges Ereignis bekannt geben zu wollen. Mit Sicherheit würden alle denken, dass sie schwanger wäre. Neugierde war eine sehr prominente Charaktereigenschaft aller Ciderellas, und keine würde es sich nehmen lassen wollen, eine der Ersten zu sein, die von Annikas Schwangerschaft erfahren würden. Trotz dieser wirklich sehr gelungenen Lüge schlug ihr Herz bis zum Hals. Und es wurde nicht besser dadurch, dass Stella Brandes sie vor einer halben Stunde angerufen und ihr mitgeteilt hatte, dass im Elbtunnel fast genau vor ihnen ein Lkw liegen geblieben war. Sie meinte, sie würden das Blaulicht jetzt anschalten, sich dennoch verspäten. Sie rechnete mit einer halben Stunde Verspätung. Sicherlich könne Annika ihre Freundinnen bis dahin bei der Stange halten.

Annika hatte durchaus mitbekommen, dass die Polizei annahm, eine der Ciderellas könnte etwas mit der Ermordung ihrer Mutter zu tun haben, und das machte sie alles andere als unbefangen. Als sie auf den Parkplatz fuhr, sah sie die Autos von Alice, Natascha und Gabi. Sie stieg aus und öffnete den Kofferraum, um die Dosen mit Cider zu holen, die sie zu ihrer Verkündigung gerade im Supermarkt gekauft hatte. Als sie schwer beladen über den Hof zur Stallgasse ging, kam ihr eine Horde Kinder entgegen und in deren Mitte eingerahmt die Schimmelstute Ghayma, mal wieder ganz die Ruhe selbst. Gabi hielt sich im Hintergrund, da sie wusste, dass das Therapiepferd keine falsche Bewegung machen würde.

Annika sah auf ihre Armbanduhr. Gabis Kinderreitstunde war gerade beendet und sie hatte noch eine halbe Stunde bis zum Beginn des Treffens.

»Aus dem Weg. Sonst wirst du von einer Horde Kinder umgerannt«, rief ihre Freundin fröhlich.

Annika fand, dass sie schon mal ein wenig für ihre Geschichte trainieren könnte, und drückte Gabi die Plastiktüten mit den Ciderdosen in die Hand. »Ich soll nicht so schwer tragen«, sagte sie bedeutungsvoll. In diesem Moment wieherte ein Pferd. Sie erkannte Delays leicht heisere, kehlige Stimmlage. Er hatte sie reden hören und reagierte sofort.

»Er hat dich vermisst«, sagte Gabi, und Annika meinte, einen leichten Vorwurf herauszuhören. Sie war nun fast eine Woche nicht im Stall gewesen, aber durch die Fahrt nach Helgoland zur Beisetzung ihrer Mutter hatte sie nur sehr wenig Zeit gehabt. Sie blieb an der Box ihres Wallachs stehen und drückte ihm einen Kuss auf die weiche Nase. Nach den Ereignissen der letzten Tage hatte sie verstärkt das Gefühl, dass etwas Neues hermusste. Und tatsächlich würde sie am nächsten Wochenende eine Stute, die in der Dressur bereits mehrfach Klasse M gewonnen und in Klasse S platziert gewesen war, Probe reiten. »Aber dich gebe ich trotzdem nicht weg«, flüsterte sie Delay zu. Zwar würde er wohl in einen Stall wechseln, der günstiger war, da sie die nicht unerhebliche Summe von fünfhundert Euro pro Box nicht für beide Pferde bezahlen konnte, aber ihn in die Wurst zu geben, kam für sie nicht infrage.

»Ich stelle den Cider im Stübchen in den Kühlschrank«, sagte Gabi, die dabei war, die Kinder von der Stallgasse zu jagen. Ghayma stand bereits wieder in der Box und fraß aus dem Ecktrog Äpfel und Wurzeln.

Annika gab ihrem Pferd ein Klaps auf den Hals und folgte ihrer Freundin. Ihr Nervositätspegel stieg nun wieder rapide an, da sie sich dem Reitstübchen näherte. Louisa, Elise, Natascha und Alice saßen bereits an ihrem Stammtisch, während Gabi am Kühlschrank hantierte und Sybille ihre Jacke an der Garderobe aufhängte. Mittwochabends waren die Ciderellas meist die Einzigen, die sich hier aufhielten. Als Gruppe temperamentvoller Frauen waren sie sowohl beim Feiern als auch beim Diskutieren ziemlich laut. Dies schreckte andere Reiterinnen ab. Auch heute war ihr Stammtisch als einziger besetzt. Ein weiteres Mal sah Annika auf die Uhr. Es war genau achtzehn Uhr. Alle waren pünktlich bis auf die Polizei. Annika war nicht scharf darauf, ihre Freundinnen zu belügen. Sie hatte gehofft, dass Stella Brandes und ihr Kollege um Punkt achtzehn Uhr auftauchen würden und sie die Geschichte von der Schwangerschaft nicht erst auftischen müsste. Sie war sich sicher, dass es ihr niemand übel genommen hätte, dass sie sich auf Anweisung der Polizei eine Notlüge ausgedacht hatte, um alle Ciderellas in den Stall zu bekommen. Aber dies würde ja nun rein hypothetisch bleiben, denn die Frauen sahen sie schon sehr erwartungsvoll an.

Andererseits war vielleicht eine ihrer Freundinnen, mit denen sie so viel Zeit verbracht und Freud und Leid geteilt hatte, verantwortlich für den Tod ihrer Mutter. Sie musterte die Runde. Verhielt sich eine von ihnen verdächtig? Louisa lächelte sie offenherzig an. Sie konnte doch bestimmt nicht schuldig sein. Oder war sie eine gute Schauspielerin? Und was war mit Elise? Sie hatte sich in die Lehne ihres Stuhls gedrückt und sah nicht eben gut gelaunt aus. Gabi trommelte mit den Fingern auf den Tisch, verzog jedoch keine Miene. Greifbare Spannung lag im Raum. Die Luft schien aufgeladen. Annika dachte darüber nach, dass sie gleich über ihr Baby sprechen würde, was noch nicht mal in ihrem Bauch wuchs, sie jedoch schon die Gewissheit hatte, dass es seine Helgoländer Oma nie kennenlernen würde. Ein Baby hätte die Beziehung zu ihrer Mutter möglicherweise verbessert, aber nun waren sie brutal getrennt worden, ohne dass sie sich richtig kannten. Und eine von den Frauen, die ihr gegenübersaß, hatte vielleicht verhindert, dass es für ihre Mutter und sie eine Zukunft gab.

Wiederholt blickte sie von einer Ciderella zur anderen. Sie wollte jetzt in diesem Moment wissen, wer als Mittäterin der Morde an ihrer Mutter und dieser anderen Frau verantwortlich war. Denn sie konnte eins und eins zusammenzählen. Franziska Koviak war wahrscheinlich gestorben, weil sie zur falschen Zeit am falschen Ort gewesen war und ihrer Mutter verblüffend ähnlichgesehen hatte.

Welche der Ciderellas hatte einen Doppelmord auf dem Gewissen? Und auf einmal hatte sie keine Lust mehr, etwas vorzuspielen. Und alles kam anders als heute Vormittag abgesprochen aus ihrem Mund: »Eigentlich sollte meine Mutter am vorletzten Montag vor dem Fontanello sterben. Ihr wusstet davon, dass unser ursprünglicher Plan gewesen war, dort essen zu gehen. Und stattdessen wurde diese arme Frau erschossen. Die Polizei wird gleich herkommen und herausfinden, wer von euch eine Verräterin, eine Mörderin ist.« Jetzt war es raus, und sie hätte am liebsten jedes dieser Worte wieder eingesogen, denn es passiertes etwas völlig Unerwartetes. Bruchteile von Sekunden nach ihrer Ankündigung hatte Alice ein langes Messer am Hals, das Gabi blitzschnell gezückt hatte.

»Wenn eine von euch auch nur einen Finger bewegt, stirbt Alice«, zischte sie. Um ihre Worte zu unterstreichen, ritzte sie die Haut von Alice leicht, sodass ein Rinnsal Blut aus der Wunde lief.

Alice quiekte vor Schreck und Schmerz. Dann stand Gabi auf und ging mit kleinen Schritten, die jammernde Alice vor sich, in Richtung Tür.

»Annika, du kommst mit mir mit. Alle anderen bleiben hier«, befahl Gabi. Annika konnte ihre Freundin kaum noch erkennen. Sie strahlte so viel Hass aus. Annika sah zu, wie Gabi den Schlüssel des Stübchens nahm und die restlichen Ciderellas einschloss. »Ihr könnt ruhig die Polizei rufen«, rief sie durch die geschlossene Tür. »Wenn die von der Wache in Neugraben hier sind, bin ich schon längst weg. Und falls nicht, ist eure Freundin tot. Ich würde es mir also überlegen.«

Mittwochabends war generell sehr wenig los im Stall, da viele davon ausgingen, dass die Ciderellas mit sieben Pferden die Reithalle besetzten. In der Stallgasse begegneten sie niemandem. Gabi blieb vor der Box ihrer Stute stehen. »Annika, du sattelst und zäumst Ghayma auf. Du hast dafür zwei Minuten. Wenn du länger brauchst, verliert Alice ein Ohr.«

Annika blickte in die schreckgeweiteten Augen ihrer Freundin und griff zunächst nach dem Sattel, der nach der Reitstunde noch nicht weggeräumt worden war. Beim Fertigmachen von Pferden saß bei ihr jeder Handgriff. Als sie Ghayma das Metallgebiss in den Mund schob, war sie sicher, dass sie kaum länger als eine Minute gebraucht hatte.

»Führ sie raus!«, befahl Gabi.

Annika nickte und reagierte. Die Stute lief ruhig neben ihr her. Wenn sie etwas von der angespannten Stimmung bemerkt hatte, ließ sie es sich jedenfalls nicht anmerken. Auf dem Platz vor dem Stalltrakt standen Sabine und Lynn mit ihren Pferden, die wie immer mittwochs ihre Dämmerungsrunde drehen wollten. Sabine schlug sich die Hand vor den Mund, als sie sah, dass Alice, die zwar nicht stark, aber stetig aus der Wunde am Hals blutete, von Gabi mitgeschliffen wurde wie eine Puppe. Lynn erstarrte zu einer Salzsäule.

Da bemerkte Annika aufleuchtende Autoscheinwerfer auf dem Parkplatz. Das musste nun endlich die Polizei sein. Sie hoffte allerdings, dass Gabi einfach verschwinden und Alice nichts tun würde.

Gabi gab Alice einen kräftigen Schubs, sodass sie mit voller Wucht auf den gepflasterten Putzplatz fiel, sprang auf ihr Pferd und galoppierte vom Hof Richtung Fischbeker Heide in die Abenddämmerung.

Auf dem Parkplatz von Lohses Peerstall standen heute deutlich weniger Autos. Stella fuhr im Schritttempo an einem roten Volvo, einem weißen Audi und drei anderen großen Autos vorbei, deren Marken sie nicht erkannte. Und plötzlich ratterte es in ihrem Kopf, denn an dem roten Volvo klebte ein Aufkleber mit einem braunen Hund und der Beschriftung »Schweißhunde vom Zwinger Brandbergen«.

»Dario, ich denke, es wird hier tatsächlich ernst. Es könnte zu einer Festnahme kommen.« Stella begründete diese Aussage nicht näher, denn das würde im Moment zu lange dauern. Mit Blick auf ihren Kollegen hätte sie sich noch jemanden Erfahreneres an ihrer Seite gewünscht. Als sie aus dem Auto stieg, hörte sie jemanden schreien. Sofort griff sie an ihre Waffe.

»Der Schrei kommt von dort«, rief Dario und sprintete mit gezückter Waffe an ihr vorbei. Kaum weniger als einhundert Meter entfernt sah Stella eine Reiterin in vollem Galopp vom Hof auf einen schmalen Waldweg preschen. Eine blonde Frau lag regungslos auf dem Boden. Annika de Boer Hagemann und zwei andere Reiterinnen schrien durcheinander. Dann erkannte Annika die Polizisten und wurde etwas ruhiger.

»Es ist Gabi Cordes. Sie flieht in die Heide. Gabi hat ein Messer und hat Alice verletzt.« Sie zeigte auf die bewusstlose Person.

Stella wusste, dass das, was sie jetzt tat, verrückt war, aber ihr fiel nichts anderes ein. Und sie mussten Gabi Cordes fassen, denn Lisa Borgstedts Leben hing davon ab. »Alarmiere Thorsten. Er soll den Heli anfordern. Und hol einen Krankenwagen«, rief sie Dario zu, denn sie war bereits auf dem Weg zu einer der Reiterinnen. Stella zeigte auf das schwarze Pferd, das völlig temperamentsarm neben einem tänzelnden Braunen angebunden war. »Ist der brav?«, fragte sie, während sie bereits auf den Rücken des Pferdes stieg.

Die rothaarige Frau nickte. »Er heißt Connery. Bringen Sie ihn bitte heil zurück«, flüsterte sie.

»Hast du nicht erzählt, dass du schon jahrelang nicht mehr geritten bist?«, sagte Dario.

»Das verlernt man nicht«, gab sie zurück. »Ist wie Fahrrad fahren.« Stella drückte dem Pferd ihre Absätze in die Seite und Connery machte einen Satz nach vorn und galoppierte durch das Hoftor in die Heide. Auf dem Boden mit schwerem Sand und einigen tiefen Kuhlen war eine Verfolgung mit dem Auto weit aussichtsloser als eine zu Pferd. In weiter Ferne konnte sie Gabi Cordes auf ihrem Pferd galoppieren sehen. Stella merkte schnell, dass sie Connery ausgeliefert war, denn außer an den Zügel zu ziehen, um langsamer zu werden, und dass man mit den Beinen antreiben musste, wenn man schneller werden wollte, wusste sie nichts mehr vom Reiten. Aber ihr Körper war durchtrainiert und stand unter Spannung. So brauchte sie sich nur in die Bügel zu stellen, die Bewegung der kraftvollen Galoppsprünge mit den Knien abzufedern und kam nicht aus dem Gleichgewicht.

Sie konnte nicht schätzen, wie lange der Helikopter brauchen würde, bis er über der Fischbeker Heide kreiste. Aber die Schimmelstute würde mindestens noch zwanzig Minuten lang passabel von oben zu sehen sein. Falls Gabi nicht irgendwo in den dichten Wald abbog.

Connery war offensichtlich ein gut ausgebildetes und trainiertes Pferd. Sie galoppierten bereits ein paar Minuten, und er zeigte noch keine Erhöhung der Atemfrequenz. Seine Galoppsprünge waren gleichmäßig, und Stella fühlte sich schon ein wenig an die elektrischen

Pferde erinnert, die in ihrer Kindheit vor Supermärkten gestanden hatten und die auf der Stelle hin- und herschaukelten, wenn man zwei Groschen in den Schlitz gesteckt hatte. Leider brachte dieses Szenario sie allerdings nicht zum Juchzen wie der Ritt auf dem Hartplastikpferd, als sie drei Jahre alt war. Denn vor ihr galoppierte eine Mörderin, bestenfalls eine Komplizin bei einem Doppelmord. Connery hatte einiges an Boden gutgemacht, als Gabi sich auf einmal umdrehte. Sie hatte mit Sicherheit nicht damit gerechnet, dass jemand ihr zu Pferd folgen würde. Und bisher war Stella noch so weit weg gewesen, dass Gabi die Geräusche, die Connerys Hufe beim Galoppieren auf dem weichen Boden machten, nicht gehört hatte. Stella vernahm einen wütenden Schrei und konnte von hinten sehen, wie Ghayma sich immer mehr streckte, bis ihre Hufe kaum noch den Boden berührten. Immer weiter entfernte sich die Araberstute von Connery, der nun doch an das Ende seiner Kondition kam. Stella versuchte durch Schnalzen und den Einsatz ihrer Absätze das Pferd zu motivieren, seine Geschwindigkeit beizubehalten. Aber Connery fiel in einen gemächlichen Kanter, während Ghayma langsam am Horizont verschwand. Stella fluchte, klopfte Connery jedoch zur Belohnung, weil er so lange durchgehalten hatte. Sie hoffte, dass der Ort, an den Gabi nun mit voller Geschwindigkeit ritt, nicht mehr weit entfernt sein würde.

Der Mann mit den weißblonden Haaren hatte die Beine übereinandergeschlagen und lächelte Banu an, als hätte sie ihm gerade das Highlight des Jahres überbracht. Pascal Grande war weit davon entfernt, verängstigt und abwesend auszusehen, wie Stella ihn beschrieben hatte. Als Banu und Gunnar erfahren hatten, dass Gabi Cordes auf der Flucht war, hatten sie die Befragung von Annikas Kommilitonin Patricia abgebrochen, die nichts beitragen konnte, und waren ins Untersuchungsgefängnis gefahren, um den Doppelmörder mit den neuesten Ereignissen zu konfrontieren. Vielleicht würde er unbewusst doch einen Hinweis auf den Verbleib Lisas geben. Und das wäre wichtig für den Fall, falls Stella scheiterte. Banu zwang sich, nicht daran zu denken, dass dies durchaus im Bereich des Möglichen war.

»Dann hat alles bald ein Ende«, sagte Pascal Grande. »Ich hoffe, Sie machen sich nicht allzu große Hoffnungen, dass Sie Lisa Borgstedt lebend finden werden. Gabi wird das ausführen, was wir jahrelang geplant haben. Mittlerweile wird sie die Wahrheit wissen, und Lisas Leben ist wertlos.«

»Welche Wahrheit?«, fragte Gunnar.

»Hilde de Boer und Lisa Borgstedt haben unsere Mutter und unsere kleine Schwester umgebracht. Und auch das Baby in ihrem Bauch. Das ist es, was wir bereits wussten. Lisa wird Gabi erzählt haben, wie es dazu kam.« Er blickte von Banu zu Gunnar, und sein Blick war so kalt, dass Banu eine Gänsehaut über den Rücken lief. »Sie haben sie nicht selbst getötet, aber Sie haben sie verraten.«

»Woher wissen Sie das?« Die Kälte kribbelte in Banus Fingerspitzen, und sie fing unbewusst an, die Hände aneinanderzureiben.

»Gabi und ich waren dabei, als Dana erschossen wurde. Unsere Mutter wurde abgeführt und gefoltert, bis sie starb. Vor unseren Augen. Mama hatte uns vor dem Fluchtversuch immer wieder den Brief von Hilde und

Lisa vorgelesen, weil sie so glücklich war, dass beide ihr vergeben hatten.«

Banu merkte, wie es in ihr arbeitete, bis es an die Oberfläche ihres Bewusstseins drang, dass die von einem Engel empfangenen Botschaften tatsächlich ausgemachter Quatsch gewesen waren. Zwar nicht so schwer zu durchschauen, aber so zu tun, als sei man nicht zurechnungsfähig, brachte natürlich erst mal Zeit. Zeit, die Gabi brauchte, um ihren gemeinsamen Plan auszuführen.

»Dann ist Gabi Ihre Schwester?«

Der weißblonde Mann nickte. »Ich kann Ihnen den Teil erzählen, den ich weiß, aber es ist nicht besonders viel. Gabi dürfte jetzt bedeutend mehr wissen.«

»Fangen wir doch mal mit Ihrem richtigen Namen an.«

»Ich heiße Santiago Cordes. Meine Mutter nannte mich so, weil ich in Chile geboren wurde.«

Banu musste nicht lange nachdenken, um genau den richtigen Schluss zu ziehen. »Sie sind in der Colonia Dignidad aufgewachsen. Und ziemlich sicher der Sohn von Martha.«

Santiago musterte Banu mit einem bewundernden Blick. »Sehr clever!«, sagte er.

Gunnar schien dies alles nicht schnell genug zu gehen. Er trommelte mit den Fingern auf die Platte des Resopaltischs. »Und nun verraten Sie uns, wo Lisa Borgstedt ist. Sie haben schon zwei Frauen brutal umgebracht. Es muss nicht auch noch eine dritte sterben.«

»Franziska Koviak war ein Kollateralschaden. Ihr Tod ist die Schuld der kleinen Hexe, Annika de Boer. Sie hat etwas Falsches erzählt, und deshalb wurde die Dame erschossen.«

Banu schluckte ihre Fassungslosigkeit hinunter. »Sie wollen hier etwas über Gerechtigkeit erzählen? Sie haben mit Ihrer Tat selbst einem Sohn seine unschuldige Mutter genommen.«

»Ich habe nie etwas von Gerechtigkeit gesagt«, sagte Santiago Cordes sehr ruhig und bestimmt. »Was wir wollen, ist Rache. Sie ist böse und grausam. Menschenleben zählen für uns nicht viel.«

»Ich sehe schon ein, dass Sie sich quasi gestellt haben, damit wir uns für kurze Zeit in Sicherheit wiegen. Aber Sie hätten doch genauso zu zweit weitermachen können. Ich denke, Sie wissen sehr genau, dass wir außer Ihrer mutmaßlichen Handynummer und einer kleinen Handvoll Zeugen gar nichts hatten.«

Santiago Cordes legte den Kopf auf seine verschränkten Hände. Banu bemerkte, wie rissig und fleckig seine Haut war. Er hatte die Hände eines alten Mannes. »Da war diese Befragung im Stall. Es war einen Tag nach dem Tod von Hilde de Boer. Gabi wurde gerade verhört, als das Telefon Ihrer Kollegin klingelte. Nach dem Anruf hörte sie, wie Frau Brandes zu dem anderen Polizisten sagte, dass sie ein altes Foto in einem Versteck gefunden hätten und wüssten, wer die Frauen sein. Wir waren sehr in Sorge, dass Sie tatsächlich herausgefunden hatten, dass Lisa und Hilde eng befreundet gewesen waren und sie die Nächste sein könnte. Es hätte auch schon gereicht, wenn Sie Lisa ausfindig gemacht und von dem Tod von Hilde erzählt hätten.«

Banu erinnerte sich an ihren Anruf von Helgoland, als sie das Foto gefunden hatte. Natürlich war das, was sie zu Stella gesagt hatte, anders gemeint gewesen. Aber wenn man nur Fragmente davon gehört hatte, hätte man es durchaus so verstehen können.

Santiago Cordes fuhr fort: »Wir haben uns gedacht, dass es das Foto gewesen sein muss, das Mutter immer bei sich trug. Alle drei hatten es. So gut versteckt, dass niemand es ihnen wegnehmen konnte. Von Hilde de Boer wussten wir nicht viel. Es hätte ja genauso gut sein können, dass sie die Namen der Mädchen auf das Foto geschrieben hatte.«

»Und nur wegen dieser Ahnung haben Sie sich verhaften lassen? Sie hätten das Ganze gemeinsam durchziehen und verschwinden können.«

Der Doppelmörder zuckte mit den Achseln. »Ich glaube, Sie haben es noch immer nicht verstanden. Was aus uns wird, ist nicht wichtig. Wichtig ist das, was wir getan haben. Dass wir Dana und Mama gerächt haben.«

»Psychohygiene?«, fragte Gunnar.

»In gewisser Weise ja. Der Zwang, uns rächen zu müssen, hat uns am Leben gehalten. Nun gibt es nichts mehr. Aber das macht nichts. Vielleicht hätten wir uns nach Lisas Tod sogar beide gestellt.« Banu versuchte, ihre Gedanken zu sortieren, um nichts zu übersehen. Sie war kein rachsüchtiger Mensch, konnte sich aber aufgrund der Dinge, die sie nun über die Colonia Dignidad wusste, denken, was dort mit Kindern von Verrätern passiert war. Santiago und Gabi waren damals noch Kinder gewesen, vielleicht fünf Jahre alt. Für sie waren Hilde und Lisa die Mörderinnen ihrer Mutter und Schwester. Durch die erlittene Folter, den Missbrauch und die Verachtung muss ihr Hass ins Unermessliche gewachsen sein.

»Warum sind Sie dann nicht gleich an dem Samstag nach der Befragung zu Lisa Borgstedt gefahren? Es hätte ja auch sein können, dass Gabi etwas nicht richtig verstanden hat und Lisa noch immer von nichts wusste.«

Santiago Cordes blickte von Banu zu Gunnar. »Sie war doch schon am Freitag zu ihrer Schnupperkur gefahren.«

Banu überlegte nur kurz. Der Hund hatte nicht gebellt, als sein Frauchen überwältigt wurde. Es wurden genau die Fleischleckerlies ausgelegt, die Fellini liebte. Dass Lisa Borgstedt gern in den frühen Morgenstunden im Park spazieren ging, war bekannt. Und die Geschwister waren auch über die Kur informiert. »Ihre Schwester ist Lara, die Hundesitterin«, sagte sie.

Stella war kurz davor gewesen, Gabi und Ghayma aus den Augen zu verlieren. Glücklicherweise hatte die Araberstute an einer Weggabelung geäppelt, und so wusste Stella, dass sie abbiegen musste. Nachdem sie Connery eine kurze Schrittpause gegönnt hatte, war er wieder fit genug, um zu galoppieren. Mittlerweile war die Dämmerung schon fast in die Nacht übergegangen, und ein milchig weißer Streifen am Himmel war alles, was vom Tag übrig war. Stella und Connery waren zwar erst fünfzehn Minuten unterwegs, aber ihr kam es deutlich länger vor. Natürlich kam dies zum Teil daher, dass sie verzweifelt zum Himmel blickte und nach dem Helikopter Ausschau hielt. Aber es war nichts zu sehen, und sie wusste nicht, ob sie noch immer in die richtige Richtung ritt. Gerade als sie überlegte, ihre Suche aufzugeben, sah sie ein flackerndes Licht und lenkte Connery darauf zu. Da sie in dieser Gegend öfters laufen ging, kannte sie die Heidehütten, die lange errichtet worden waren, bevor die Fischbeker Heide zum Naturschutzgebiet erklärt worden war. Es waren einfache Häuschen, zum Teil verfallen. Manche wurden als Wochenendhäuser genutzt. Mitten in der Woche an einem Abend Anfang April mit frostigen Temperaturen war jedoch keine der Hütten bewohnt. Und doch sah sie nun einen Lichtschein. Als sie näher kam, nahm sie den Umriss eines Pferdes wahr, das an einen Baum gebunden war. Ghayma sah sie freundlich an und schnaubte. Stella sprang vom Pferd ab und fühlte sich ab der Hüfte zunächst taub. Sie hatte unterschätzt, in welchem Maß sie Muskelpartien angestrengt hatte, die sonst nicht beansprucht wurden, und ihre Beine fühlten sich an wie Gummi. Sie machte einige kurze Dehnübungen und zögerte einen Moment. Denn in der Ferne hörte sie ein Brummen. Das könnte der Helikopter sein. Stella wusste, dass direkt bei den Heidehütten kein Landeplatz war. Aber circa fünfhundert Meter entfernt in der Nähe der Steinzeitgräber gab es eine Wiese, die eigentlich passen müsste. Sekundenbruchteile überlegte sie, ob sie auf Verstärkung warten sollte, verwarf den Gedanken dann aber schnell wieder. Sie hatte keine Zeit, denn Lisas Leben könnte schnell beendet sein. Stella griff ein letztes Mal an ihre Waffe und betrat das Haus.

Der Lichtschein kündigte Lisa an, dass ihr Entführer auch heute Abend wieder zur selben Zeit in den Keller kommen und Dinge aus der Vergangenheit hören wollte. Die eigentliche Geschichte war auserzählt. Es war eine schreckliche Erinnerung gewesen, die Lisa mit ihrem Zuhörer geteilt hatte. Aber noch immer glaubte sie, dass Hilde und sie damals so handeln mussten. Anders hätten sie sich nicht retten können. Natürlich hatte sie nicht gewollt, dass Martha und ihre kleine Tochter getötet wurden. Aber das war nicht ihre Schuld, sondern die der Kolonie. Die Schuld von Paul Schäfer und seinen Schergen. Ihr Kidnapper hatte gestern angekündigt, noch mehr Details über Martha hören zu wollen. Und sie hatte bereits alles, was noch in ihrem Kopf war, hervorgekramt, um so ihr Leben zu verlängern. Denn sie glaubte nicht, dass sie noch viel Zeit hatte.

Als die Luke sich hob und eine bekannte Gestalt die Treppe hinunterkam, dachte Lisa für einen kurzen Moment, sie wäre gerettet.

»Lara«, sagte sie. »Wie bist du hierhergekommen?« Aber dann dämmerte ihr etwas. »Du hast mich entführt.« Lisa wollte vor Enttäuschung weinen, aber es kamen keine Tränen. Lara war die einzige Person, mit der sie über so vieles gesprochen hatte, auch über Hilde. Sie hatte ein wenig damit angeben wollen, dass ihrer Freundin ein großes Hotel auf Helgoland gehörte. Es war so lächerlich, denn sie war nie dort gewesen.

»Weißt du noch, was ich dir über die Maske gesagt habe?«, fragte Lara.

Lisa zuckte zusammen und nickte. Sie versuchte, nicht zu fliehen, als sie das Messer sah, das Lara aus ihrem Gürtel zog. Sie wusste, dass dies keinen Sinn hatte. Und so schloss sie die Augen und nahm ihr Schicksal an. In der Sekunde ihres Todes, als das Leben rot aus ihr heraussprudelte, sah sie durch einen Schleier, wie eine Frau die Kellertreppe herabstieg. Als sie auf der vorletzten Treppenstufe war, verschwammen die Konturen, und auf einmal stand Thomas im Raum, der seine Hände nach ihr ausstreckte. Und Lisa wusste, dass sie keine Angst haben musste.

Das Erste, was Stella sah, als sie auf der Hälfte der Treppe stand, war die blutende Frau, die auf dem Kellerboden lag. Sie hatte einen langen Kehlschnitt und das Blut bildete einen Lache um ihren Körper herum. Mit jeder Treppenstufe wuchs in Stella die Gewissheit, dass sie Lisa Borgstedt wohl nicht mehr helfen konnte. Stella mahnte sich selbst zur Ruhe. Sie musste zunächst die Täterin stellen, bevor sie sich Lisa Borgstedt zuwandte. Ihr Impuls, loszurennen und zu versuchen, Lisa zu retten, war momentan der falsche.

»Zu spät«, bestätigte Gabi Cordes, die neben der sterbenden Frau stand. »Sie ist bereits tot.«

Stella richtete die Waffe auf die Mörderin, die das blutige Messer fallen ließ. »Gabi Cordes, hiermit verhafte ich Sie. Sie haben Lisa Borgstedt getötet und Sie stehen unter dringendem Tatverdacht, die Ermordung von Franziska Koviak und Hilde de Boer geplant zu haben.«

Gabi Cordes hielt Stella ihre Handgelenke hin und ließ sich anstandslos die Handschellen anlegen. Stella wies die Mörderin an, sich auf den Stuhl zu setzen, und kniete neben Lisa Borgstedt nieder. Sie starrte Stella aus weit aufgerissenen Augen mit blutleeren Lippen an. Ihr war klar, dass es kein Leben in diesem Körper mehr gab. Sie hatten versagt. Wenn sie Zeit hatte, würde sie darüber nachdenken, aber jetzt musste sie jeden Gedanken daran verdrängen. Sie zog ihr Handy aus der Tasche und telefonierte mit Thorsten Fock, ohne den Blick von Gabi Cordes zu nehmen oder die Waffe zu senken.

»Ich weiß nicht, warum Sie das getan haben, aber Sie haben nicht nur drei Frauen getötet. Sie haben Annika dazu benutzt, um an Hilde heranzukommen, und haben sowohl sie als auch Lisa verraten. Sie haben Familien zerstört.«

Gabi Cordes lachte abfällig. »Annika ist selbst schuld. Als ich zu den Ciderellas kam, geriet ich fast ins Wanken.

Lisa und Hilde hatten ihre Freundin verraten, aber ihre Tochter Annika schien eine Heilige zu sein, die immer alle anlächelte. Und am Anfang hatte ich tatsächlich leichte Skrupel, ihr das anzutun.« Sie rutschte auf dem Stuhl hin und her, um sich aufzuwärmen. »Aber glücklicherweise hat sie sehr schnell gezeigt, dass sie genauso ein Miststück ist wie ihre Mutter. Annika ist von Ehrgeiz zerfressen. Immer muss sie gewinnen. Alles andere ist nicht akzeptabel. Und so hat sie ihrem Pferd vor den Turnieren Spülmittel ins Maul gesprüht, damit es schön schäumt und die Richter denken, dass es fantastisch abkaut. Eigentlich war Wolkentanz beim letzten großen Turnier Delays größter Konkurrent. Elise ist eine großartige Reiterin. Am Abend vor der entscheidenden Prüfung war eine Party im Stall. Die Richter, die die Prüfungen beurteilen sollten, waren auch alle da. Pferdeleute sind alle ziemlich trinkfest, aber der Sekt und Wein floss wirklich in Strömen. So gegen Mitternacht waren alle reichlich betrunken. Ich war wohl fast die Einzige, die nüchtern war. Jedenfalls bekam ich mit, dass Annika mit einem der Richter die Party verließ. Ich bin ihnen gefolgt und habe gesehen, wie sie ihm heimlich einen Umschlag zugesteckt hat. Und am nächsten Tag hat sie die Prüfung unverdient gewonnen. Mindestens eine Handvoll Reiterinnen mit ihren Pferden waren besser. Da wird wohl einiges an Geld in dem Umschlag gewesen sein.«

Stella konnte kaum glauben, was sie da hörte. »Dann haben Sie die Briefe an Annika geschrieben?«

Gabi Cordes schüttelte den Kopf. »Nein, von Briefen weiß ich nichts. Aber ich bin wahrscheinlich nicht die Einzige, der aufgefallen ist, dass Annika für Siege über Leichen geht. Ich bin mir ziemlich sicher, dass Annika genau wusste, was es mit den Beschimpfungen auf sich hatte.«

Stella versuchte, noch einige Antworten zu bekommen, bevor die Verstärkung eintreffen würde, denn Gabi Cordes schien in Plauderlaune. Vielleicht würde sie verstummen, wenn sie offiziell verhört würde. »Was hat es mit dem Aufkleber auf Ihrem Auto auf sich? Hunde von diesem Züchter werden nur an Jäger vermittelt.«

»Das war ziemlich nachlässig von mir, den Aufkleber dranzulassen. Aber es hat ja trotzdem alles geklappt wie geplant. Santiago, mein Bruder, hat einen Jagdschein. Es ist sein Auto. Und tatsächlich hatte er mal einen Hund aus diesem Zwinger. Prinz Ludwig von den Brandbergen. Ein wunderschönes Tier. Das war kurz nachdem wir 2008 nach Deutschland gekommen sind.« Der Lichtschein einer leistungsstarken Taschenlampe fiel in den Kellerschacht. »Stella, bist du dort unten?«

»Ja«, antwortete Stella knapp und trat einen Schritt zurück, um Platz zu machen.

»Die arme Frau«, sagte Thorsten, kniete neben der Leiche von Lisa Borgstedt nieder und schloss ihre Augen. Dann wendete er sich Gabi Cordes zu. »Sie kommen jetzt mit uns. Selbstverständlich können Sie Ihren Anwalt anrufen.«

Die Mörderin stand auf und folgte Thorsten zur Kellertreppe. Auf Stellas Höhe blieb sie stehen. »Sie kümmern sich um Ghayma, oder? Ich habe doch gewusst, dass Sie eine Amazone sind.«

Doch Stella nahm nicht mehr wahr, was Gabi Cordes sagte. Sie ging an der Leiche von Lisa Borgstedt vorbei. Nun konnte sie sich die Zeit nehmen, um über ihr Versagen nachzudenken.

EPILOG

Drei Monate später

Der Tag war perfekt für eine Hochzeit. Jupiter war nicht müde geworden zu erwähnen, dass das schottische Wetter auch im Sommer jederzeit Kapriolen schlagen konnte. Aber sie hatten seit ihrer Ankunft auf der kleinen Insel Eigg vor drei Tagen nur Sonnenschein gehabt.

»Bist du aufgeregt, Stella?«, fragte Bounty, die in dem geräumigen SUV von Earth, Jupiters Schwester, neben ihr saß.

»Was für eine bescheuerte Frage«, stöhnte Olivia von der anderen Seite. Jetzt, ungefähr dreieinhalb Monate vor der Geburt ihrer Zwillinge, sah sie aus wie ein Heißluftballon, der jeden Moment platzen konnte. »Man ist ja nicht jeden Tag die Hauptakteurin bei einer keltischen Trauung.«

Oft genug zickten ihre beiden besten Freundinnen sich an, sie würden jedoch füreinander durchs Feuer gehen, und zu dritt waren sie unzertrennlich. Eine Welle des Glücks überrollte Stella, und ihr war plötzlich bewusst, dass sie dankbar sein musste, weil sie zwei beste Freundinnen wie Bounty und Olivia hatte. Sie war sich nicht sicher, ob es Momente gegeben hatte, in denen Martha Cordes dasselbe von Hilde und Lisa gedacht hatte. Denn die Beziehung der drei war bereits lange vor Marthas Tod gestört gewesen. Die Umstände hatten die Freundschaft zerstört, bis von den tiefen Empfindungen, die die drei einmal füreinander gehegt haben mussten, nichts mehr übrig war. Nichts außer Hass.

Earth parkte den Wagen neben einem kleinen Farmhaus, und Bounty half Stella beim Aussteigen, vor allem deshalb, damit der Blumenkranz, der auf ihrem Kopf festgesteckt war, nicht in Schieflage geriet. »Du siehst aus wie eine Elfe.« Bounty sah ihre Freundin bewundernd an.

»In Schottland muss man mit Elfen aufpassen«, sagte Earth, die hinzugetreten war. »Wenn man einer begegnet und sie einen ins Elfenreich einlädt, sollte man nicht mitgehen. Denn während man mit ihnen tanzt und feiert, vergehen in der Außenwelt Jahrzehnte. Und wenn man den Elfenhügel verlässt, ist man eine alte Frau, obwohl es einem vorkommt, als wären nur wenige Stunden unter der Erde vergangen.«

»Es kommt auch manchmal vor, dass Elfen Kinder in ihren Hügel entführen und ein Wechselbalg dort hinlegen, wo das Menschenkind gelegen hat«, ergänzte Earths Lebensgefährtin Alison, die neben ihr gesessen hatte. Stella folgte dem ängstlichen Blick von Bounty hin zu ihrer Tochter Fleur, die neben Tammo stand, und drückte ihre Hand. Bountys englischer Wortschatz war nur fragmentarisch. Sie hatte wahrscheinlich genug verstanden, um sich vergewissern zu wollen, dass es ihrer Tochter gut ging, aber nicht, dass es sich nur um eine Sage handelte.

Fleur hatte ein silbernes Gefäß in der Hand, das mit Blumenblättern gefüllt war. Gemeinsam mit Fiona, der Tochter von Jupiters jüngerer Schwester Venus, würden sie die bunten Blätter über das Brautpaar werfen, wenn sie nach der Trauung den Schutzkreis verließen. Nach Stellas Ankündigung, dass es keine Hochzeit geben würde, war Jupiter maßlos enttäuscht gewesen. Erst hatte er geschwiegen, dann hatte er sie angeschrien und am Ende des Abends hatten sie beide weinend und eng umschlugen auf dem falschen Bärenfell vor dem Kamin gesessen. In den Tagen danach hatten sie aufgearbeitet, dass Stellas Absage nicht der Ehe an sich galt. Es lag an der Metamorphose ihres ersten Ehemanns, der sich von dem aufgeschlossenen, empathischen Menschen, der er vor der Hochzeit gewesen war, während weniger Monate Ehe in einen besessenen Kontrollfreak verwandelt hatte. Dieses Trauma machte Stella so zu schaffen, dass ihr Unterbewusstsein ihr einflüsterte, dass es mit Jupiter genauso enden könnte.

Jupiter hatte verstanden, dass er keine Schuld hatte. Aber Stella hatte auch gemerkt, dass für Jupiter eine Zeremonie wichtig war, um ihre Liebe in der Öffentlichkeit zu feiern. Und so hatte sie sich überreden lassen, einer keltischen Trauung im engsten Kreis auf der schottischen Insel Eigg zuzustimmen, auf der Earth und Alison gemeinsam ein Yoga-Zentrum betrieben. Es würde kein Ehekorsett mit Trauschein geben, denn offiziell waren sie nach wie vor nicht verheiratet. Anstatt eines Eherings würde Stella weiterhin ihren Verlobungsring tragen.

»Sind alle da?«, fragte der Druide, ein Freund von Earth.

Bounty kicherte. Sie schien fast so aufgeregt wie Stella selbst. »Nur der Bräutigam fehlt noch!«

Stella schirmte ihre Augen von der gleißenden Sonne ab und blickte über die fantastische Kulisse aus Meer und den Felsen der Insel Rum, deren Umrisse am Horizont in der Hitze flirrten. Jupiter stand im traditionellen Kilt neben dem Schutzkreis. Der Druide hatte ihn in der Nacht aus Steinen angefertigt. Jupiters Schwager Josh und Jens, der Ehemann von Stellas Schwester Susanne, hatten ihn bewacht, damit nichts Böses eindringen konnte.

Und nun war es so weit. Stellas Patenonkel Tristan nahm ihre Hand. »Bist du bereit?«, flüsterte er.

Stella nickte.

Hellen Jones hatte den Zeitungsartikel schon so oft gelesen. Sie hatte es immer dann getan, wenn sie angefangen hatte, sich sicher zu fühlen. Er war für sie stets eine Art Mahnung gewesen. »Siebzehnjährige jahrelang von eigenem Vater im Keller gefangen gehalten.« Das war nun schon mehr als fünfundvierzig Jahre her, aber sie konnte die Scham und den Schmerz, den er ihr zugefügt hatte, noch immer spüren. Die Schläge, die Vergewaltigungen, die vielen Momente der Hilflosigkeit würden immer Teil ihres Lebens bleiben.

Es war damals reines Glück gewesen, nur ein Hauch von Unachtsamkeit ihres Vaters, dass er das Teppichmesser, mit dem er ihr regelmäßig Verletzungen beigebracht hatte, in ihrer Reichweite liegen gelassen hatte, als der Postbote an der Tür geklingelt hatte. Leider waren die Stiche, die sie ihm zugefügt hatte, nicht tödlich, denn er überlebte, wenn auch schwer verletzt. Im Gerichtssaal war er außer sich gewesen und hatte ihr Rache geschworen. Das ganze Dorf hatte er gegen sie aufgebracht, denn angeblich hatte er sie nur zu ihrem besten eingesperrt, da sie suizidgefährdet gewesen sei. Natürlich kannte die Polizei die Wahrheit, und um sie zu schützen, bekam sie eine neue Identität. Nur Duncan wusste, wer sie wirklich war.

Hellen löschte den Browserverlauf und schloss ihren Laptop.

Es war ihr heute nicht schwergefallen, die Community zu verlassen, um der Trauung von Jupiter und Stella beizuwohnen. Vielleicht wurde sie zu übermütig. Denn tief in ihrem Inneren war sie sich sicher, dass ihr Vater noch immer nach ihr suchte.

Auf der anderen Seite der Nordsee, deutlich mehr als tausend Kilometer entfernt, lag Gamze Kurtoğlu im Sterben.

Die vielen Eingriffe hatten sie geschwächt. Und so war ihr Körper nicht in der Lage gewesen, gegen die Lungenentzündung anzukämpfen.

Während sie langsam ins Jenseits hinüberglitt, war ihre Wahrnehmung für Sekunden so geschärft wie schon seit Jahren nicht mehr. Glasklar konnte sie die Tränen sehen, die aus Banus übermüdeten Augen rannen. Noch penetranter als sonst roch Hatices Eau de Toilette, das sie nie gemocht hatte. Und sie bildete sich für einen Moment ein, dass sie der Rose, die ihre Enkelin Merve sich auf den Handrücken hatte tätowieren lassen, beim Verwelken zusehen konnte. Sie konnte nicht mehr sprechen, aber Merve hielt ihre Hand und gab ihr zu verstehen, dass es keiner Worte brauchte.

Gamze hatte sich in Deutschland nie zu Hause gefühlt, und ihr letzter Gedanke galt ihrer großen Liebe Cem, obwohl sie selbst im Angesicht des Todes merkte, wie viel Unrecht sie ihrem Ehemann damit tat. Sie suchte den Blick von Hüseyin, der wahrscheinlich gar nicht wusste, warum er hier war, und sie so unschuldig ansah wie ein Kind. Und das Nicht-Loslassen-Können, das ihr das Leben oft so schwer gemacht hatte, gelang ihr nun. Gamze Kurtoğlu, die so selten Emotionen gezeigt hatte, starb mit einem Lächeln auf den Lippen.

ÜBER DAS BUCH

Anders als die Vorgänger dieses Krimis hat »Friedhofsengel« nicht den einen Hauptschauplatz.

Banu und Stella sind im Norden (Ohlsdorfer Friedhof), Süden (Fischbeker Heide), Westen (Blankenese, Altona) und in der Mitte Hamburgs (Eimsbüttel, Rotherbaum) unterwegs.

Ich als passionierte Reiterin habe mir immer einen Reitstall am Rande der Fischbeker Heide gewünscht, denn das Ausreitgelände dort ist einfach perfekt. Lohses Peerstall gibt es jedoch nicht. Und meines Wissens auch keine andere Pferdepension. Die Heidehütten stehen jedoch genau dort, wo ich sie in meiner Geschichte angesiedelt habe. Einige werden als Wochenendhäuser genutzt, andere sind schon ziemlich verfallen.

Ein Spaziergang über den Ohlsdorfer Friedhof lohnt sich immer. Er ist der größte Parkfriedhof der Welt und viele prominente Hamburger haben ihre letzte Ruhestätte dort. So auch der Schauspieler Jan Fedder, dessen glühender Anhänger im »Friedhofsengel« Thorsten Fock ist. Jan Fedder starb im Dezember 2019 und wurde nach einer feierlichen Zeremonie im Hamburger Michel im Januar 2020 auf dem Ohlsdorfer Friedhof beigesetzt.

Den Hamburger Friedhofsengel sieht man auf dem Ohlsdorfer Friedhof leider immer seltener. Im Gegensatz zu den sehr teuren Marmor- oder Bronzeengeln, die sich reiche Leute um 1900 als Grabschmuck geleistet haben, besteht der Friedhofsengel aus Gips und ist mit einer dünnen Schicht Metall überzogen, also galvanisiert. Diese Figuren sind also nicht so wetterbeständig. Deshalb sind viele Engel bereits beschädigt. Der Engel auf dem Cover meines Krimis wurde 1906 hergestellt und ist ebenso auf dem Hamburger Friedhof zu finden wie die Plastik »Das Schicksal«, Stellas stumme Beraterin in allen Lebenslagen.

Aber auch nach Schottland verschlägt es Stella im »Friedhofsengel«. Die kleine Insel Eigg ist ein Mini-Paradies vor der Westküste Schottlands. Es gibt hier eine Höhle (die Massacre Cave), in der im Jahre 1577 ein rivalisierender Clan die gesamte Inselbevölkerung umgebracht hat, und Seen (»Lochs«), in denen Wassergeister wohnen. Man ist hier fernab vom Massentourismus, und während man am Strand von Laig sitzt und auf die Felsen der Insel Rum, die genau gegenüberliegt, blickt, kann man Delfine und Schweinswale vorbeiziehen sehen. Ich finde, es gibt keinen schöneren Ort, um ein eheähnliches Versprechen zu geben.

Wer über deutsche Sekten recherchiert, kommt an der Colonia Dignidad nicht vorbei. Diese Sekte hatte ihren Ursprung Ende der Fünfzigerjahre in Siegburg mit der *Privaten Socialen Mission*. Meine Geschichte über Hilde, Lisa und Martha ist zwar rein fiktiv, basiert jedoch auf Augenzeugenberichten. In der Colonia Dignidad sind unfassbare Gräueltaten begangen worden, deren umfassende Aufarbeitung noch auf sich warten lässt. Fakt ist jedoch, dass hier jahrzehntelang gefoltert und missbraucht wurde. Männer, Frauen und Kinder wurden wie Sklaven gehalten. Frank-Walter Steinmeier sprach in seiner Rede von 2016 davon, dass deutsche Diplomaten über viele Jahre bestenfalls weggeschaut hätten.

Schließlich wurde ein Hilfsfond aufgelegt, der für die Sektenmitglieder einmalig zehntausend Euro vorsieht. Die chilenische Menschenrechtlerin Margarita Romero setzte 2016 vor Gericht durch, dass das Gelände der Colonia Dignidad zum Gedenkort wird. Momentan jedoch befindet sich hier unter anderem ein Hotel. Es sieht also danach aus, als müssten die Opfer der Sekte noch lange darauf warten, bis hier eine Gedenkstätte entsteht.